KB058815

우~웅, 할머니. 좋은 아침~

루리가 잠옷을 겸한 속옷만 입은 채,
졸린 눈으로 거실에 나타났다.

리오가 비녀 값을 내고 말았다.
사요를 보면 이 비녀가 마음에 든 게
분명한지라 확인은 했다며
선수를 쳤다. 사요 성격상.
거절할 줄 알았으니까.
사요가 겨우 정신을 차렸는지
리오에게 기운차게 꾸벅꾸벅 머리를 숙였다.

고, 고맙습니다!
리오 님, 정말로.

커버 및 본문 일러스트_ Riv

CONTENTS

✦

〖 프롤로그 〗 ❖ 부모님의 단서

　리오는 정령의 주민의 마을을 출발한 지 일주일도 안 되어 야구모 지방에 도착했다. 도보로 이동했다면 정령술로 신체 강화를 했더라도 2, 3개월은 걸릴 가혹한 거리였지만, 마을에서 바람의 정령술을 이용한 비행술을 배운 덕분이었다.

　때문에 마을에서 야구모 지방까지 가는 여행은 어렵지 않았지만, 진짜 고생은 지금부터였다.

　돌아가신 부모님을 고향 땅에 모시기 위해 야구모 지방에 온 것은 좋았지만, 리오에게는 두 사람의 구체적인 출생지를 특정할 정보가 거의 없었다. 정보다운 정보는 부모님의 이름 정도.

　통틀어서 야구모 지방이라고 부르지만, 이곳에는 크고 작은 나라가 서른 개 이상 존재했다. 그런 상황에서 구체적인 출생지를 특정하자니 눈앞이 아찔했다.

　그런데도 리오는 조금도 굴하지 않고 목적을 달성하기 위해 행동을 개시했다.

　야구모 지방 서쪽에 있는 각국의 도시와 마을을 말 그대로 순서대로 날아서 돌아보고 부모님의 이름을 아는 사람이 없는지 탐문 조사를 시작했다.

　그러나 기개와 행동력만으로는 일이 잘 풀리지 않았다.

아무 정보도 잡지 못한 채 그렇게 수개월이 흘렀다.

현재 리오는 야구모 지방 중에서도 서쪽에 위치한 카라스키 왕국이라는 대국을 방문 중이었다. 이미 여러 도시와 마을을 방문했고, 지금은 다음 마을로 이동하는 중이다. 리오가 바람의 정령술로 비행하고 있을 때 시야 저편으로 조그맣게 마을 하나가 눈에 띄었다.

'……저 마을인가.'

멀리서 내려다보니 마을 동서쪽으로 길이 나 있고, 북쪽에는 조금 높은 언덕이, 남쪽에는 나무가 우거진 산이 솟아 있었다.

어디에나 있을 법한 목가적인 마을이었다. 마을 중심부에 있는 거주 구역에는 목재, 석재, 점토 등으로 만든 소박한 오두막이 지어져 있었다. 그 수로 헤아려보면 인구는 3백 명 정도일까. 주위에는 논밭과 방목 지대가 있고 일하는 사람들의 모습이 보였다.

'촌장인 유바라는 사람이 요 주변에서 특히 발이 넓다고 들었는데.'

리오는 바로 전에 방문한 인근 마을에 사는 촌장에게서 얻은 정보를 떠올렸다.

솔직히 그렇게 기대하지는 않았다. 지금까지 얼마나 되는지 생각나지 않을 정도로 허탕쳤으니까.

그러나 그렇다고 해서 자포자기해서는 안 된다.

리오는 마을 한가운데에 착륙하면 괜한 소동이 일어날 것 같아 마을과 적당히 가까운 곳에서 고도를 낮추기 시작했다. 마을에서 조금 떨어진 서쪽 길에 착륙해 마을 입구까지 잰걸음으로 달려갔다.

마을 주변에는 나무 울타리가 대충 둘러져 있었는데, 입구에 문지기가 없어서 자유롭게 출입할 수 있었다.

하지만, 주변에서 농사일을 하는 사람이 있어서 밖에서 누가 다가오면 금방 알 수 있었다. 예상대로 리오가 마을 입구에 도착하자 몇몇 마을 사람이 눈길을 보냈다. 그러나 다가오지는 않았다. 멀리서 리오를 응시할 뿐이었다.

자기도 모르게 들어갈지 말지 주저하게 되는 분위기였으나, 어느 마을을 가든 낯선 외지인은 경계 받는 것이 보통이었다. 리오에게는 이미 익숙한 반응이다.

리오는 유연하게 시선을 받으며 가볍게 고개를 숙이고 마을 안으로 발을 들였다. 얼른 볼일을 마치기 위해 촌장 집이 있을 마을 중심부를 향해 걸었다.

그러자 옆에 있는 밭에서 검소한 옷을 입은 두 소녀가 나타나 마을로 이어지는 길을 걷는 리오에게 쭈뼛대며 다가왔다. 둘 다 나이는 10대 중반 정도였는데, 나이 터울이 두세 살 정도 있어 보였다.

"우리 마을에 볼일 있어요?"

둘 중 연상인 소녀가 리오에게 쭈뼛쭈뼛 물었다.

"안녕하세요. 저는 리오라고 합니다."

리오가 붙임성 좋게 웃으며 격식을 갖춰 대답했다.

"저는 여행하며 사람을 찾고 있습니다. 이 마을 촌장님과 만나고 싶은데 댁에 계실까요?"

리오가 추가로 질문을 던졌다. 발음이 조금 어색했지만, 일상 회화를 하는 데는 지장이 없을 정도로 유창했다. 왜냐하면 정령의 주민들은 야구모 지방 말도 쓸 수 있어서 마을에 있는 동안 아슬라네에게 말을 배웠기 때문이었고, 야구모 지방을 전전하는 수개월 동안 현지 훈련을 쌓은 덕분이었다.

아무튼, 리오가 예의 바르게 이름을 밝히고 용건을 밝히자 두 소녀가 눈을 동그랗게 떴다.

"아, 그러니까, 치, 친절한 말, 고마워요. 여행객이군요. 촌장님은 있어요, 계세요? 안내할까요?"

격식을 갖춘 말이 어색한지 조금 긴장한 연상 소녀가 제안했다.

"고맙습니다. 수고스럽겠지만, 부탁드려도 될까요? 갑자기 외지인이 방문하면 경계하시는 일이 많아서……."

리오가 차분한 목소리로 감사 인사를 하고 살짝 쓴웃음 지으며 고개를 숙였다.

"네, 넷! 그럼 어, 따라오세요."

연상 소녀가 상기된 목소리로 대답하고 마을 중심을 향해 걸었다. 한편, 소녀의 뒤에 서 있던 연하 소녀가 리오의 얼굴을 멍하니 쳐다봤다.

"……왜 그러세요?"

연상 소녀를 따라 걸으려던 리오가 의아해하며 물어봤다.

"……네? 아, 아, 아뇨! 아, 아무것도, 아무것도 아니에요!"

연하 소녀가 얼굴을 붉히더니 고개를 힘차게 좌우로 붕붕 흔들었다.

"사요, 뭐해? 같이 가자."

"으, 응, 루리 씨!"

루리라 불린 연상 소녀의 말에 사요라 불린 연하 소녀가 서둘러 달려갔다. 리오는 살짝 고개를 갸웃거리고 얼른 그녀들의 뒤를 쫓았다.

두 소녀는 어지간히 긴장했는지 어색한 걸음으로 앞서 걷다가 가끔 살피듯이 리오에게 시선을 향했다. 특히 사요는 리오를 힐끔힐끔 쳐다봤다.

'외지인이 드문가?'

가는 길에 리오가 사요의 등을 응시하며 생각했다.

세 사람은 미묘한 침묵과 거리감을 유지하며 촌장 집에 도착했다.

"할머니, 손님이야! 사람을 찾는다는데!"

루리가 큰 목소리로 부르며 집 안으로 들어갔다. 안으로 들어가니 봉당이 있었다. 더 안에 있는 거실에는 몸을 녹이는 화로가 설치되어 있었다.

"루리, 시끄럽다. 그렇게 큰 소리 내지 않아도 들려. ……어머."

잠시 뒤, 안에서 한 노파가 나타났다. 현관에 서 있는 루리와 사요 두 사람의 뒤에 있는 리오를 보고 눈을 가늘게 떴다.

"처음 뵙겠습니다. 저는 리오라고 합니다. 촌장님께 잠깐 여쭙고 싶은 게 있어서 들렀습니다."

리오가 한 걸음 앞으로 나가 예의 바르게 자기소개를 했다.

그러자 노파가 눈을 살짝 크게 떴다.

"호오, 제법 예의가 바르군. 좀 낯선 차림에 억양도 약간 다른데…… 외지인인가?"

노파가 신원을 파악하려는 것처럼 리오를 힐끗 쳐다봤다.

"네, 이 나라 사람은 아닙니다. 여러 나라를 여행 중입니다."

"그렇군. ……아, 인사가 늦었지만, 나는 유바라고 한다. 알고 왔을 테지만, 이 마을의 촌장이야."

"잘 부탁드립니다."

리오가 꾸벅 인사했다.

"인사는 그만 됐고, 선 채로 이야기하기도 뭣하군. 루리, 사요, 차를 내와라."

"네엣! 가자, 사요."

유바의 명령에 루리가 기운차게 대답했다.

사요는 어색하게 대답하고 루리와 함께 부엌으로 갔다.

"자네는 거실로 들어오게. ……으샤."

유바가 리오에게 지시하고 화로 앞에 놓인 방석에 앉았다.

"실례합니다."

리오는 가볍게 고개를 숙인 뒤, 신을 벗고 거실에 들어 갔다. 정령의 주민의 마을에서 받은 검과 코트 등의 장비 위에 걸쳤던 후드가 달린 외투를 벗고, 허리에 찬 검을 검 집째로 바닥에 두고 유바를 마주 보며 앉았다.

"……외투 아래는 이 부근에서 한 번도 보지 못한 모습 이군. 검도 훌륭한데 독특하게 생겼어. 정말 이 나라 사람 이 아닌 모양이야."

예상대로라고 해야 할까, 유바가 신기해하며 리오를 응 시했다.

"무기도, 장비도 이 나라에서 만든 물건이 아니라서 그 렇습니다. 평소에는 시선을 끌지 않도록 외투를 걸치고 다 닙니다."

"확실히 그 모습은 눈에 띄지. 그리고 평범한 여행객이 장비하기에는 상당히 질이 좋은 물건으로 보여."

"네, 좋은 물건입니다. 친한 장인이 파격적으로 만들어 줬습니다."

"……그런가. 뭐, 너무 캐묻는 것도 뭣하군. 차도 준비된 것 같으니 슬슬 이야기를 들어볼까?"

마침 루리와 사요가 차를 가져오자 유바가 대화를 끊었다.

루리와 사요는 분담해서 유바와 리오에게 차를 건넸다. 리오가 차를 준 사요에게 "고맙습니다."라고 인사하자 사 요가 수줍게 고개를 젓고 방구석으로 갔다. 루리가 그런 사요를 보고 우스워하며 미소 지었다.

리오는 조금 전부터 사요의 태도가 이상하다 여겼지만, 생각을 바꾸고 본론을 꺼내기로 했다.

"저는 돌아가신 부모님을 아는 사람을 찾고 있습니다. 이 마을에 온 것도 인근 마을에서 유바 님이 이 주변에 사는 촌장 중 제일 발이 넓다고 들었기 때문입니다."

"흠, 그런가……."

유바가 가볍게 고개를 끄덕이며 용건을 이해했음을 표시하자 리오가 말을 이었다.

"아버지와 어머니가 적어도 15년도 더 전에 이 야구모 지방 어딘가에 살았을 거로 생각합니다만, 저도 자세한 것은 모릅니다……. 유바 님, 젠과 아야메라는 이름을 들어본 적 있으십니까?"

"……젠과, 아야메……라고?"

리오가 부모님의 이름을 입에 담자 유바가 눈을 번쩍 뜨고 찻잔으로 뻗은 손을 우뚝 멈췄다. 유바는 급히 고개를 들어 리오의 얼굴을 빤히 쳐다봤다.

뭔가 짐작 가는 것이 있어 보이는 반응이었다. 평소에 차분한 태도를 유지하는 리오도 눈을 크게 뜨고 물었다.

"……아십니까?"

"아, 아니, 두 사람의 특징을 자세히 들어보고 싶군. ……루리, 사요, 이야기가 길어질 것 같으니 너희는 가서 일해라."

유바가 당황해서 대답을 흐리고 루리와 사요를 보며 명

했다.

"에이~ 왜?"

루리가 불만스럽게 입을 내밀었다.

"그만 됐다. 남의 신상에 관심 갖는 거 아니야. 지금 여기서 들은 것도 마을 사람들에게 말하지 않도록."

"네—에. 쳇, 재미있을 것 같은데. 가자, 사요."

반론을 허락하지 않는 유바의 말에 루리는 마지못해 물러났다.

"으, 응."

루리와 사요가 현관을 나갔다.

"자, 자네 부모님의 특징을 좀 더 자세히 들려주지 않겠나? 내가 아는 사람일지도 몰라."

유바가 리오를 빤히 쳐다보며 천천히 입을 열었다.

"알겠습니다."

동요를 억누르고 고개를 끄덕인 리오가 두 사람의 경력과 특징을 천천히 말하기 시작했다.

둘 다 야구모 지방 태생인 것. 젊었을 때 이곳 야구모 지방에서 슈트랄 지방으로 몇 년의 시간을 들여 단 둘이서 이주한 것. 슈트랄 지방을 잠시 방랑하다 리오를 낳고 한 나라에 정착한 것. 그러나 리오가 철이 들기 전에 아버지 젠이 죽은 것. 그 후, 어머니 아야메와 둘이서 살기 시작한 것. 거기에 아야메가 어떤 어머니이며 어떤 사람이었는지 등—.

유바는 집어삼킬 듯이 리오의 이야기에 귀를 기울였다.

"─그리고 제가 아직 어렸을 때, 어머니도 돌아가셔서……."

리오가 살짝 어두워진 얼굴로 아야메가 죽은 사실을 입에 담았다.

그러나 구체적인 사인은 말하지 않았다. 떠올리고 싶지 않았고, 이야기하고 싶지도 않았다. 솔직히 아직 마음이 정리되지 않았다.

"고맙다. 괴로운 일을 물었어. ……틀림없어. 둘 다 내가 아는 사람이다. 듣고 보니 확실히 두 사람과 닮은 면이 있군. ……나이 드는 것도 못 할 짓이야. 아니, 나이가 들었기에 자네를 만나게 된 걸 수도 있겠어."

유바가 안타까워하며, 그리고 미안해하며 말했다.

"……실례지만, 당신은 제 부모님의?"

리오는 목소리가 떨리지 않게 필사적으로 참으며 머뭇머뭇 질문했다.

"젠의 어머니고, 네 할머니다. ……처음 뵙겠습니다, 라고 하면 될까."

유바가 겸연쩍게 미소 지었다.

"당신이, 아버지의……. 아, 아니, 그러니까, 처음 뵙겠습니다."

리오는 잠깐 멍하니 유바의 얼굴을 쳐다보다가 잠시 뒤 어색하게 고개를 숙였다.

"……자네가 두 사람의 단서를 찾으러 머나먼 곳에서 이

땅까지 오게 된 이유를 들려주지 않겠나? 내가 헤아릴 수는 없지만, 오늘에 이르기까지 쉬운 길이 아니었을 테지?"

유바가 묻기 어렵지만, 그래도 묻지 않을 수 없다는 표정으로 입을 열었다.

"……묘를 만들고 싶었습니다. 유골도 유품도 없지만, 하다못해 두 분의 고향에서 제대로 공양드리고 싶었어요. 그리고 어머니…… 모친과 약속했습니다. 언젠가 고향으로 데려가 주겠다고. 결국 모친은 돌아가셨지만, 저는 혼자서라도 이 땅에 오고 싶었습니다. 그래서입니다."

리오는 잠깐 망설이다가 천천히, 대답했다.

"그런가, 잘 왔다. ……하지만, 사실은 뭐라고 해야 할지. 두 사람의 묘는 이미 있어."

유바가 주저하며 말했다.

"묘가 있다……고요? 하지만 부모님은 살아서 이 땅을 떠난 것 아닙니까?"

예상하지 못한 말에 리오는 무심코 의문을 입에 담았다.

"그래, 자네 말대로지만 묘는 있다. 보아하니 자네는 왜 두 사람이 고향을 버리고 떠났는지 이유를 모르는군?"

유바가 리오의 안색을 살피며 물었다.

"네. 유바 님은 알고 계십니까?"

"안다. 그러나, 미안하지만 내 입으로 사실을 말할 수는 없어."

리오가 질문으로 대답하자 유바가 미안해하며 고개를

가로저었다.

"어째서입니까……?"

"……두 사람은 사정이 있어서 몰래 이 나라를 떠날 수밖에 없었다. 돌아올 가망이 없어서 사정을 아는 일부 사람끼리 이 마을 언덕에 두 사람의 묘를 만들었다. 내가 지금 말할 수 있는 건 그뿐이야."

유바가 답답해하며 말을 골라 설명했다.

"몰래 이 나라를 떠났다……."

"일단 두 사람의 묘로 안내하지. 두 사람에게 공양해주지 않겠나?"

유바가 생각에 잠긴 리오에게 제안했다.

"……네, 당연하죠. 꼭, 부탁드립니다."

솔직히 불투명한 부분이 많았지만, 생각해본다고 해결될 일이 아니었다. 유바에게 대답할 마음이 없다면 억지로 물을 수도 없었다.

리오는 일단 부모님의 묘에 가기로 했다.

리오는 유바의 안내로 마을 북쪽 외곽에 있는 조금 높은 언덕을 찾았다. 언덕 위에서 마을과 주변에 솟은 산들을 한눈에 볼 수 있는, 무척 전망 좋은 곳이었다.

그런 곳에 오도카니 서 있는 작은 돌기둥이 두 개. 평소에 손질하는지 풍화된 흔적도 없고 깨끗했다.

"이게 두 사람의 묘야. 이름은 새기지 않았지만, 두 사람의 추억이 깃든 물건이 들어 있다."

유바가 돌기둥 앞에 서서 말했다.

"……네."

리오가 모호하게 대답하고 돌기둥을 빤히 쳐다봤다.

"……혹여 때가 오면 두 사람에게 무슨 일이 있었는지 설명할 수 있을지도 모르겠다."

유바가 리오를 보며 천천히 말했다.

리오가 눈을 크게 뜨고 유바를 봤다.

"그러니 그때까지 이 마을에서 살아볼 생각 없나?"

유바가 자애로운 얼굴로 리오에게 물었다.

"……괜찮으십니까?"

"자네는 내 손자다. 손자가 할머니 말을 사양하면 쓰나."

살피며 묻는 리오에게 유바가 입가에 맑은 미소를 그리며 대답했다.

"손자, 할머니……."

리오가 말의 의미를 곱씹듯이 중얼거렸다.

"남은 방이 있다. 남편은 전쟁터에서 유행병으로 죽었고, 지금은 루리와 둘이서 살고 있어. 아까 너를 집까지 안내한 나이 많은 애다."

유바가 멍하니 서 있는 리오에게 말했다.

"루리 씨군요. 그녀는……?"

"젠의 형의 딸이니 네 사촌이 되는군. 지금은 열다섯 살이야."

"그렇군요. 그럼 저보다 한 살 연상이네요."

"……이거 놀랐는걸. 확실히 외모는 어리지만, 분위기가 상당히 어른스러워서 좀 더 나이가 있을 줄 알았어."

"그렇지 않아요."

리오가 드디어 미소 지으며 고개를 가로저었다.

그러자 유바도 훗 미소 지었다.

"그런가. 뭐, 그런 거지. 그럼 결정한 건가?"

"……네. 잘, 부탁드립니다."

리오가 조심스럽게 말하고 유바에게 깊이 고개를 숙였다.

"나야말로 잘 부탁하네. ……갑자기 어려울 수도 있지만, 그렇게 딱딱하게 있을 필요 없다. 편하게 있어."

유바가 어깨를 살짝 으쓱했다.

"네. ……유바 씨."

리오가 유바의 경칭을 『님』에서 『씨』로 바꿨다. 상대를 진짜 할머니라고 생각하고 부르니 신기하게도 「유바 씨」라고 부르는 게 자연스럽게 느껴졌다.

"후후. ……아, 그런데 루리도 포함해서 마을 사람들에게 자네 정체를 숨겨도 될까?"

유바가 기뻐하며 부끄러워하더니 그런 것을 물었다.

"네, 괜찮아요."

리오는 유바의 의도를 알아차리고 즉각 대답했다. 젠과

아야메가 나라를 떠난 경위를 생각하면 마을 사람들에게 리오의 정체를 밝힐 수는 없었다. 어쩌면, 아니, 어쩌면이 아니더라도 두 사람의 지인이 이 마을에 있을지도 몰랐다.

"폐를 끼치는군. ……다른 세세한 일은 돌아가서 정하기로 하고, 자네는 이곳에 좀 더 있을 건가? 나는 슬슬 돌아갈 건데."

넌지시 리오를 신경 쓰는 건지, 유바가 물었다.

"네, 조금만 더."

"집으로 돌아오는 길은 알고?"

"괜찮아요."

"그래. 그럼 해가 지기 전까지 돌아와. 오늘 밤은 작게나마 자네를 환영하도록 하지."

유바가 그런 말을 남기고 발길을 돌려 사라졌다.

"신세 지겠습니다."

리오가 멀어지는 유바의 등을 향해 깊이 고개를 숙였다. 그리고 유바의 모습이 작아지자 고개를 들고 속삭이듯이 입을 열어 돌기둥에 말을 걸었다.

"……그런 이유로 한동안 아버지 본가에서 살게 됐어. 두 사람 말고도 피가 이어진 사람이 있다니 아직 실감은 안 나지만……."

당연히 대답은 없었다. 리오의 입가에 곤혹스러운 미소가 떠올랐다. 잠시 뒤, 마을을 향해 서서 풍경을 바라봤다.

언덕 위에서 약 한 시간 정도 울적하게 보내고 해가 지기 전에 촌장 집으로 돌아갔다.

"실례합니다."

리오는 머뭇거리며 활짝 열린 현관에서 건물 안으로 들어갔다.

"다녀왔어요?"

그러자 기다리고 있던 유바와 일을 끝낸 루리가 인사했다.

"……다녀왔습니다."

리오가 당황하면서도 부끄럽고 수줍어하며 다녀왔다고 인사했다. 그 뒤에는 유바의 말대로 자그마한 환영회가 열렸다.

【제 1 장】 ❖ 마을에서의 생활

다음 날.

마을의 아침은 빠르다. 리오는 해가 뜨기 전에 일어나 어제부로 지내게 된 촌장 집 거실로 나갔다.

"안녕하세요."

"아이고, 꽤 일찍 일어났네. 안녕."

유바는 벌써 일어나 화로에 불을 붙이고 방석에 앉아 있었다. 리오가 거실로 나오자 눈을 크게 뜨고 대답했다.

"오늘부터 마을 일을 돕기로 했으니까요. 그전에 아침 준비라도 도우려고요."

"그래. 의욕 있는 건 대환영이다. 기대하마."

"우~응, 할머니. 좋은 아침~."

리오와 유바가 그런 이야기를 나누는데 루리가 잠옷을 겸한 속옷만 입은 채, 졸린 눈으로 거실에 나타났다.

나이 찬 소녀가 또래 이성 앞에 보이기엔 다소 피부 노출이 많았다. 속옷 아래에 숨겨진 몸은 여성스러운 부드러움을 주장했고, 상반신에는 봉긋한 가슴이 솟았다.

"좋은 아침. 그런데 너…… 리오가 있다는 걸 깜빡한 건 아니겠지?"

유바가 큭큭 우스워하며 말했다.

"……응? 앗, 으?!"

루리가 드디어 코앞에 리오가 있다는 사실을 알아차렸다. 황급히 자기 모습을 확인하고 열오른 사과처럼 뺨을 붉혔다. 리오는 시선을 돌리고 있었으나, 그것은 한순간이라도 자신의 망측한 모습을 봤기에 가능한 행위임을 깨닫고 말았다.

"가, 갈아입고 올게!"

루리가 양손으로 몸을 가리고 서둘러 자기 방으로 달려갔다.

리오는 정신적 피로에 한숨을 쉬었다.

정령의 주민의 마을에서도 라티파 일행과 동거하다가 몇 번 비슷한 일이 있었다. 다행히 그녀들은 부조리하게 화내는 성격이 아니었지만, 역시나 한동안은 분위기가 어색했다.

예상대로라고 할까. 잠시 뒤, 자기 방에서 돌아온 루리가 경멸하는 눈으로 리오를 쳐다봤다.

'아니, 뭐, 어쩔 수 없나……..'

리오의 입장에서 루리는 사촌 누나고 맹세코 이상한 기분도 들지 않았지만, 보인 본인의 입장에서는 모를 일이었다. 루리는 리오가 사촌 동생이라는 사실을 모르니까.

"그런데 리오는 요리도 할 줄 아나? 아침 준비를 돕겠다고 했지?"

유바가 유쾌하게 웃으며 리오에게 물었다.

"아, 네, 맡겨주세요."

리오가 겸연쩍어하며 말했다.

"그럼 시험 삼아 오늘 아침은 리오가 만들어주겠나? 루리, 인사도 할 겸 리오와 함께 아침 식재료를 교환하러 갔다 오거라. 마을 여자들에게 이 아이를 소개시켜줘."

"어, 으, 응, 알았어. ……그럼, 리오 갈까?"

조금 전의 추태를 보인 부끄러움이 남아 있는지 루리가 약간 망설이다가 어색하게 말했다.

"아, 그리고 사요에게 신과 같이 집에 오라고 전해줘. 아침도 집에서 먹자고 하고."

유바가 추가로 전언을 부탁했다.

"네―에."

루리가 길게 대답하고 리오를 데리고 현관을 지나 밖으로 나갔다.

그리고 일단 촌장 집 뒤에 있는 가정 채원으로 갔다. 가정 채원은 마을에서 관리하는 논밭과 달리 각 가정의 재량으로 관리한다.

"마을 내에서는 물물 교환이 기본이야. 먼저 아침에 가정 채원에서 기른 채소를 수확해. 그리고 광장으로 가지고 가서 다른 집에서 기른 채소랑 조금씩 교환해서 하루 먹을 재료로 삼는 거야."

루리가 설명하고 리오의 도움을 받으며 촌장 집 가정 채원에서 기른 채소를 수확했다. 수확을 끝내고 이번에는 마을 광장으로 갔다.

광장에는 이미 마을의 젊은 여자들—10대 초반에서 20대 후반이 중심—이 여기저기 모여서 아침 인사를 겸한 일상적인 대화를 떠들썩하게 나누고 있었다.

"다들 안녕!"

루리가 힘차게 인사하고 여자들이 모인 곳에 들어갔다.

"아, 루리. 안, 녕……."

루리를 알아차리고 기운차게 인사하던 여자들이 루리 바로 뒤에 있는 낯선 소년— 리오를 보고 몸을 굳혔다. 여자들이 일제히 루리에게 설명을 요구하는 시선을 던졌다.

"어, 얘는 리오. 할머니의 오랜 지인의 아들인데 이래저래 각지를 여행하고 있다나 봐. 그게 조금 낯선 옷을 입은 이유야. 오늘부터 한동안 우리 집에서 지내기로 해서 모두에게 소개하러 온 거거든……. 자, 리오."

루리가 여자들의 반응을 살피며 쭈뼛쭈뼛 리오를 소개하고 본인에게 자기소개를 권했다.

"인사드리겠습니다, 리오라고 합니다. 아직 이곳 생활에 익숙하지 않아서 폐를 끼칠지도 모르겠습니다만, 잘 부탁드립니다."

리오가 붙임성 좋게 웃으며 한 걸음 앞으로 나가 예의 바르게 인사했다.

"어, 잘…… 부탁해요."

여자들이 수줍어하며 인사했다.

"있지, 리오. 우리한테 그렇게 정중하게 말할 필요 없다니까. 리오 같은 애가 그렇게 대하면 다들 긴장해."

"아뇨……. 이렇게 말하는 게 입에 붙어서요. 차차 노력할게요."

루리가 쓴웃음 지으며 조언하자 리오도 쓴웃음 지으며 대답했다.

마을 여자들이 그런 두 사람의 모습을 살폈다.

리오를 의식하는지 부끄러워하고 수줍어했다. 그러면서도 넌지시 눈빛으로 루리에게 호소했다. 자기만 친해지다니 치사하다고.

가까운 남자라고는 거칠고 난폭한 사람밖에 없는 마을 소녀들에게 언행이 부드럽고 침착한 분위기를 가진 리오는 이질적이고 매력적인 존재로 비칠 수도 있었다. 리오가 단정하고 중성적인 외모인 것이 더욱 박차를 가했다.

'하하…… 일할 때 리오에 대해 꼬치꼬치 캐묻겠네.'

루리는 소녀들의 무언의 압력을 느끼고 마음속으로 쓴웃음 지었다. 슬쩍 리오를 보니 소녀들이 조심스럽게 보내는 시선에 불편해하고 있었다.

그러자 리오가 도움을 청하려고 난처한 얼굴로 루리를 쳐다봤다. 의도치 않게 시선이 마주쳐서 당황했는지 루리가 흠칫했다.

'……으으, 사람 마음도 모르고.'

루리가 조금 전, 일어나자마자 리오에게 망측한 모습을 보여준 일을 떠올리고 살짝 뺨을 붉히며 입을 내밀었다.

하지만 거의 자업자득이었고, 여기서 리오에게 섣불리 앙갚음을 하면 일이 귀찮아질 게 눈에 빤했다. 이따가 엄습할 소녀들의 질문 폭풍을 상상하니 심경이 복잡했지만, 지금은 얼른 집으로 돌아가고 싶었다. 그래서 리오를 도와주기로 했다.

"자자, 얼른 식재료 교환을 끝내자. 일할 시간이 다가온다고!"

루리가 서둘러 맥을 끊고 척척 돌아다니며 채소를 교환했다.

소녀들은 리오와 이야기하고 싶었지만, 서로를 견제하며 타이밍을 재고 있었다. 루리는 마침 잘됐다며 그 사이에 바구니 내용물을 재빠르게 바꿔 넣었다.

"끝. 이제 가자, 리오."

루리가 필요한 채소가 모인 것을 확인하고 등에 바구니를 진 리오에게 말을 걸었다. 그리고 등을 밀어 가자고 재촉했다.

"아, 맞다! 사요."

그때, 루리가 갑자기 생각났다는 듯이 뒤로 돌았다.

"……응?"

사요도 조용히 리오를 쳐다보던 사람 중 하나였는지 이름을 불리자 몸을 흠칫했다. 눈빛으로 무슨 일이냐고 물었다.

"할머니가 신이랑 같이 집에 오래. 집에서 아침 준비한다고."

"어, 아, 응. 알았어."

루리가 간단하게 용건을 전하자 사요가 쭈뼛쭈뼛 고개를 끄덕였다.

"무슨 일인지는 만나서 물어봐. 안녕!"

루리는 말을 마치고 허둥지둥 자리를 떴다. 리오가 조금 곤혹스러워하며 마을 소녀들에게 가볍게 인사하고 그 뒤를 쫓았다.

리오는 촌장 집으로 돌아가 아침 준비에 매달렸다. 일단 식재료와 조미료는 『시공의 장』 속에 몇 년이 걸려도 소비하기 어려울 정도로 보관하고 있으니 그중 일부—마을에 늘 부족한 말린 고기와 조미료, 특히 소금—를 제공하겠다고 제안했다.

『시공의 장』은 설명하기 귀찮아 밝히지 않았다. 어디까지나 배낭 속에 휴대했다고 생각할 정도의 양이었다. 그래도 말린 고기와 조미료 양이 충분해서 유바와 루리는 기뻐했다.

"덕분에 살았다. 말린 고기는 귀하고 소금은 살 기회가 적어서 부족하던 참이었어. 그런데 정말 괜찮나? 이만한 양이라면 가격이 꽤 나갈 텐데."

"괜찮아요. 묵혀둬 봤자 의미도 없고, 앞으로 지낼 방값 대신 받아주세요. 당장 이걸로 아침을 만들죠. 5인분이면 될까요?"

유바가 조심스럽게 묻자 리오가 살며시 고개를 좌우로 저으며 말했다.

"그래, 사요와 신이 오니까. 부탁한다. 루리는 옆에서 봐 줘라."

유바의 말에 리오는 루리와 함께 부엌으로 갔다.

앞으로 같이 살게 됐으니 요리 실력을 확인하기 위해 리오 혼자서 요리하기로 했다. 루리는 채점 담당이었다.

"장작은 이미 준비해놨으니까 나중에 어디 있는지 가르쳐주기로 하고, 요리 도구랑 식기는 그쪽 선반에 있어. 그거 말고 모르는 거 있으면 뭐든 말해."

"네. 그럼 물은 어떻게 할까요? 정령술로 만들 수도 있는데."

"아, 거기 있는 물독에 든 걸 쓰면 돼. 하루에 한 번씩 나나 할머니가 정령술로 보충하는데 리오도 정령술을 쓰는구나?"

루리가 눈을 살짝 크게 뜨고 말했다. 야구모 지방에는 마술과 마법 대신 정령술이 보급되어 있지만, 쓸 수 있는 사람은 그리 많지 않았다.

"……네. 두 분도 정령술을 쓸 수 있군요?"

리오도 조금 의외라는 듯이 눈을 크게 떴다.

"응. 우리 가계는 평민치고 정령술 적성이 높거든. 할머니가 촌장을 맡은 것도 그거랑 관련이 있어. 나도 정령술 적성이 있고, 사요랑 사요의 오빠인 신도 정령술 적성이 있어서 어릴 적부터 같이 배웠어."

"과연…… 그랬군요."

리오가 이해하고 고개를 끄덕였다.

엘프, 드워프, 수인으로 구성된 정령의 주민에 비해 인간은 일반적으로 정령술 적성이 낮았다. 그래도 개중에는 높은 적성을 타고난 사람이 드물게 있었다. 리오는 그렇다면 역시 아버지 젠도 정령술사였을지도 모른다는 생각이 들었다. 그렇지 않으면 야구모 지방에서 슈트랄 지방까지 가는 가혹한 여정을 뛰어넘기란 한없이 불가능했다.

꽤 흥미로운 정보를 획득했지만, 애초의 목적을 소홀히 할 수는 없었다. 정령술로 아궁이에 불을 지피고 요리를 시작했다. 식단은 쌀, 된장국, 말린 고기를 넣은 채소볶음, 그리고 유바가 만든 절임이었다.

참고로 야구모 지방에는 간장과 된장을 시작으로 지구의 아시아계 조미료가 다양하게 있어서 슈트랄 지방보다는 일본인 입에 맞는 맛을 재현하기 쉬웠다.

정령의 주민의 마을에서 여러 식재료와 조미료를 접해 봤지만, 야구모 지방에 들러 새로운 식재료와 조미료를 많이 접해서 만족스러웠다.

"……으음, 꽤 하는데. 리오."

익숙한 동작으로 요리를 만드는 리오를 보고 루리가 자

기도 모르게 신음했다.

"고맙습니다. 홀로 여행했던지라 이 정도는 할 수 있어요."

"아니, 아니. '이 정도'가 아니잖아. 나보다 식칼도 더 잘 다루는데."

리오가 낯간지러워 고개를 젓자 루리가 약간 복잡한 쓴웃음을 지었다. 두 사람은 그렇게 소통하며 조금씩 마음을 텄다.

그리고 약 한 시간이 안 돼서 요리를 완성했다.

"자, 할머니. 리오가 맛있어 보이는 아침을 만들어줬어!"

루리가 기분 좋은 미소를 지으며 거실에 앉은 유바에게 막 만든 아침 식사를 가져갔다.

"호오, 확실히 맛있어 보여. 리오에게 당번을 맡겨도 문제없겠네."

유바가 상 위에 놓인 요리를 보고 눈을 크게 뜨며 미소 지었다.

"저기, 계세요?"

활짝 열린 현관에서 귀여운 소녀의 목소리가 들렸다. 그곳에는 사요가 있었는데, 뒤에 루리 또래로 보이는 소년도 서 있었다.

"아, 사요. 어서 와. 자, 들어와, 들어와. 신도."

루리가 웃으며 두 사람을 안으로 들였다.

"으, 응. 시, 실례합니다."

"응, 실례할게."

사요가 꾸벅 인사하고 머뭇거리는 발걸음으로 현관을 지났다. 신이라 불린 소년이 뒤를 따랐다.

"둘 다 잘 왔다. 마침 아침 식사가 준비됐으니 올라와."

유바가 두 사람을 곁으로 불렀다. 루리는 부엌으로 돌아갔다.

"아침부터 얻어먹어서 미안, 할머니."

신이 화로 근처 방석에 앉으며 유바에게 고마워했다.

"잘 먹겠습니다. 유바 님."

사요도 앉아서 꾸벅 고개를 숙이고 안절부절못하며 주위를 힐끗힐끗 둘러봤다. 그때, 리오가 부엌에서 상을 들고 나왔다.

"안녕하세요, 사요 씨."

"아, 아, 안녕하세요, 리오 님. 도와드릴까요?"

리오가 말을 걸자 사요가 긴장한 얼굴로 대답하고 도와줄까 물었다.

"······아뇨, 괜찮아요. 마침 다 옮겼거든요. 먹기만 하면 돼요."

리오는 리오 님이라고 불려서 약간 당황했다가 곧 웃으며 고개를 저었다. 한편, 신이 평소와 다른 사요를 신기하다는 듯이 쳐다봤다.

"리오, 루리, 너희도 앉아."

유바가 리오와 루리도 앉혔다.

모두는 유바를 기점으로 디귿 자 모양으로 앉았다. 유바의 양쪽에 루리와 사요가, 두 사람 옆에 리오와 신이 앉았다.

사요가 대각선으로 마주 앉은 리오에게 부끄러워하며 인사하자 신이 사요와 리오를 이상하다는 듯이 쳐다봤다.

"리오와 신은 처음 보지? 신, 그 아이는 리오라고, 내 오랜 지인의 아들이다. 어제부터 우리 집에서 지내게 됐어. 리오, 그쪽은 사요의 오빠인 신이라고 한다."

뭐라 말하기 어려운 분위기가 감돌자 유바가 자연스럽게 리오와 신을 서로에게 소개했다.

"리오라고 합니다. 잘 부탁해요."

리오가 사교적인 미소를 지으며 정면에 앉은 신에게 인사했다.

"……응, 잘 부탁해."

신이 약간 경계하며 퉁명스럽게 대답했다. 옆에 앉은 사요는 신에게 뭐라 하고 싶은 눈치였다.

"자, 모처럼 리오가 만들어준 밥이다. 일단 식기 전에 먹자. 대화는 그 다음에."

유바의 제안에 먼저 식사를 하기로 했다. 모두의 시선이 눈앞에 놓인 상에 집중됐다.

"잠깐, 할머니. 이 볶음 반찬에 고기가 들어 있어. 아침부터 호화롭네. 촌장이라고 여분을 모아둔 거야? 비겁해!"

신이 채소볶음에 고기가 들어 있는 것을 재빠르게 발견했다.

고기는 마을에서 빈번하게 먹을 수 있는 식재료가 아니

었다. 가축은 키우고 있지만 식용이 아니라 짐을 옮기거나 논밭을 일구는 데 쓰는 중요한 노동력이었다. 그래서 가축을 먹을 수 있는 것은 다치거나 늙은 가축을 처리할 때나 사냥꾼이 잡은 사냥감 배급 순서가 돌아왔을 때 정도였다.

"비겁하지 않으니 소란 떨지 말거라. 그건 리오가 가져온 고기다."

유바가 쓴웃음 지으며 사정을 설명했다.

"아, 그런 거였어? 뭐, 고기를 먹을 수 있다면 됐어. 어, 맛있는데?!"

사정을 알았는지 몰랐는지 메인 요리인 채소볶음을 먹은 신이 그 맛에 눈을 동그랗게 뜨고 신음했다. 그리고 딱 간을 맞춘 채소볶음 맛이 입안에 남아 있을 때, 밥을 먹었다.

"오빠, 버릇없어."

"됐고, 너도 먹어봐. 맛있어. 오오, 이 된장국도 맛있어."

사요가 주의를 주었지만, 신은 신경도 쓰지 않고 입에 밥을 쑤셔 넣었다.

"어휴."

사요가 불만스레 입을 내밀었으나 채소볶음을 먹더니 "맛있어!" 하며 눈을 크게 떴다. 신이 "그렇지?"라고 신 나게 고개를 끄덕였다.

"된장국도 맛있어. 이, 이 아침 식사, 전부 리오 님이 만든 거예요?"

"네. 좋아해주셔서 다행이네요."

사요가 선망의 눈빛을 보내며 묻자 리오가 약간 수줍어하며 고개를 끄덕였다.

"아하하. 하고 싶은 말은 두 사람이 다 했지만, 맛있어, 리오."

"그래, 좋은 실력이야. 대단하군."

루리와 유바도 입가에 미소를 그리며 감상을 밝혔다.

"고맙습니다. 밥을 많이 지었으니 괜찮으시면 더 드세요."

"응, 한 그릇 더! 부탁해, 사요."

리오의 말에 신이 옆에 앉은 사요에게 밥그릇을 건넸다.

"정말! 오빠, 사양 좀 해봐!"

"사양할 필요 없어, 사요. 한창 먹을 때니 듬뿍 퍼줘라."

"죄, 죄송합니다. 유바 님. 오빠가……. 감사히 먹겠습니다."

사요가 유바와 리오에게 꾸벅꾸벅 고개를 숙이고 옆에 있던 솥에서 신의 밥그릇에 밥을 퍼 담았다. 그리고 밥을 가득 담은 그릇을 신에게 건넨 후 예의 바르게 다시 식사했다.

그로부터 한동안 모두 리오가 만든 아침 식사에 입맛을 다셨다. 그리고 식후의 차를 끓였다.

"아주 식사에 푹 빠졌었군. 그럼 슬슬 본론으로 들어갈까, 신."

유바가 신에게 말을 걸었다.

"응, 왜?"

"너를 부른 용건이다. 리오에게 사냥꾼 일을 시켜볼 테니 도라에게 데려가 줘라."

"……뭐? 이 녀석이 사냥꾼? 진심이야?"

불려 온 것도 깜빡하고 배불리 먹고 만족하던 신이 유바의 용건을 듣고 의아한 표정을 지었다.

"진심이야. 이 아이가 마을 일을 돕겠다고 해서 말이야. 뭘 할 수 있는지 대강 물어봤다. 꽤 다재다능한 아이라 수렵도 할 줄 안다. 도라가 사람이 더 필요하다고 했잖아?"

"그렇긴, 한데……. 힘들다고. 체력은 있고? 이 녀석 꽤 선이 가는데."

신이 리오를 의심스럽게 쳐다봤다.

"괜찮아. 거짓말할 아이는 아니야. 요리와 정령술은 이미 확인했고. 이 나이에 각지를 홀로 여행할 정도다. 아마 상당한 무예가일 거야. 훌륭한 무기도 갖고 있고, 너보다 훨씬 강할지도 모르지."

유바가 히죽 웃으며 신을 도발했다.

"뭐, 뭐 나도 정령술쯤은 쓸 수 있어. 그럼 솜씨 좀 보러 갈까?"

신이 순간 겁을 먹었다가 곧 평정을 되찾았다.

"그렇게 됐으니 도라에게 설명 부탁한다. 리오의 실력을 보고, 시간이 날 것 같으면 적당히 젊은이 중에 후진을 골라 육성하라고."

"알았어. 괜히 시간 낭비하는 거 아니었으면 좋겠네."

신이 얕보였다고 생각했는지 납득하면서도 불만스럽게

중얼거렸다.

"오빠!"

신의 말을 들었는지 옆에 앉은 사요가 타박했다.

"아, 시끄러워, 시끄러워. 야, 리오. 시간이 없어. 얼른 가자."

신이 일어나 현관을 향해 터벅터벅 걸어갔다.

"리, 리오 님, 죄송해요! 오빠가 입이 좀 거칠어서."

사요가 황급히 리오에게 고개를 숙였다. 리오는 신경 쓰지 않는다는 듯이 부드럽게 웃으며 고개를 저었다. 그리고 재빨리 신의 뒤를 쫓았다.

"정말이지. 한 살 아래인데도 리오가 훨씬 어른스럽네. 신경 쓰지 마, 사요. 이따가 나도 리오한테 말해둘 테니까."

루리가 탄식하며 말했다.

"으, 응."

사요가 쭈뼛쭈뼛 고개를 끄덕였다.

그러자 유바가 입을 열었다.

"자, 사요. 그리고 루리. 이제 너희 차례다."

"응? 나도?"

자기에게도 할 말이 있을 줄은 몰랐는지 루리가 의외라는 듯이 눈을 크게 떴다.

"그래. 리오는 이 마을에 막 온 참이니까. 차분한 아이라 괜찮은 것처럼 보여도 이래저래 낯선 일이 있을 거다. 외지인이라 경계하는 마을 사람도 있을 테고. 그러니 너희가 이것저것 도와주지 않겠니?"

유바가 진지하게 말하고 두 사람에게 깊이 머리를 숙였다.

"으, 응. 그야 당연하지. 맡겨둬."

할머니인 유바가 이렇게 고개를 숙이는 일은 거의 없었다. 루리는 의표를 찔렸는지 곧 고개를 끄덕이고 미소 지었다.

"저, 저도 열심히 할게요! 제가 할 수 있는 일이라면!"

사요도 단단히 마음먹고 고개를 끄덕였다.

"으—음, 난 동생이 새로 생겼다고 생각하면 되나? 사요한테는 오빠인가? 이미 신이 있긴 하지만."

"리, 리오 님이 오빠라니 죄송하지!"

루리가 고개를 갸웃거리며 말하자 사요가 송구해하며 끼어들었다.

"아하하……. 그런데 왜 리오 **님**이라고 불러?"

루리가 쓴웃음 지으며 물었다.

"어? 그, 그야, 왠지 귀족 분 같다고 할까. 왠지 구름 위에 있는 사람 같아서……."

사요가 동요하며 살짝 **뺨**을 붉히고 대답했다.

"그렇구나아……."

루리가 히죽거리며 사요를 쳐다봤다.

"뭐, 뭐야? 루리 씨."

"아무것도 아니야. 자, 일하러 가자. 다녀올게, 할머니!"

루리가 잽싸게 일어나 사요를 재촉하고 현관으로 터벅

터벅 걸어갔다.

"아, 기, 기다려! 루리 씨!"

사요가 서둘러 루리의 뒤를 쫓았다. 유바는 "그래, 다녀오거라." 하고 서둘러 나가는 두 사람을 배웅했다.

"……한동안 지루하지 않겠어."

유바는 그렇게 중얼거리고 입가에 기쁜 미소를 그렸다.

한편, 리오는 신을 따라 마을 남쪽에 있는 산림 기슭을 방문했다.

신은 촌장 집을 나선 직후에는 기분이 안 좋았지만, 리오가 대화를 잘 이끈 덕분에 제대로 이야기할 수 있을 정도로 기분이 풀렸다.

"자, 도착했어. 이 산림이 우리 사냥꾼의 일터야. 기본적으로 오전부터 정오 지나서까지는 산림에 틀어박혀서 사냥하고, 오후부터는 시간이 비니까 농사일을 도울 때가 많아. 자세한 건 우두머리 사냥꾼인…… 말하니까 왔네. 도라 두령이야."

신이 리오에게 사냥꾼 일에 관해 간단하게 설명하는데 유바와 이야기할 때도 이름이 나온 도라라는 남자가 나타났다. 나이는 40대 전후. 몸집이 크고 다부졌다.

"오, 신. 일찍 왔는데. 거기 있는 낯선 소년이 리오인가?"

도라가 다가와 스스럼없이 인사했다.

"……뭐야, 벌써 이 녀석 알아?"

"우리 딸이 오늘 아침 만난 모양이야. 그래. 이거 확실히……. 좀 예쁘장하니 여자애들이 소란 떤 것도 이해가 되는군. 뭐, 나만큼은 아니지만."

도라가 "와하하" 하고 호쾌하게 웃었다.

"처음 뵙겠습니다. 리오라고 합니다. 한동안 이 마을에서 지내게 됐습니다. 유바 씨의 분부로 사냥을 돕게 됐습니다. 앞으로 잘 부탁드립니다."

리오가 이곳에 온 경위를 간단하게 설명하고 자기소개를 했다.

"오, 나야말로 잘 부탁해. 참고로 수렵 경험은 있나?"

"네, 있습니다."

"호오, 그거 잘됐네. 사실 사냥꾼이 두 명 더 있는데 부상을 당했거든. 지금 일하는 사냥꾼은 견습생인 이 녀석과 나밖에 없어."

도라가 기쁘게 웃었다.

"유바 할머니가 이 녀석 몫만큼 여유가 생기면 마을 젊은이 중에 적당히 끌고 와서 후진을 키우래. 뭐, 실력은 한번 보자고."

신이 조금 달갑지 않아하며 끼어들었다.

"왜 네가 잘난 듯이 말해? 반쪽짜리 녀석이."

도라가 기가 막힌다는 얼굴로 말했다.

"시, 시끄러워! 내가 이 녀석보다 큰 걸 사냥할 거야!"

신이 울컥했다.

"그래, 그래, 기대하마. 정도껏 해."

도라가 어깨를 으쓱했다.

"자, 리오의 실력이 어느 정도인지 알고 싶어. 저 오두막에 우리 수렵 도구와 예비 물품을 보관해놨으니까 준비되면 바로 산에 들어가자."

도라가 마음을 다잡고 일할 때의 표정을 지었다.

그리고 모두 오두막에 들어가 수렵 준비를 했다.

도라와 신은 처음부터 움직이기 쉬운 옷을 입고 있었지만, 산에 들어가는 거니 더 두꺼운 옷으로 갈아입고 부츠 비슷한 버선을 신었다. 그리고 짚으로 만든 외투를 걸치고 수렵용 칼과 활도 장비했다.

한편 리오는 원래 전투복을 겸한 조금 두꺼운 사복을 입었고 벨트에 단검과 투척 나이프를 수납한지라 활만 빌리고 준비를 끝냈다.

"그건 그렇고 너 차림이 희한하네. 정말 그런 걸로 괜찮아?"

신이 옷을 다 갈아입고 리오의 전신을 의아하게 쳐다봤다.

"네, 여행복 겸 사복이라 튼튼해요."

"그래 보여. 옷감이 탄탄해. 뭐 이 정도면 괜찮겠지."

리오가 고개를 끄덕이자 도라가 다가와 옷의 감촉을 확인하고 괜찮다 보증했다.

"그럼 됐어. 자, 가자."

그러자 신이 조금 서둘러 오두막 밖으로 나갔다.

"오, 평소보다 더 힘이 넘치는데? 리오한테 대항 의식이라도 불태우나? 좋아, 우리도 가자."

도라가 입가에 홋 미소 짓고 오두막 밖으로 나갔다. 리오도 뒤를 쫓았다.

"리오, 산에 들어가기 전에 말해둘 것이 있다."

오두막 밖을 나가자 도라가 리오에게 말을 걸었다.

"뭔가요?"

"그 말투다. 괜히 낯간지러우니까 딱딱하게 말할 것 없어. 한창 사냥 중에 말투 신경 쓸 여유도 없고."

"확실히 그렇지만······. 그냥 버릇 같은 거라 갑자기 바꾸기도 어렵다고 할까, 오히려 이상할 것 같지만······ 노력하겠습니다."

"하하, 싫은 건 아니야. 그편이 이야기하기 편하다면 무리할 필요는 없어. ······자, 실력을 확인하고 싶고 설명할 것도 있으니 오늘은 셋이서 산에 들어갈까? 그 전에 뭐 물어볼 거 있어?"

"그럼 하나만요. 의사소통용 수화가 있다면 먼저 가르쳐 주셨으면 좋겠습니다."

"수화? 그게 뭐지?"

"손동작으로 의사소통을 할 수 있도록 일정한 손동작에 의미를 붙인 거예요. 먼저 가라든가, 움직이지 말라든가,

소리 내지 말라든가.”

도라와 신이 나란히 고개를 갸웃거리자 리오가 수화의 역할을 설명했다.

“아, 그렇군. 무척 간단한 지시라면 지금도 손동작으로 하고 있어. 무엇을 어떻게 하라는 건 모호하다고 할까, 특별히 정해진 신호가 있는 건 아니지만.”

도라가 평소에 자연스럽게 사냥에 수화를 활용했던 것을 깨달았다.

“하지만 그런 걸 정해서 무슨 의미가 있어? 그냥 알면 돼. 가라든가, 멈추라든가, 그런 간단한 지시라면 분위기로 알 수 있잖아.”

신은 아직 수화의 중요성을 이해하지 못했다.

“의미라면 있어요. 사전에 공통의 법칙을 정해두지 않으면 괜히 혼란해지는 경우도 있으니까요. 약간 복잡한 의사소통을 할 때는 특히 고생이에요.”

“하하하, 확실히 리오 말이 맞아. ……좋아, 재미있어 보여. 그렇게까지 말한다면 리오가 사냥할 때 썼던 손동작이 있겠지? 그걸 가르쳐줘.”

도라가 리오의 설명에 납득했는지 적극적으로 수화를 사냥 의사소통 수단으로 채용하려고 했다.

“뭐, 두령이 그렇게 말한다면, 외워볼까…….”

신도 도라의 의견에 찬성했다. 그래서 리오는 일단 두 사람에게 간단한 수화를 가르쳐주기로 했다.

"좋아, 조금 늦었지만 가자! 둘 다 따라와."

몇 분 뒤, 도라를 선두로 리오 일행이 드디어 마을 사냥터인 산에 들어갔다. 셋이서 걸으며 도라가 리오에게 마을의 사냥 규칙을 가르쳐줬다. 그리고 점점 대화를 줄이다가 적극적으로 수화로 의사소통을 나눴다.

도라는 숙련된 사냥꾼이라 역시나 행동거지가 훌륭했다. 리오가 가르쳐준 수화도 이미 통달했다.

'신은 아직 멀었지만, 리오는 산을 잘 타는군. 경험은 있다고 했지만, 햇병아리처럼 생겼는데 대단해. 문제없을 것 같군. 사냥감 처리 기술이 확실하면 내일부터 홀로 사냥을 맡겨볼까.'

한편, 신은 행동거지에 쓸데없는 틈이 많고 수화도 가끔 놓쳐서 도라를 쓴웃음 짓게 했다. 대조적으로 리오에게는 높은 평가를 줬다.

발소리를 죽이는 방법, 기척을 지우는 방법, 사냥감의 흔적을 재빠르게 발견하는 관찰력, 사냥감의 습성에 관한 지식— 리오는 무엇 하나 나무랄 데가 없었다.

도라는 자연스레 리오에게도 사냥감 색적을 분담했고, 투 톱으로 움직이기 시작하면서 신은 그 뒤를 따라갈 뿐인 형태가 됐다.

신은 그것이 몹시 달갑지 않았다. 평소에 도라와 둘이서 사냥할 때는 가르쳐주기만 하고 뭔가를 맡기는 일은 거의 없었기 때문이었다.

그런데 도라는 신참 외지인인 리오를, 그것도 자기보다 연하인 리오를 신뢰하고 사냥 작업을 분담했다. 자신이 리오의 걸림돌이 됐다. 어쩌면 걸림돌이라고 생각하고 있을지도 모른다고—실제로 리오는 전혀 그렇게 생각하지 않았지만—생각하니 분한 마음이 치밀어 올랐다.

게다가 리오는 무슨 수화라는 지혜를 꺼내놓아 도라의 관심을 끌었다. 그게 점수 따는 걸로 보였고, 그것 말고도 사소한 일을 이래저래 의심해버렸다. 그렇게 분함이 점차 화로 변했고 신의 주의력이 필연적으로 산만해졌다.

"어이, 신. 왜 그래? 멍하니 있을 거면 돌아가. 방해돼."

도라가 보다 못해 일부러 신에게 주의를 줬다.

"……그런 거 아니야."

신이 울컥해서 중얼거렸다. 도라가 눈썹을 찌푸렸다.

"있습니다."

그때, 리오가 말하는 것과 동시에, 아니, 말을 꺼낸 시점에 이미 화살을 쐈다.

슝, 바람을 가르는 소리가 들렸다. 화살이 빨려 들어가듯이 사냥감을 향해 날아가 20미터 이상 너머에 있는 나뭇가지에서 날아가려던 새를 꿰뚫었다.

"오, 오오, 렌오새잖아! 잘 처리했어! 이 녀석은 경계심이 강해서 사냥하기 어려워."

"죄송합니다. 독단으로 화살을 쐈어요. 우리 대화를 들었는지 새가 날아가려고 해서."

리오가 미안해하며 사과했다.

"신경 쓸 것 없어. 그보다 활 실력이 굉장한데. 이 거리에서 화살을 시위에 메기자마자 쏘다니. 멋졌어!"

도라가 신의 화를 흐지부지 넘기고 노골적으로 리오를 칭찬했다. 신이 조금 토라진 표정을 지었다.

"고맙습니다."

리오가 짧게 인사하고 잡은 렌오새가 있는 곳으로 잰걸음으로 달려갔다. 다리를 잡고 다른 손으로 단검을 꺼내 목을 잘라낸 다음 피를 빼기 시작했다. 작업하는 표정이 진지하기 그지없었다. 희생된 사냥감에게 감사하는 건지 짧게 묵념까지 했다.

도라는 리오의 익숙한 작업 풍경을 보고 "호오" 하고 감탄하며 신음했다.

"좋아. 우리도 질 수 없지. 신."

그리고 신에게도 힘차게 기합을 넣었다.

"알아. 질까 보냐!"

신이 벌떡 일어나 대답했다. 도라는 그의 마음을 알아차렸는지 쓴웃음을 짓고 작업 중인 리오에게 다가갔다.

그리고 현장에서 해야 하는 처리를 끝낸 뒤, 세 사람은 다음 사냥감을 찾아 이동을 재개했다.

리오와 도라는 가는 곳곳마다 순조롭게 들새와 산토끼 같은 사냥감을 잡았다. 신이 질까 보냐며 대항 의식을 불태웠다. 그러나 공을 세우지 못하고 자신의 손으로는 한

마리의 사냥감도 잡지 못했다.

"좋아. 조금 이르지만 오늘은 이 정도면 됐다. 둘 다 잘했어. 평소보다 많은 사람들에게 고기를 돌릴 수 있겠다."

시간이 흘러 오후에 접어들자 도라가 기쁜 얼굴로 오늘의 작업 종료를 선언했다.

"나는 한 마리도 못 잡았지만. 전부 두령과 그 녀석의 성과야."

"너 무슨 말을 하는 거야?"

신이 미묘하게 토라진 모습으로 중얼거리자 도라가 기가 막힌다는 표정을 지었다.

"셋이서 협력했기에 이런 성과가 나온 거예요. 신 씨도 사냥감을 쫓아줬잖아요? 덕분에 노린 대로 활을 쏠 수 있었습니다."

"그래. 사냥감 추격도 훌륭한 사냥 작업이야."

리오의 의견에 도라가 찬성했다. 그러나 신은 기분이 풀리지 않았는지, 혀를 차더니 홀로 먼저 터벅터벅 산을 내려갔다.

"아이고, 하는 수 없네. 미안, 리오. 저 녀석한테는 내가 나중에 한마디 해둘 테니, 어린애의 잠꼬대라고 생각하고 신경 쓰지 않으면 좋겠다."

"……아뇨. 저야말로 죄송해요. 말 좀 잘 전해주세요."

리오가 미안해하며 사과했다.

"……네가 사과할 필요가 없는데, 미안하다. 그리고 너라면 내일부터라도 홀로 사냥을 맡겨도 괜찮을 것 같아. 나는 후진을 육성해야 해서 내 몫까지 사냥해주면 고맙겠는데 맡겨도 되겠어? 물론 할 수 있는 만큼만 하면 돼."

도라가 겸연쩍어하며 머리를 긁적이고 고개를 저으며 말했다.

"네, 맡겨주세요."

리오가 망설임 없이 받아들였다.

"좋아, 기대하마. 자, 얼른 오두막으로 돌아가서 해체 작업을 하자."

도라가 씨익 웃고 리오의 어깨를 두드렸다.

그 뒤, 사냥감 해체를 끝낸 리오가 선물로 고기를 들고 곧장 귀가했다.

"다녀왔습니다."

현관에서 귀가 인사를 했지만, 대답이 없었다. 거실에는 아무도 없었고 봉당 오른쪽에 있는 부엌에도 아무도 없었다.

'······아무도 없나? 하긴 지금은 일하는 시간이니까.'

리오는 일단 몸에 들러붙은 짐승 피 냄새를 지우기로 했다.

집에 욕실이 없어서 부엌에 있는 목욕통을 밖으로 갖고 나왔다. 집 뒤쪽으로 가서 땅에 목욕통을 놓고 정령술로 주변 지면을 일으켜 세워 벽으로 만들었다. 그리고 이번에는 정령술로 뜨거운 물을 만들어 목욕통에 부었다.

그리고 리오는 정령의 주민의 마을에서 받은『시공의 장』이라고 불리는 마도구를 찬 왼손을 뻗어 "『해방마술』"이라고 주문을 영창했다. 그러자 손 주변의 공간이 소용돌이처럼 일그러지고 손바닥에 작은 금속 병 네 개가 나타났다. 각각 머리카락과 몸을 씻고 옷을 세탁할 때 쓰는 액상 비누가 들어 있었다. 물론 정령의 주민이 만든 거다.

리오는 손 주변에 나타난 작은 병을 양손으로 잡고 옷을 벗어 목욕통에 넣었다. 정령술로 통 안에 든 뜨거운 물을 자유자재로 조종하고, 비누로 머리카락과 몸을 씻으며 생각했다.

'집 밖이라도 좋으니 욕실이 있는 게 편리하지. 나중에 유바 씨에게 만들어도 되는지 물어볼까? 뭣하면 마을 사람들에게 빌려줘도 되고.'

머리카락과 몸을 깨끗하게 씻고 이번에는 조금 전까지 입고 있던 옷을 세탁하기로 했다.

몇십 분 후. 리오는 예비 옷으로 갈아입고 주위에 둘러놓은 흙벽을 지면으로 되돌렸다. 그러자 조금 떨어진 곳에 루리와 사요가 서 있는 것이 보였다.

"……아, 역시 리오였구나."

루리가 어쩐지 안도한 모습으로 숨을 내쉬었다. 집 뒤쪽에 갑자기 낯선 건조물이 나타났으니 수상하게 여기는 게 당연했다.

"죄송해요. 놀라게 했나 봐요."

"아니, 그건 괜찮은데……. 지금 땅을 움직인 건 리오의 정령술이야?"

리오가 미안해하며 사과하자 루리가 살피며 물었다.

"네, 맞아요."

"으—음. ……내가 땅의 정령술은 약해서 잘 모르는데, 꽤 간단하게 움직이네?"

리오가 간단히 긍정하자, 루리가 이해가 잘 안 된다는 모습으로 옆에 선 사요에게 물었다.

"그, 글쎄? 나도 땅의 정령술을 잘하는 편이 아니라……. 하지만 우리가 할 수 있는 것과 비교해도 간단해 보이지는 않는데……."

사요가 자신 없게 자기 견해를 밝혔다.

"……뭐, 열심히 훈련하면 그렇게 어렵진 않아요."

리오는 야구모 지방 정령술사의 평균적인 숙련도를 헤아리지 못한 것도 있어서 적당히 얼버무리기로 했다. 필요에 따라 설명하면 되겠지, 라는 생각이었다.

루리는 그다지 개의치 않는지 "그래" 하고 천천히 걸어왔다. 그리고 킁킁 코를 움직이며 리오에게 다가갔다.

"응~ 그건 그렇고……."

루리가 리오의 코앞까지 접근해 얼굴을 빤히 올려다봤다.

"저기, 뭔가요?"

리오가 조금 쩔쩔매며 물었다. 사요도 "어?" 하고 뺨을 붉히고 루리 뒤에서 두 사람이 접근한 모습을 쳐다봤다.

"역시! 리오에게서 좋은 냄새가 나!"

그러자 루리가 활짝 웃으며 말했다.

"……아, 사냥하느라 짐승 냄새가 몸에 배서 씻었어요."

"헤에, 그래서 그런가? 그런데 진짜 좋은 냄새가 나. 사요도 맡아봐."

루리가 손을 흔들어 사요를 불렀다.

"뭐, 뭐어?! 나, 나는 됐어! 냄새라면 여기서도 맡을 수 있어!"

사요가 새빨개진 얼굴을 붕붕 저었다.

"에이, 부끄러워 말고."

루리가 사요의 뒤로 가서 등을 밀어 리오가 있는 곳까지 걸어가게 했다. 사요는 "됐어, 됐어" 하고 말하면서도 그렇게 필사적으로 저항하지는 않았다.

"하으……."

리오의 눈앞까지 온 사요가 귀까지 빨개져 고개를 숙였다.

"봐, 좋은 냄새가 나지?"

"으, 응……."

사요가 사그라질 것 같은 목소리로 대답했다. 리오는 어떻게 대응하는 게 정답인지 알 수 없어 쓴웃음 지으며 서 있었다.

"저기 있지, 리오. 이거 무슨 냄새야?"

루리가 물었다.

"비누일 거예요."

"어? 비누라니, 그 비누? 몸을 씻거나 옷을 빠는 거?"

리오가 대답하자 루리와 사요가 놀라서 눈을 동그랗게 떴다.

"네. 그 비누예요."

"뭐어~? 왜 리오가 비누를 갖고 있어?"

"왜냐뇨, 제가 만들었으니까요……."

루리가 놀라자 리오가 눈을 동그랗게 떴다.

루리와 사요가 놀라는 게 당연했다. 야구모 지방에도 비누는 존재하지만, 고급품이었다. 일반 서민이 쉽게 손에 넣을 수 있는 물건이 아니었다.

그래서 비누 대용품으로 초(酢)를 쓰고는 했다.

"마, 만들었다고?! 리오, 비누도 만들어? 흐아~ 우리 마을은 할머니가 약에 빠삭하지만, 비누 만드는 방법은 몰라. 굉장하다, 사요."

"……네. 굉장해요."

루리와 사요가 존경의 눈빛으로 리오를 바라봤다.

"재료만 있으면 나름 간단하게 만들 수 있어요. 집에 둘 테니 나중에 써보세요. 괜찮다면 사요 씨도요."

리오가 낯간지러워하며 말했다. 그러자 두 사람이 눈을 끔뻑였다.

"뭐?! 우리도 써도 돼?!"

"물론이죠. 시간이 나면 또 만들 테니 자유롭게 쓰세요."

"와아, 기대돼! 고마워, 리오!"

루리가 사요와 손을 잡고 기뻐했다.

"그런데 두 사람은 왜 여기에?"

"아, 맞다. 아까 길에서 도라 씨랑 신을 봤거든. 리오도 집으로 돌아오지 않았을까 싶어서. 몸을 씻으려면 물을 끓여야 되는데, 장작이 어디 있는지 모르니까 도와주는 게 좋지 않겠냐고, 사요가 말해서 말이야."

루리가 히죽 웃으며 사요를 봤다.

"아, 아니, 나는, 그……."

사요는 부끄러운 나머지 말문이 막혔다.

"그랬군요. 사요 씨, 신경 써주셔서 고맙습니다. 뜨거운 물은 정령술로 만들어서 괜찮았어요."

"어…… 저, 정령술로 뜨거운 물을 만들었어요?"

사요가 경악한 표정으로 물었다. 루리도 놀란 것 같았다.

"네. 그랬는데 왜 그러세요?"

리오가 두 사람이 놀란 이유를 되물었다.

"아, 아뇨. 물은 그렇다 치고 저는 정령술로 뜨거운 물을 못 만들어서, 굉장해서."

"……아, 그렇군요. 약간의 요령만 있으면 돼요. 나중에 가르쳐드릴까요?"

"네, 저, 정말요?!"

리오가 가벼운 마음으로 제안하자 사요가 기세 좋게 달라붙었다.

"네, 네에."

리오가 당황하며 말했다.

"해냈구나, 사요. 열심히 해야겠네?"

루리가 피식 웃고 사요를 격려했다. 사요는 부끄러워하며 리오에게 "잘 부탁해요" 하고 고개를 숙였다.

리오가 마을에서 살게 되고 두 달이 흘렀다.

마을에는 이제 리오를 모르는 사람이 없었다. 마을 사람들도 대개 호의적으로 리오를 받아들였다.

그도 그럴 것이 촌장 유바가 후견인이었으며, 사냥으로 매일같이 대량의 사냥감을 잡아와 예전보다 고기 공급이 늘었고, 거기에 사냥 외의 일에도 적극적으로 참여하고 왕립학원과 정령의 주민의 마을에서 쌓은 지식을 발휘해 마을의 생활수준 향상에도 크게 공헌했기 때문이었다.

예를 들어 촌장 집 옆에 마을 사람이 이용할 수 있는 목욕용 오두막을 만들고, 직접 만든 비누를 각 가정에 나눠 줘서 마을 젊은 여자들에게 절대적인 지지를 받게 됐다. 또, 농법과 농기구 개량을 조언해서 농업 효율을 크게 향상시켜 중년층에게도 강한 지지를 받게 됐다.

사실 이런 개혁이 약간 급속히 진행된 감이 없지는 않았다. 그러나 리오는 지식과 기술을 제공하는 것을 불필요하게 아까워하는 짓은 하지 않았다.

마을에는 위생 문제로 아픈 사람이 생기기도 했고, 흉년에는 기아로 죽는 사람도 있었다. 실제로 루리의 어머니는 젊었을 때 유행한 병으로 죽었고, 남동생은 네 살 때 기아로 죽었다고 했다.

그러나 다행히 리오는 그러한 일을 막을 지식과 기술을 갖고 있었다.

아직 짧은 시간밖에 지나지 않았으나, 리오에게 유바와 루리는 소중한 가족이 됐다. 사정을 아는 유바는 물론 루리도 리오를 가족처럼 생각하며 대했다.

그럼에도 보고도 못 본 척하는 짓은, 리오는 그런 짓은 할 수 없었다. 리오는 언젠가 마을을 나갈 사람이었다. 시간제한이 있었다. 그래서 그 전에 유바와 루리를 위해, 그리고 두 사람이 사는 마을을 위해서도 조금이라도 빨리 생활수준을 높여주고 싶었다.

그런 리오의 마음과 행동이 인정받았고, 리오는 마을 안에서 확실한 신뢰를 쌓았다. 최근에는 주말 목수의 실력을 발휘해서 마을 여성들에게 집과 가구를 간단하게 수리해 달라는 부탁을 받는 일이 늘었다. 마을 안에도 장인이 있지만, 수가 적고 일이 많아 손봐 주기 힘들었다.

오늘도 벽 틈 사이로 들어오는 바람을 좀 막아달라는 마을 여자의 부탁이 있어서, 사요와 루리 두 사람의 안내를 받아 목적지인 집에 들렀다.

"이야, 덕분에 살았어. 요즘 벽 사이로 새어 들어오는 바람이 차가워져서 말이야. 남편에게 맡기면 괜히 더 안 좋아질 것 같아서 난처했어. 마을 장인도 나중에 봐주겠다고 미루지 뭐야."

리오가 수리를 끝내자 풍채 좋은 의뢰인 여성이 기분 좋게 말했다.

"요즘 밤에 춥더라고요. 우메 씨를 도울 수 있어서 다행입니다. 또 무슨 일 있으면 불러주세요."

리오가 의뢰인인 우메에게 별일 아니라며 고개를 저었다.

"그래. 그건 그렇고 어느새 셋이 같이 있는 게 당연해졌네. 우리 마을의 예쁜이를 둘이나 데려가서 젊은 남자들이 질투해. 리오."

우메가 유쾌하게 웃으며 리오와 리오의 양옆에 선 두 사람을 봤다.

"정말, 싫다아. 우메 씨. 나랑 리오는 그런 사이가 아니라고요."

리오가 "아하하." 쓴웃음 짓고 뭐라 대답할지 난처해하자 루리가 익숙하게 말을 받았다.

"「나」라는 건 리오랑 사요는 아닌가 봐?"

"……네? 아, 아뇨, 저기, 그게……."

우메가 화살을 돌리자 사요의 얼굴이 갑자기 빨개졌다.

"앗핫하, 사요는 귀엽기도 하지."

우메가 태연히 호쾌하게 웃었다.

최근에 비슷한 대화가 여러 번 되풀이됐는데도 사요는 매번 이런 반응을 보였다. 말을 꺼낸 사람들도 반응을 예상하고 꺼낸 거라 순진한 사요를 놀리는 게 분명했다.

"정말, 이제 그만 익숙해져. 사요. 적어도 리오처럼 웃어넘기든가."

루리가 즐겁게 키득키득 웃었다.

"으…… 하, 하지만……."

사요는 힐끗 리오를 봤다가 시선이 마주치자 황급히 고개를 숙였다.

"사요 씨는 이성이 익숙하지 않은 것 같으니 너무 놀리지 말아요. 그 김에 저도 적당히 봐주시고요. 이런 대화는 도저히 익숙해지지가 않아서."

리오가 사요를 도울 생각으로 말했다.

"으―음, 뭐, 사요의 경우에는 이성이 익숙하지 않다기보다는……."

"그렇지……."

루리와 우메가 얼굴을 마주 보고 작게 한숨을 쉬었다. 두 사람이 리오를 보자 리오가 이상하다는 듯이 고개를 갸웃거렸다.

"뭐 어쨌든 리오 같은 남자가 우리 마을에 와줘서 다행이야. 유바 님 댁에 외지인이 왔다고 들었을 때는 조금 걱정했지만. 앞으로도 잘 부탁한다!"

우메가 화제를 바꿔 밝게 말하고 리오의 어깨를 탁탁 두드렸다.

"네, 저야말로 잘 부탁드립니다."

리오가 낯간지러워하며 말했다.

그 뒤에도 루리와 사요의 중개로 가구 수리를 부탁한 집에 들렀다. 그곳에서도 비슷한 대화가 오가서 사요가 뺨을 붉힌 것은 또 다른 이야기이다.

 그날 집으로 돌아가던 길의 일이다.

 리오 일행이 셋이서 나란히 걷고 있자 루리가 "응, 응" 고개를 끄덕이며 말했다.

 "이야, 리오는 정말 다재다능하구나. 아는 것도 많고, 요리도 잘하고, 수렵도 할 줄 알고, 게다가 정령술도! 마을에 한 명쯤 있었으면 하는 인재야."

 "잔재주가 많은 것뿐이에요. 어느 것도 일류인 사람한테는 못 당해요."

 리오가 쓴웃음 짓고 고개를 좌우로 저었다.

 "그렇지 않아요! 리오 님은 굉장해요! 마을 사람들과 순식간에 마음을 터놓고, 사교성도 좋고요!"

 그러자 사요가 옆에서 끼어들었다.

 "사요 말이 맞아. 리오가 있으면서 바로 도와주니까. 무엇이든 할 수 있는 사람이 마을에 있다는 건 정말 고마운 일이야."

 "고맙습니다. 이 마을에 도움이 된다니 정말 기뻐요."

 리오가 낯간지러워하면서도 기뻐하며 입가에 미소를 그렸다.

 그때였다. 리오 일행은 길가에서 마을의 젊은 남자들과 마주쳤다. 그중에는 사요의 오빠인 신도 있었다.

 신 일행은 리오 일행을 확인하고 불만스럽게 얼굴을 찌

푸렸다.

"너희들 또 같이 있냐. 리오는 그렇다 치고, 루리랑 사요. 일은 어쨌어?"

신이 입을 내밀며 물었다.

"리오의 일을 도왔어. 뭐 불만 있어?"

"……그 녀석의 일? 사요, 뭐했어?"

루리가 답하자 신이 동생인 사요를 보며 물었다.

"어…… 집이랑 가구를 수리했어. 마을 장인들은 새 집을 짓느라 바빠서 리오 님이 고쳐주고 있어."

"쳇, 그런 것까지 하냐."

신이 작게 혀를 찼다. 그러자 사요가 울컥해서 쳐다봤다.

"할 이야기 없으면 그만 갈게. 지쳤거든. 가자, 얘들아."

루리가 재촉하며 얼른 지나치려고 했다.

그러자 신이 "기다려" 하고 리오 일행을 불러 세웠다.

"열심히 점수를 따고 다니나 본데, 우리는 아직 너를 인정하지 않았어."

신의 말에 다른 남자들이 "맞아, 맞아" 하고 찬동했다.

"……"

리오는 약간 망설였다. 자신의 존재가 신 일행의 일상에 적지 않은 파문을 불러일으킨 것을 자각하고 있기 때문이었다. 그래서 그들에게 정면으로 반박해야 할지, 적당히 얼버무려야 할지, 무시해야 할지, 어떻게 반응해야 할지 난처한 상황이었다.

폐쇄적인 마을 사회에는 외지인에게 배타적인 가치관을 가진 사람이 적지 않지만, 리오는 그런 감정이 잘못됐다고 생각하지 않았다. 그러하기에 안정되는 평온과 일상도 있다고 생각하기 때문이었다. 요컨대 리오는 신 일행에게 떳떳하지 못했다.

"정말, 뜬금없이 실례되는 말이나 하는 녀석들이라니까. 리오, 신경 쓸 필요 없어. 리오는 이미 우리 마을의 훌륭한 일원이니까."

루리가 리오를 지키려는 듯이 한 발 앞으로 나가 딱 잘라 말했다.

"루리 씨의 말이 맞아요! 오빠, 너무해. 유바 님은 리오 님이 마을에 머물러도 된다고 허락하셨고, 일도 도와준다고!"

사요도 루리에게 찬동했다.

하지만 마을에서 특히 귀여운 두 소녀가 리오를 감싸니 남자들은 점점 더 달갑지 않았다. 이성과 달리 감정적으로 반발하게 됐다. 특히 신은 사요의 성격을 잘 아는 만큼, 이렇게 누군가를 향해 분노를 표출하거나 앞에 나서는 타입이 아님을 아는 만큼, 마음이 심하게 울렁거렸다.

"윽, 너까지 그런 연약한 놈이랑 해롱거리지 마, 사요!"

신이 거칠게 소리쳤다.

"해, 해롱거리지 않았어!"

사요가 순간 멈칫했다가 바로 부정했다.

두 사람이 노려보며 약간 위태로운 분위기가 흘렀다.

리오가 아무래도 이건 난감하다고 생각했을 때였다.

"신, 너 뭔가 착각한 거 아니야? 리오는 연약하지 않아. 이래 보여도 꽤 근육질이거든. 그렇지?"

루리가 리오의 팔에 달라붙었다.

그러자 남자들이 눈을 번쩍 떴다.

"뭣? 뭐, 너, 너, 그 녀석과…… 파렴치해!"

잠시 뒤, 신이 무슨 생각을 했는지 얼굴이 새빨개졌다. 사요도 "왜, 왜 루리 씨가 그런 걸 알아?" 하며 얼굴을 붉혔다.

"흥, 뭘 착각했는지는 몰라도 머리 좀 식혀. 리오가 신보다 사냥 실력도 좋거든. 자, 가자, 얘들아."

루리가 신 일행을 향해 메롱 혀를 내밀고 리오의 팔을 잡아끌며 걸었다. 반대쪽에 서 있던 사요가 늦지 않게 서둘러 따라붙었다.

신은 겸연쩍게 서 있다가 멀어지는 사요와 시선이 마주쳤다. 신은 빤히 노려보는 사요의 시선에 약간 위축됐다.

그날 밤, 달빛이 비추는 촌장 집 정원.

리오는 상체를 드러내고 많은 땀을 흘리며 검 훈련에 매진했다.

검을 여러 번 휘둘러 몸에 익힌 감각을 확인했다. 숨이 약간 거칠었다. 검을 휘두를 때마다 땀이 흩날렸다. 때때로 밤안개를 품은 차가운 공기가 바람에 실려와 뜨겁게 달아오른 리오의 몸을 서늘히 감싸 안았다.

주변에는 벌레 우는 소리가 들리고, 바람이 불면 초목이 사르라니 흔들려 리오가 검을 휘두르는 소리와 짧은 공연을 펼쳤다.

정말 기분 좋았다. 계속해서 단련하고 싶은 기분이었지만, 저녁 식사가 기다리고 있어서 리오는 검 자세 반복 연습을 얼추 끝내고 이번에는 체술 자세를 확인하기 시작했다.

그렇게 10분 정도 몸을 움직이다가 우뚝 멈췄다.

"봐도 재미없을 거예요."

리오가 쓴웃음 지으며 현관 근처에 조용히 서 있던 루리와 사요에게 말을 걸었다.

그러자 사요가 몸을 움찔했다.

"아하하, 역시 눈치챘어? 연무라고 하나? 동작이 아름다워서 나도 모르게 봐버렸어."

한편, 루리는 태연히 웃으며 리오에게 대답했다.

"그냥 매일 하는 단련이에요."

"아냐, 아냐. 대단해. 그건 그렇고 용케 안 질리고 계속하네? 마을에 오고부터 매일 하지 않았어?"

리오가 쓴웃음 지으며 겸손을 떨자 루리가 진심으로 감탄한 투로 말했다.

"앗, 매일 이렇게 한 거예요?"

사요가 놀라서 눈을 동그랗게 떴다. 참고로 사요가 이곳에 있는 이유는 조금 전에 싸운 신과 집에서 만나기 어색할 것 같아 루리가 억지로 끌고 왔기 때문이었다.

리오는 신이 저녁은 어떻게 하려나 생각했지만, 아침으로 만든 게 남아 있어서 문제없었다. 뭐, 그건 그렇다 치고.

"응, 적어도 하루에 한 번은 지금 정도의 시간을 들여서 하더라고. 대단하지?"

루리가 어깨를 살짝 으쓱하고 사요의 질문에 대답했다.

"네, 대단해요⋯⋯."

"그리고 물어보고 싶었는데, 리오는 왜 무술을 배울 생각을 했어?"

루리가 좋은 기회라고 생각했는지 갑자기 물었다.

"왜, 냐고요?"

"응. 무술은 모르지만, 리오가 단련하는 모습은 초보자 눈에도 대단해 보이거든. 거기에 도달할 때까지 노력하는 건 이만저만한 일이 아니었을 것 같아."

"⋯⋯그렇군요. 단순한 이유라서 좀 부끄럽지만, 계기는 뭐어, 어린 남자애라면 누구나 생각할 동기예요."

리오가 잠깐 생각하다 수줍어하며 모호하게 대답했다.

"앗, 뭐야 그거?! 신경 쓰여, 신경 쓰여! 그렇지? 사요."

"으, 응. 듣고 싶어요."

루리와 사요가 흥미진진해했다.

"아하하⋯⋯. 난처하네요. 먼저 옷을 입어도 될까요?"

리오가 쓴웃음 짓고 근처에 둔 수건과 옷을 주웠다.

"어? 아— 응. 미안해. 어서 입어."

해가 지고 어두워서 그렇게 신경 쓰이지는 않았지만, 루리가 조금 부끄러워하며 말했다. 사요도 리오의 말에 강하게 의식하고 말았는지 갑자기 붉어진 얼굴을 푹 숙였다.

리오는 그 틈에 간단하게 땀을 닦고 허둥지둥 옷을 입었다.

"그럼, 자, 옷도 입었으니 슬슬 가르쳐줄래? 리오가 무술을 배우기 시작한 동기 말이야."

루리가 원래 하던 이야기를 잊지 않고 리오에게 캐물었다. 사요도 진정했는지 이야기를 놓치지 않겠다는 듯이 리오에게 슬쩍 다가갔다. 그러자 리오가 단념했는지 "어릴 적 이야기입니다"라고 운을 떼고 멋쩍게 이야기를 시작했다.

"그 당시에 좋아하는 애가 있었는데 그 애를 지킬 수 있을 정도로 강해지고 싶었어요."

"……헤에. 리오, 좋아하는 애가 있었구나? 어째 의외인데. 지금은 그 애를 안 좋아해?"

루리가 눈을 크게 뜨며 의문을 입에 담았다.

"……물론 싫지는 않아요. 하지만 이제 사이가 소원해요. 애인이 있을지도 모르고, 애초에 저를 기억하고 있을지……."

리오가 훗 미소 지으며 말했다. 그 미소가 무척 덧없어 보였다.

"리오 님, 그 아이를 위해 노력했는데 그 아이와 더는 안 만나는 거예요?"

사요가 리오의 안색을 살피며 쭈뼛쭈뼛 물었다.

"어디에 있는지도 몰라요. 정말 옛날에 마지막으로 만나서."

리오가 천천히 고개를 저었다.

"하지만 살아 있다면 언젠가 또 만날지도 모르잖아? 리오의 노력도 보답받을지도 몰라."

루리가 숙연해진 분위기를 바꾸려고 밝게 말했다.

"……그러네요. 뭐, 지금은 저를 위해 단련하고 있지만요."

리오가 고개를 끄덕이고 모호하게 미소 지었다.

"그래?"

루리가 사요와 얼굴을 마주 보고 살피듯이 물었다.

"네. 오랜 시간 들여 익힌 것을 잃는 게 무서운 것도 있지만, 홀로 여행하려면 힘이 있어야 하니까요. 불합리함에 맞서려면 힘이 필요합니다."

리오가 가볍게 주먹을 쥐고 조금 딱딱한 목소리로 대답했다.

"여행은 역시 위험한가요……?"

리오의 분위기가 굳은 것을 알아차렸는지 사요가 쭈뼛거리며 물었다.

"네. 위험한 생물도 있고, 노상강도도 있으니까요."

리오가 조금 힘이 들어간 것을 자각했는지 이번에는 부드럽게 대답했다.

"그렇, 군요……."

사요가 가냘프게 말했다.

이 세계는 사람의 생명이 가볍다. 병과 기아로 죽는 사람이 있다. 전쟁으로 죽는 사람이 있다. 위험한 생물과 노상강도에게 공격당해 죽는 사람도 있다.

그래서 리오가 여행하는 중에 누군가에게 공격받고 그 누군가를 죽이는 것은 이상한 일이 아니었다. 사요는 곧 그 가능성에 생각이 미쳤다.

그러나 그 이상의 사실을 아는 것이 무서웠는지 물어보지는 않았다.

"이야기가 좀 길어졌네요. 추우니까 안으로 들어갈까요?"

리오가 화제를 바꾸려고 쓴웃음 지으며 제안했다.

"그래. 밥이 다 돼서 부르러 온 건데 깜빡했어."

루리가 "아하하." 하고 웃으며 동의했다.

사요도 키득 웃었다.

"아, 맞아. 사요, 밥 먹고 같이 목욕할래? 리오가 만들어 준 거 아직 안 들어가 봤지?"

그때, 루리가 그런 말을 꺼냈다.

"그래도 돼? 만든 지 얼마 안 돼서 예약 꽉 차 있지 않아……?"

바로 얼마 전에 리오가 만든 목욕용 오두막의 소문이 퍼지자 마을 사람들은 너도나도 이용하고 싶어 했다. 그 때문에 순서를 정해놓고 기다리는 실정이었다.

"괜찮아, 괜찮아. 희망자한테 빌려주기도 하지만, 우리 집 목욕탕이니까. 집에 사는 주인과 손님은 언제든 들어갈 수 있어."

루리가 엣헴, 하고 득의양양하게 말했다.

"응. 그럼…… 부탁해요. 리오 님도 고맙습니다."

사요는 자기만 우대받는 것에 조금 주저한 것 같았지만, 목욕의 유혹에는 이길 수 없었는지 머뭇거리며 받아들였다. 리오와 루리에게 꾸벅 고개를 숙였다.

"좋아, 정해졌다! 그러니까 리오. 이따가 뜨거운 물 부탁합니다!"

루리가 양손을 짝 소리 나게 부딪히고 리오에게 부탁했다.

목욕용 오두막에 설치된 욕조에는 물 데우는 용도의 아궁이가 있지만, 리오가 정령술로 뜨거운 물을 만드는 편이 빨랐다. 그리고 무엇보다 장작이 들지 않았다.

"알겠습니다. 맡겨주세요."

"에헤헤, 고마워! 보답으로 사요가 옷 갈아입는 거 훔쳐봐도 돼."

리오가 흔쾌히 수락하자 루리가 장난치며 말했다.

"루, 루리 씨!"

"아하하, 농담이야."

사요가 얼굴을 새빨갛게 물들이고 소리치자 루리가 웃으며 피했다.

"정말! ……아, 리오 님, 그, 훔쳐보면 안 돼요?"

바로 옆에서 쓴웃음 짓던 리오와 눈이 마주치자 사요가 부끄러워하며 부탁했다.

"물론이죠. 안 볼게요."

리오가 신사적으로 즉답했다.

'……하지만, 리오 님이라면 조금 정도는.'

그러나 사요는 이렇게 생각했다가 곧 부끄러워져 뺨을 붉혔다. 약간 복잡한 기분이었다.

𝕂 제 3 장 𝕁 ✳ 파란

리오가 마을에서 살게 되고 수개월의 시간이 흘렀다. 지금은 마침 마을에서 재배하는 밭벼 수확기로, 한 해 중 가장 바쁜 시기였다.

평소에는 오전부터 수렵하러 가는 사냥꾼들도 이 시기에는 오전부터 농사일을 돕는다. 물론 리오도 예외는 아니었다. 지금도 열심히 괭이를 휘두르며 밭을 일구고 있다.

단조로운 육체노동으로, 양손에 검을 휘두르느라 생긴 굳은살과는 다른 물집 몇 개가 생겼다가 터졌다. 아마카와 하루토로 살았을 적에는 초등학교와 중학교 시절을 보낸 본가의 농사일을 도왔다. 리오가 익숙하게 논밭을 일구자 농사꾼인 마을 사람들도 눈을 크게 떴다. 가끔 아버지와 조부모님은 건강하실까, 하는 생각이 들어서 약간 애수에 젖었지만, 신기하게도 몸을 계속 움직이는 사이에 마음이 편해졌다.

그렇게 어느 정도 작업을 하던 때였다.

"어—이, 이제 쉴 시간이야! 점심 만들었으니까 다들 모여!"

루리가 큰 소리로 일하는 남자들을 불렀다.

마을 식생활은 아침과 저녁 1일 2식이 기본인데, 이런 경우에는 마을 전체가 점심을 먹기도 했다. 아침부터 계속 몸을 움직이면 당연히 배가 고파지는 법이라 남자들은 빠짐없이 점심 식사를 나눠주는 광장으로 갔다.

"자, 된장국이랑 절임. 주먹밥은 한 사람당 두 개까지야. 그리고 리오가 준 소금을 썼으니까 다들 감사히 여겨."

배식을 담당한 루리가 줄지어 선 마을 사람들에게 말하자 여자들과 처자가 있는 남자들이 기분 좋은 미소를 지으며 근처에 있던 리오에게 감사 인사를 했다.

"잠깐. 너희도 리오에게 인사해."

루리가 뚱하게 입을 다물고 밥만 받아가는 젊은 독신 남자들을 보다 못해 입을 내밀고 주의를 주었다. 옆에서 배식을 돕던 사요도 고개를 끄덕였다.

그러자 남자들이 혀를 차면서도 "고마워"라고 툭 말했다. 허둥지둥 이동하여 한데 모여 앉아 공복인 위장에 주먹밥을 넣은 그들은 평소보다 사치스럽게 소금을 쓴 것을 알아차리고 그 맛에 놀라 눈을 크게 떴다.

"뭐…… 인사하는 걸 보니 전보다는 나아진 것 같기도 하고? 미안해, 리오."

루리가 질려서 한숨을 내쉬고 옆에 있던 리오―무리 지은 인파에 끼지 않고 군중이 흩어질 때까지 대기했다―를 보고 쓴웃음 지으며 사과했다.

리오가 "괜찮아요"라며 짧게 고개를 저었다.

"그럼 우리도 식기 전에 먹자. 사람들이 불러."

루리가 제안했다.

조금 떨어진 곳에서 여자들이 리오와 루리를 부르고 있었다.

"그러네요. 그럼 저는——."

"저, 저기! 리오 님, 같이 먹지 않을래요? 모처럼이니까, 그러니까!"

주위를 둘러보고 노인과 기혼 남녀 중심으로 모인 곳에라도 끼어 앉으려던 리오를 사요가 서둘러 불러 세웠다.

"그래. 나 완전 배고파. 얼른 가자."

루리가 찬성하고 냉큼 소녀들이 모인 곳으로 가버렸다.

리오는 마을 소녀들 속에 남자 홀로 섞이면 마을 젊은 남자들에게 반감을 사지는 않을까 걱정했지만, 사요가 바로 옆에서 같이 가자는 듯이 기다리고 있었다. 다른 사람들과 식사하고 싶다는 말을 꺼낼 수가 없었다.

하지만 여자들의 바로 옆에 도라와 우메를 시작으로 한 중노년 기혼자조가 있어서 너무 의식할 필요는 없을 것 같다고 생각을 바꿨다.

"그래요. 그럼 갈까요? 사요 씨."

"네!"

사요가 기뻐하며 고개를 끄덕였다. 리오가 소녀들이 있는 곳으로 걸어가자 사요도 타박타박 뒤를 쫓았다.

"얼른 와, 두 사람!"

한편, 먼저 소녀들과 합류한 루리가 장난기 섞인 말투로 리오와 사요를 불렀다.

"그래, 그래. 애타게 기다리잖아."

"사요만 리오 님과 이야기하고, 치사해."

다른 소녀들이 리오와 사요에게 떠들썩하게 말을 걸었다.

"여러분. 아직 식사 안 하셨어요?"

리오가 소녀들이 아직 밥에 손을 대지 않은 것을 보고 물었다.

"기다렸어. 사요만 리오 님을 독점하게 할 수는 없으니까."

소녀가 밝게 대답하고 장난기 가득한 눈으로 사요를 쳐다봤다.

"그렇군요. 기다리게 했네요. 그럼 실례하겠습니다."

리오가 미안해하며 인사하고 빈자리에 앉았다.

"도, 독점한 적 없어! 나는 리오 님도 우리랑 같이 식사하는 게 맛있을 거라고 생각해서, 그러니까……."

한편, 사요는 당황해서 잠깐 굳어 있다가 점점 부끄러움이 치솟는지 새빨개진 얼굴로 반론했다.

"알았어, 알았어. 즉 사요는 무슨 일이 있어도 리오 님과 함께 밥을 먹고 싶었던 거구나."

사요를 놀린 소녀가 장난치며 납득한 척해 보였다.

"아, 아니야! 그런 거 아니야. ……앗, 아니, 그게 아니라, 리오 님과 같이 먹고 싶지 않았다는 게 아니라……."

사요가 반사적으로 부정했다가 황급히 말을 철회하고 리오에게 변명했다.

"네, 알아요."

리오가 어떻게 반응해야 할지 난처해하다 자기도 모르게 쓴웃음을 지었다. 한편, 소녀들은 허둥지둥하는 사요를 웃으며 바라봤다.

"자자, 얘들아 이쯤 하자. 사요도 한계야."

루리가 아이고, 하며 소녀들을 말렸다.

사요가 눈물을 글썽이며 소녀들을 원망스럽게 노려봤다. 그래 봤자 작은 동물 같아서 박력이 없었다. 오히려 보호 욕구를 자극하는 분위기였다.

본인도 모르게 가학심을 자극하는 사랑스러움이었다.

"그래. 우리도 리오 님과 같이 식사하고 싶은 건 마찬가지고."

사요를 놀렸던 소녀가 즐겁게 웃고 태연히 말했다. 다른 소녀들이 "맞아, 맞아" 하며 동의했다.

"기쁘네요. 그런데 리오 님 말고 다르게 불러주실 순 없나요? 별로 대단하지도 않은데 많은 분들이 그렇게 부르시니 괜히 낯간지러워서요."

리오가 부끄러워했다.

"네에~? 하지만 리오 님은 왠지 고귀한 느낌이 드는걸요."

"맞아, 맞아. 뭐라고 할까, 마을 남자들과 태생이 다른 느낌이지?"

"그렇지? 리오 님 이야기만 하면 기분 나빠하고. 기분 나빠."

"같은 남자 같지가 않다니까."

"아하하, 비교하면 안 돼. 리오 님한테 안 좋단 말이야."

"그것도 그런가. 죄송해요, 리오 님."

소녀들이 떠들썩하게 이야기꽃을 피웠다.

눈 깜짝할 사이에 화제가 바뀌어서 사요를 놀린 것도, 리오의 부탁도 깔끔하게 잊혀졌다. 결국, 당분간은 마을 소녀들에게 「리오 님」이라고 불릴 것 같았다. 리오가 어깨를 툭 떨궜다.

뭐, 리오는 리오 나름대로 정중한 말투를 쓰지 않아도 된다고 소녀들에게 계속 부탁받고 있으니 균형이 맞는걸지도 모르겠다.

리오 일행과 조금 떨어진 곳에서 도라가 아내인 우메와 나란히 앉아 식후의 차를 홀짝였다. 그들은 유쾌하게 미소 지으며 리오와 소녀들의 소란스러운 대화를 지켜봤다.

"하하하, 역시 리오는 잘나가는군. 옛날의 나를 보는 것 같아."

"리오가 옛날의 당신이라고? 무슨 웃기지도 않는 농담이야?"

우메가 도라의 말을 일축했다.

"아니, 웃기지도 않는 농담이라니 무슨 말이야? 난 진심이야."

"나는 저렇게 좋은 남자랑 결혼한 기억 없어. 애초에 당신 따위랑 비교하면 리오에게 실례야. 봐, 못 웃겠지?"

"뭐라고, 이 사람이! 남편한테 그게 할 소리야?!"

"얼굴도 몸도 정반대잖아. 애당초 당신이 젊었을 땐 저렇게 착실하지도 않았고. 지금 리오를 질투하는 젊은 애들이랑 별 차이가 없었지 않아? 힘만 넘치고 사냥 실력은 죽도 못 썼지."

"크읔…… 술술 잘도 말하네. 뭐, 뭐어, 리오는 저 나이에 각지를 여행하고 있잖아. 그에 맞는 노력을 해왔겠지. 확실히 젊었을 적의 나도 리오만큼은 아니었던 것 같네."

우메에게 반박할 수 없었는지 도라가 말을 꾹 삼키고 수긍했다.

"잘 아네. ……아, 뭐, 그러고 보니 당신은 아니지만, 우리 마을에도 괜찮은 남자가 한 명 있긴 했지."

우메가 회상하는 눈으로 하늘을 올려다봤다.

"응? 그런 녀석이 우리 마을에…… 아, **그 녀석** 말인가."

도라가 자기 또래에는 그런 남자가 없다고 부정하려고 하다가 갑자기 떠올랐는지 맞장구를 쳤다. 그 표정은 희미하게 괴로우면서 동시에 그리워 보였다.

"당신, 절대로 이길 리가 없는데 대항 의식을 불태웠었지. 딱 지금의 신처럼."

우메가 깔깔 웃었다.

"시끄러워. 당신도 그 녀석한테 차였잖아. 마을을 떠나 병사에 지원할 거라고."

"내 또래 여자는 전부 그 남자에게 고백했다니까. 뭐, 전패했지만."

"그랬지. 그 녀석은 이런 시골 마을의 여자가 품을 수 있는 그릇이 아니야."

도라가 홋 웃으며 고개를 끄덕였다.

"어머, **젠**을 꽤 높이 평가하네?"

"흥. 시끄러워."

"지금쯤 뭐하고 있을까……. 자식은 생겼을까?"

"글쎄. 있다면……."

도라가 불쾌해하며 고개를 저었다가 왠지 모를 위화감을 느끼고 말을 삼켰다.

"있다면?"

우메가 의아해하며 말을 재촉했다.

"……딱 마을 젊은 애들 또래겠지. 아니면 좀 더 어리거나. 어느 쪽이든 이제 돌아오지 않을 남자야. 신경 써봤자지."

도라가 무뚝뚝하게 대답했다.

"뭐, 그것도 그렇지."

우메가 조금 쓸쓸하게 고개를 끄덕였다.

일주일 뒤— 마을 수확 작업이 드디어 일단락된 날의 일이다.

해가 지기 조금 전.

리오는 그날 일을 끝내고 집에 돌아가던 길에 외출 중이던 유바와 마주쳤다.

"아, 리오. 마침 잘됐다. 네게 부탁할 게 있어. 집에 돌아가서 말하지."

유바가 만나자마자 말을 꺼냈다. 두 사람은 같이 귀갓길에 올랐다.

"그래서 하실 말씀이 뭔가요?"

리오는 먼저 물어보기로 했다.

유바가 "응." 하고 고개를 끄덕이더니 말을 시작했다.

"벼 수확을 끝낸 이 시기가 되면 나라에서 검세관(檢稅官)을 파견해. 그때 정식으로 공납으로 거두어 갈 공물 양을 정하는데, 남은 건 앞으로 우리가 먹을 식량으로 보관하고, 더 남은 잉여분은 왕도에 매각하러 가게 되어 있다. 여기까지는 알지?"

"네. 들었습니다."

"잘됐군. 마침 지금 수송대 인원을 고르는 중인데 여행을 해온 네 실력을 믿고 호위를 맡기고 싶어서. 별일은 없겠지만, 위험하지 않다고 단언할 수는 없어. ……부탁해도 될까?"

"네, 저로 괜찮으시다면 상관없어요."

유바가 살피며 묻자 리오가 간단하게 승낙했다.

"그래, 미안하구나. 정말 고맙다."

유바가 안심했는지 미소 지었다.

"아니에요. 이 정도는 쉬운 일이죠."

리오가 조금 수줍어하며 어깨를 으쓱했다.

"아니, 네 덕분에 마을 생활이 눈에 띄게 좋아졌고, 마을 사람들도 네게 고마워하고 있어. 편리한 농기구 제작 방법을 가르쳐주고 농사일 요령을 가르쳐줬잖니. 이 상태라면 내년부터는 수확량이 늘 거야. 큰 도움이 됐다."

"그렇게까지 극적인 변화는 없을 테지만, 지금까지보다는 생산량이 안정될 거예요."

"기대되는군."

유바가 기분 좋게 웃었다. 리오도 입가에 미소를 그렸다.

그렇게 촌장 집 근처까지 걷던 중이었다.

"웃기지 마!"

갑자기 큰소리가 들렸다. 딱 촌장 집이 있는 곳에서 나는 소리였다.

리오와 유바가 얼굴을 마주 봤다.

"싸움인가?"

유바가 의아해하며 중얼거렸다.

"잠깐 상황을 보고 오겠습니다."

리오가 한발 먼저 촌장 집으로 가기 위해 서둘러 달려가려고 했다.

"기다려. 나도 간다."

그러자 유바가 리오를 불러 세우고 평소보다 경쾌한 걸

음으로 뒤를 쫓았다. 그렇게 두 사람은 빠른 걸음으로 촌장 집으로 가는 길을 걸었다.

◇ ◇ ◇

리오와 유바가 촌장 집에 도착하기 조금 전.

촌장 집 바로 옆에서 남자들이 두 집단으로 나뉘어 서로를 노려보고 있었다. 한쪽은 신을 포함한 젊은 남자들, 다른 한쪽은 리오가 처음 보는 낯선 젊은 남자들이었다.

수적으로는 마을 젊은 남자들이 우세했지만, 상대 쪽 선두에는 눈에 띄게 체격이 좋은 거한이 있었다. 치고받는 싸움으로 번지면 대활약할 것 같은 존재감이었다.

그리고, 마을 젊은 남자들 뒤에는 그들의 보호를 받으며 사요와 루리를 포함한 여러 마을 소녀들이 얇은 옷차림으로 서 있었다. 촌장 집 옆에 설치된 목욕용 오두막을 이용하려고 했는지도 모르겠다. 아니면 이미 이용한 뒤라든가.

"곤. 너 이 자식, 왜 남의 마을을 멋대로 돌아다녀? 게다가 당당하게 목욕용 오두막에 들어가려고 했겠다?"

신이 곤이라 부른 거한을 이글거리는 눈으로 노려봤다.

"뭐? 손님으로서 촌장을 만나러 온 게 당연하잖아. 그랬더니 처음 보는 오두막이 있어서 신경이 쓰였을 뿐이야. 그런데 언제 목욕용 오두막 같은 걸 만든 거냐? 그래. 어쩐지……."

곤이 상황을 이해하고 얇은 옷차림의 소녀들을 희롱하는 눈빛으로 쳐다봤다. 곤의 뒤에 있던 남자들도 소녀들을 보고 상스러운 미소를 지었다.

"더러운 눈으로 보지 마!"

"뭐야, 닳는 것도 아닌데 상관없잖아. 네 여자라도 있냐?"

신이 노성을 지르자 곤이 표표히 비웃었다.

"내 동생이 있어!"

"호오. 너 동생이 있냐? 누군데?"

곤이 소녀들을 흥미롭게 둘러봤다.

그러자 사요가 몸을 움찔했다.

"사요, 뒤에 숨어."

루리가 조그맣게 말하고 사요를 뒤에 숨겼다.

그러나 곤은 사요를 확실하게 봤다.

"아직 어리지만, 네 동생치고는 미인이잖아? 소개해줘, 처남."

곤이 씩 웃었다.

"너 이 자식!"

신이 격앙해 당장에라도 곤을 때리려고 했다.

"신, 기다려! 안 돼!"

루리가 황급히 신에게 달려가서 팔을 잡아 말렸다.

"이, 이거 놔, 루리! 이 자식을 두들겨 패야 기분이 풀리겠어!"

"이딴 싸구려 도발로 저 녀석을 때리면 문제가 된다고!

썩었어도 다른 마을 촌장의 아들이야. 사요에게 피해를 끼쳐도 괜찮다는 거야?!"

"큭……."

신의 기세가 약해지고 분노로 얼굴이 붉게 물들었다.

그러자 맥 빠진 곤이 한숨을 쉬었다.

"뭐야, 딱히 내가 다른 마을 촌장의 아들이라고 해서 사양할 필요는 없다고?"

그리고 더 도발했다.

그러나 신은 가만히 고개를 숙이고 버렸다.

"쳇, 겁쟁이 자식. ……됐어. 루리, 좋은 여자로 컸잖아? 잠깐 못 본 사이에 몰라볼 뻔했어."

곤이 재미없다는 듯이 혀를 차고 화살을 신에게서 루리에게로 돌렸다.

"아, 그러셔. 그래서 우리 마을에는 무슨 일?"

루리가 곤의 희롱을 가볍게 흘려 넘기고 용건을 물었다.

"어, 너희 집에서 자게 해줘. 마을 교역품을 왕도에 팔러 가는 중인데 적재용 마차가 부서졌거든. 내일 하루면 수리할 수 있어."

"마차가 부서져서 수리하고 싶다는 건 알겠는데, 왜 너를 우리 집에서 재워줘야 하는데?"

"나는 네 마을의 손님이고 다른 마을 촌장의 아들이거든. 어울리는 대우라는 게 있잖아?"

"그럼 손님용 오두막을 빌려줄 테니 거기서 자. 공교롭게도 우리 집에는 너희에게 빌려줄 방이 하나도 없거든."

루리가 쌀쌀맞게 고개를 젓고 곤의 요청에 퇴짜를 났다.

"야, 야. 미래의 남편이 될지도 모르는 사람한테 쌀쌀맞네."

"……뭐, 뭐? 이, 이상한 말 하지 마! 기분 나빠!"

다부지게 행동하던 루리가 곤의 한마디에 몸을 부르르 떨었다.

"야, 루리! 무슨 말이야?! 이 녀석이랑 결혼해?!"

신이 허둥지둥 루리에게 물었다.

"몰라! 왜 내가 이런 놈이랑?!"

루리가 처음 듣는다는 듯이 대답했다.

"몰라? 지금 이 마을 촌장은 후계자가 루리뿐이야. 그러면 언젠가는 루리가 다음 촌장이 되는 게 사리에 맞거든. 하지만 홀몸으로 촌장을 할 수도 없는 노릇이니 결혼한 남편과 마을을 이끄는 게 도리야. 그러니까 내가 루리의 남편으로 나서주겠다는 거다."

곤이 염치도 없이 당당하게 말했다.

"웃기지 마! 너 혼자 멋대로 떠드는 거잖아!"

신은 창을 한 번 거뒀었지만, 정말 말도 안 되는 곤의 말을 듣고는 더 참지 못하고 노성을 내질렀다.

"웃기지 않거든. 그리고 나서고 말고는 자유잖아? 외야에 있는 너는 이러쿵저러쿵 말할 입장이 못 된다고."

"그런 거 마을 사람인 우리가 허락할 리 없다는 말이다!"

신이 소리 지르자 주변 남자들이 "맞아, 맞아" 하고 찬동했다.

"뭐? 니들 루리의 남자도 아닌 주제에 한데 모여 질투하냐? 기개 없는 놈들."

곤이 조롱하듯이 한숨을 쉬었다.

"윽, 이 자식이 웃기고 있어!"

신이 더는 못 참겠는지 곤을 때리려고 했다. 다른 남자들도 "신을 도와."라며 거친 콧김을 내쉬었다.

"아, 야! 신, 너희들! 기다려!"

루리가 말렸지만, 그 목소리는 더 이상 남자들에게 닿지 않았다.

"핫, 겨우 재미있어졌네. 와라, 힘의 차이를 가르쳐주마."

"멋대로 지껄이고 있어! 빌어먹을 자식이!"

신은 곤과의 체격 차―신장만 해도 20cm는 차이가 났다―에 주눅 들지 않고 정면으로 뛰어들었다. 그 주먹이 곤의 얼굴에 꽂히려고 했다.

그러나 곤은 날아온 주먹을 가볍게 받아 막았다.

그리고 의외라는 듯이 신을 내려다봤다.

"야. 너 분명히 정령술을 썼지? 설마 **강화하고도 이따위냐?**"

곤이 아무것도 못 느낀 것처럼 말했다.

"뭐, 라고?!"

신이 울컥해서 주먹을 잡힌 팔에 정말로 힘을 실었다.

그러나 그 팔은 조금도 움직이지 않았다. 정령술로 신체 강화를 했는데도.

"할 맛 안 나네에."

곤이 중얼거리고 아무렇지도 않게 반대쪽 손을 뻗어 신의 목을 잡아 가볍게 들어 올렸다.

"뭣, 큭. 컥……."

신이 괴로워하며 발버둥 쳤다. 곤의 두꺼운 팔을 떼어내려고 했지만, 꼼짝도 하지 않았다.

"오, 오빠! 그, 그만해! 그만해요!"

신이 괴로워하는 모습을 보고 사요가 황급히 달려왔다. 목소리가 상기됐고 몸도 작게 떨고 있었다. 곤과 시선이 마주치자 겁을 먹고 시선을 아래로 내렸다.

"엉? 뭐, 제발 그래달라고 하면 놓아줄 수도 있는데ㅡ."

곤이 기분 좋게 코를 울리더니 의기양양하게 사요를 내려다봤다.

"거기까지다! 이게 무슨 짓이냐?!"

유바의 목소리가 주위에 울려 퍼졌다.

소란을 듣고 드디어 모습을 드러낸 것이다. 유바의 옆에는 리오도 있었다.

곤이 작게 혀를 차고 유바를 봤다.

"여. 오랜만이야, 유바 할머니. 소란을 피워서 미안. 이 녀석이 나한테 덤벼들어서 조금 싸웠어."

곤이 목을 잡고 있는 신을 보며 대답했다.

"미안하다고 생각하면 일단 그 손을 놔. 남의 마을에서 더 날뛸 생각이면 아무리 네가 다른 마을 촌장의 아들이라고 해도 문답 무용으로 내쫓을 테다.”

유바가 날카로운 시선으로 곤을 쳐다보며 딱 잘라 말했다.

“……알았어. 이런 허접한 놈은 나도 흥미 없어.”

곤이 신의 목을 잡은 손을 팍 놓았다.

“콜록콜록, 커헉…….”

신이 퍽석 쓰러지더니 기침을 하며 몸을 웅크렸다.

“오빠, 괜찮아?!”

사요가 서둘러 신의 몸을 부축했다. 목에 손을 대고 고통이 가라앉도록 치유의 정령술을 걸었다. 몇 초 지나자 신이 여유롭게 호흡할 수 있게 됐다.

“너, 너 이 자식…….”

신이 곤을 노려봤다.

“핫, 소중한 동생에게 보호받고 꼴좋네.”

곤이 의기양양하게 조롱했다.

“둘 다 그만둬! 신, 넌 빠져서 머리를 식혀라.”

유바가 일갈했다.

“큭…….”

신이 말과 분을 꾹 삼키고 고개를 숙였다. 사요가 신을 뒤쪽으로 데려가려고 어깨를 부축해 일으켰다.

“자, 자아, 가자. 오빠.”

“사요, 나도 도울게.”

루리가 다가가 사요의 반대쪽에서 신의 몸을 부축했다.

“그래서, 네가 마을을 방문한 이유가 뭐냐? 설마 싸움을 일으키려고 온 것은 아닐 테지."

신이 물러나자 유바가 상황을 정리하려고 곤에게 말했다.

"우리는 마을 특산품을 왕도에 팔러 가는 길에 들른 것뿐이야. 공교롭게도 적재용 마차가 부서져서 마을 체재를 허락받으려고 촌장인 당신을 만나러 왔을 뿐이라고."

"그게 어째서 싸움이 됐지?"

"……저기 있는 새 오두막이 신경 쓰여서 다가갔더니 마을 남자들이 나타나 소리를 질렀어. 그러다 말싸움이 된 거고."

곤이 대답하고 어깨를 으쓱했다.

"할머니, 마침 우리가 씻던 중이었어. 저 녀석들이 오두막으로 다가오는 걸 본 애가 비명을 질러서……."

"그렇군. 즉 곤 일행을 괴한이나 엿보러 온 사람이라고 착각한 거구나."

루리가 사정을 보충해서 설명하자 유바가 이해하고 고개를 끄덕였다.

"일단 말해두겠는데 우리는 그 오두막이 목욕용인 줄은 몰랐다고. 전에 왔을 때는 없었던 잘 만든 오두막이 있어서 신경 쓰인 것뿐이야."

곤이 얼른 자기들에게 걸린 혐의를 부정했다.

"무슨 오두막인지 몰랐다는 말은 사실인 것 같군. 하지만 무단으로 남이 소유한 집에 접근해 안을 살피려고 한 행위는 칭찬받을 행동이 아닌데."

유바가 냉정하게 상황을 분석했다. 리오는 자기가 나설 때가 아니라 판단하고 묵묵히 옆에서 대화를 들으며 그녀와 같은 생각을 했다.

"쳇. 뭐, 그 부분은 미안했어."

조리 있게 말하는 유바는 상대하기 어려운지 곤이 혀를 차고 사과했다. 그러나 당하고만 있지는 않았다. 곤은 "그런데" 하고 말을 이었다.

"녀석들이야말로 여자들이 씻는 걸 훔쳐보려고 한 거 아니야? 어떻게 딱 맞춰 촌장 집 근처에 있었는데? 야, 안 그러냐? 신."

곤이 신 일행을 보고 실실 웃으며 물었다.

"윽, 뭐?! 아, 아니야! 우리는 곤이 마을에 나타나서 할머니네 집으로 가고 있다는 얘기를 듣고 서둘러 달려간 것뿐이야! 사요가 목욕하러 간다고 해서!"

신이 허둥지둥 혐의를 부인했다. 이제는 말할 수 있을 만큼 회복한 모양이었다. 다른 남자들도 "맞아, 맞아" 하며 당황해서 신에게 동의했다.

"대강의 사정은 알았다. 달리 덧붙일 말 있나?"

유바가 한숨을 내쉬고 모두를 둘러보며 물었다.

그러나 아무도 말을 꺼내지 않았다.

"그럼 이 건은 이걸로 끝이다. 곤, 신 일행의 착각으로 일이 복잡해진 것은 사과하지. 하지만 너도 행동이 경솔했고, 너무 난폭했다. 마을 끝에 있는 여객용 오두막에 머무는 것은 허락하지만, 불필요한 외출은 금지한다. 알겠나?"

유바가 반론을 허락하지 않는 목소리로 결정을 내렸다.

"알았어. 그럼 이만, 유바 할머니."

곤이 요란하게 한숨을 내쉬고 걸음을 뗐다. 뒤에 있던 남자들도 곤의 뒤를 쫓았다. 마침 리오와 유바가 온 길로 줄줄이 돌아갔다.

'응? 이런 녀석이 이 마을에 있었나?'

도중에 곤이 유바 옆에 있는 낯선 인물—리오—을 알아 차렸다. 눈을 가늘게 뜨고 얼굴을 쳐다봤다.

리오는 곤이 또 뭔가를 꾸미지는 않을까 차가운 시선으로 그를 관찰했다.

'흥. 얼굴은 곱상해가지고, 기생오라비냐. 마음에 안 드네.'

리오가 두려워하지 않고 자신을 쳐다보자 곤이 눈썹을 살짝 찌푸렸다. 그리고 곧 도발적인 미소를 지었다. 뭔가 좋은 생각이라도 난 것 같았다.

곤이 어깨를 으쓱거리며 걷다가 엉뚱한 곳을 보고 부주의를 가장해 리오와 스쳐 지나갈 때 어깨를 부딪쳤다.

서로의 상반신이 부딪혔다.

"어이쿠, 미안?!"

리오보다 신장과 체격이 좋은 곤이 벽에라도 부딪힌 것처럼 팅겨 나갔다. 예기치 못한 충격에 가볍게 헛발을 디디고 놀라서 눈을 크게 떴다.

"괘, 괜찮으십니까? 곤 형님. 무슨 일이에요?"

곤의 뒤에서 걷던 남자가 놀라서 눈을 동그랗게 떴다. 뒤에서는 무슨 일이 일어났는지 안 보인 모양이었다.

"어? 어어……."

곤은 아직 조금 멍했다. 무슨 일이 일어났는지 이해하지 못하고 자기 몸과 리오의 몸을 멍하니 번갈아 봤다.

"몸을 꽤 단련한 것 같은데 오랜 여행으로 지쳤나 봅니다. 이제 곧 해가 집니다. 오늘은 어서 쉬는 게 좋지 않겠습니까?"

리오가 도도하게 말하고 감정이 담기지 않은 상냥한 미소를 지었다.

"……쳇. 가자, 얘들아."

곤은 리오에게서 정체 모를 위압감을 느꼈으나 기분 탓이 틀림없다며 마음속으로 자신에게 말했다. 그만큼 자기 몸과 완력에 자신이 있었다.

주변 들러리를 데리고 이번에야말로 얌전히 물러났다.

그리고 곤 일행의 모습이 완전히 안 보이게 되자 마을 젊은이들 사이에 퍼진 긴장의 실이 단번에 끊어졌다. 모두 안도의 한숨을 쉬었다.

"정말이지. 괜한 소란을 일으켰군."

유바가 한숨을 쉬었다.

"하, 할머니. 신 일행은 우리를 지키려고 그런 거야. 그러니까, 너무 혼내지 마. 응?"

루리가 황급히 신 일행을 감쌌다.

"알아. 소란을 일으킨 장본인은 저 난폭한 놈이겠지. 부모가 오냐오냐 길러서 제대로 혼나 본 적도 없건만, 어디서 배웠는지 못된 행동만 골라 해서 곤란해. 너희들도 곤의 싸구려 도발에 넘어간 건 잘못했다."

유바가 신 일행을 째릿 노려봤다.

"으……."

먼저 주먹을 날렸다가 도리어 당해버린 신 일행은 아무 말도 못 하고 겸연쩍어하며 위축됐다.

"어쨌든 오늘은 다들 얌전히 집으로 돌아가. 녀석들의 외출을 금했으나 경계를 소홀히 하지 않도록. 근처에 사는 사람들한테도 전해줘. 그리고 이상 있으면 바로 알리라고 하고."

유바의 지시에 모두 서로의 얼굴을 쳐다보고 머뭇거리며 대답했다. 잠시 뒤, 얇은 옷차림의 소녀들이 목욕용 오두막으로 가서 옷을 갈아입고 나왔다. 그리고 준비가 끝나자 줄줄이 귀갓길에 올랐다.

그러나 이동하지 않고 그곳에 머무는 두 사람이 있었다. 신과 사요다. 사요는 조금 전의 사건이 아직도 무서운지 약간 몸을 떨고 있었다.

"왜 그래? 너희도 가야지."

유바가 말했다.

"……저기, 할머니. 부탁이야. 오늘 사요를 재워주지 않을래? 알다시피 우리는 나랑 이 녀석 둘만 살고, 아까 한

심한 모습을 보였잖아. 집 근처에 녀석들이 묵는 곳이 있어서 이 녀석도 불안할 거고, 그러니까…… 이 녀석…… 루리랑 할머니랑 같이 있으면 더 안심할 거야."

신이 멋쩍어하며 얼굴을 흐리면서도 유바에게 머리를 숙였다. 순간 리오를 힐끗 봤다가 곧 시선을 거뒀다.

"호오, 왜 그러지? 사요를 위해서라고는 하나, 보기 드물게 기특하게 구는군. 호되게 당한 게 좋은 약이 됐나?"

유바가 눈을 살짝 동그랗게 뜨고 유쾌하게 웃으며 신에게 물었다.

"시, 시끄러워! 아까는 열이 올라서 폐를 끼쳤지만, 그런 거 아니야! 그런 것보다 이 녀석 재워줄 거야?!"

신이 새빨개진 얼굴로 반론하며 물었다.

"그래, 좋아. 네 말이 맞다. 사요, 오늘은 우리 집에서 자고 가라."

유바가 허락하고 불안하게 서 있는 사요를 봤다.

"어, 아…… 그래도 되나요?"

사요가 멍하니 되물었다.

"괜찮아. 네 모습을 보니 무서워서 밤에도 못 잘 것 같구나. 오늘은 루리와 같이 자. ……아, 그것도 아니면 리오랑 같이 자겠니?"

유바가 쓴웃음 지으며 고개를 끄덕이더니 놀리며 물었다.

"……괘, 괜찮아요! 루리 씨랑 같이 잘게요!"

사요가 새빨개진 얼굴을 가로저었다. 상태가 조금은 나

아진 모양이었다.

"그래. 그럼 그래라. 그리고 신. 너도 자고 가도 돼. 너는 특히 곤에게 원한을 샀을지도 모르니까."

"나는…… 알았어. 잘 부탁해."

신이 주저하다가 얌전히 승낙했다.

"좋아, 오늘 저녁밥은 2인분 추가다! 기합을 넣어서 만들어볼까."

유바가 분위기를 바꾸려고 힘차게 집 안으로 들어갔다.

"그렇네. 애들아, 가자."

루리가 다른 세 사람을 보며 말했다.

"저 저녁 짓는 거 도울게요!"

사요가 마음을 다잡으며 말했다.

"저는 일이 있으니 여러분 먼저 들어가세요."

"응? 일?"

리오가 아직 들어가지 않겠다고 하자 루리가 의아해하며 물었다.

만약을 위해 방범 장치를 설치하려고요."

"흐음? 그럼 부탁해도…… 돼?"

"네, 맡겨두세요."

리오는 무슨 뜻인지 잘 이해하지 못한 것 같은 루리를 향해 쓴웃음 지으며 고개를 끄덕였다.

"좋아, 그럼 방해하면 미안하니까 가자. 신도 따라와."

"……응."

신은 리오에게 뭔가 말하고 싶은 것 같았지만, 루리의 부름에 머뭇거리며 걸음을 뗐다.

◇ ◇ ◇

 그날 밤.
 마침 마을 사람들이 저녁 식사를 할 때쯤의 일이다.
 곤과 그 일당은 빌린 오두막에서 술잔을 주고받았다. 거실 바닥에는 저녁과 안주를 겸한 보존 식량이 아무 조리도 하지 않은 채 흩어져 있었다.
 "한가하네요, 형님. 우리 마을이랑 다를 게 없어서 재미도 없고."
 곤에게 술을 따라주며 옆에 앉은 작은 체구의 남자가 말했다.
 "내일 심야에 실행한다. 그때까지는 얌전히 있어. 모처럼 외출 금지라는 대의명분을 받았으니."
 곤이 히죽 웃고 따라 받은 술을 들이켰다.
 "하하. 역시 형님입니다. 처음에 문제를 일으키고 나중에 얌전히 지내서 녀석들의 방심을 유도하다니. 지독해요."
 곤의 옆에 앉은 작은 남자가 말했다.
 "뭐, 루리를 품어야 하니까."
 "하하. 루리도 좋은 여자지만, 저는 신의 동생도 꽤 괜찮던데요."

"오오. 너도 그러냐? 뭐, 얼굴은 괜찮았지. 그 녀석의 여동생인 걸 생각하면 확실히 재미있어. 루리 다음에 노리는 것도 괜찮을 것 같네."

곤이 유쾌하게 비열한 웃음을 지었다.

"그때는 저희도 한번 맛보게 해주세요."

"뭐, 내 다음이라도 좋다면."

"아싸!"

곤이 허락하자 일당이 단번에 활기를 띠었다.

이곳에 있는 자들은 그들의 마을에서 문제아 취급을 받는 젊은이들이었다. 가문을 잇지 못하는 차남 이하의 청년으로 구성된 패거리를 이루고 멋대로 행동했다.

그 필두로 리더를 맡은 자가 곤이다. 곤은 촌장의 아들이지만, 다른 자들과 마찬가지로 차남이라 어릴 적부터 장남의 여분으로 키워졌다.

그러나 곤이라는 인간은 타인의 여분으로 얌전히 만족할 그릇이 아니었다. 원래 교육 방침이 그런지, 아니면 차남이기는 하나 촌장의 아들이라 나름 소중히 키워졌기 때문인지 철이 들 때쯤에는 교활하고 제멋대로인 성격으로 자랐다.

곤은 체격이 좋고 힘이 좋은 데다가 정령술에 재능이 있었다. 특히 신체 능력과 육체를 강화하는 정령술의 재능이 말이다. 최악의 조합이었다.

그래서 곤이 열 살이 됐을 무렵에는 어른도 함부로 손댈 수 없게 됐고, 곤은 마을 사람들에게 종기 취급을 받았다.

지금은 이제 열여덟 살— 곤은 언제부턴가 자신과 같이 가문을 잇지 못하는 차남들을 아군 삼아 마을 내에 자기 세력을 형성했다.

최근에는 마을에 끼치는 영향력이 너무 커져서 이제는 부모인 촌장도 손을 대지 못할 정도였다. 무슨 문제를 일으키면 재판하는 것조차 어려웠다.

이번만 해도 본래대로라면 곤 일행처럼 난폭한 문제아들을 왕도로 가는 교역대 멤버로 짤 리가 없었다.

그러나 마을 사람들로는 곤 일행의 억지를 막지 못했다. 그 결과, 호위 역으로 동행하는 것을 허락하고 말았다. 그들이 몰래 흉계를 꾸미는 줄도 모르고—.

최근 들어 마을 사람들은 곤 일행에게 나라의 병사가 되는 게 어떠냐고 권하고 있었다. 곤 일행은 마을 사람들이 자기들을 보기 좋게 마을에서 내쫓고 싶을 뿐이라는 사실을 알았다.

그래서 곤 일행은 스스로 마을을 떠날 획책을 꾸몄다. 하지만 그들이 섣불리 몸 하나만 달랑 가지고 마을을 떠나도 멀쩡히 살 수 있을 만큼 세상은 상냥하지 않기에, 사전에 이주할 곳과 의식주를 해결할 곳을 점찍어 둘 필요가 있었다.

그런 상황에 곤이 점찍은 곳이 유바 일행이 사는 이 마을이었다. 자신이 루리의 남편이 되면 다른 마을이지만 합

법적으로 촌장이 될 수 있다는 생각이었다.

유바의 마을과 곤 일행이 사는 마을은 거리가 그럭저럭 가까워서 교류가 있었다. 그래서 곤은 촌장인 유바에게 루리 외의 후계자가 없다는 것을 알았다. 그야말로 파고들 수 있는 천재일우의 틈이었다. 무엇보다도 루리의 외모가 곤의 취향이었다.

뭐, 정공법으로 들이대도 루리가 싫어할 것이 명백했기에 주저하지 않고 허점을 공격하기로 했다. 곤이 얼마나 비틀린 인간인지 여실히 드러났다.

"일부러 화려하게 마차를 부쉈으니 내일 하루 천천히 수리하자고."

곤이 내일 심야를 생각하며 유열에 잠긴 미소를 지었다.

그리고 다음 날이 됐다. 어제는 초대하지 않은 손님의 방문이 있었지만, 그 뒤에는 아무 일 없는 평온한 아침을 맞이했다.

곤 일당은 지금 이 순간만큼은 확실하게 약속을 지키며 마을 사람들과 접촉을 피하고 아침부터 마차 수리에 전념했다.

그렇게 나오니 마을 사람들도 언제까지고 곤 일행을 신경 쓰고 있을 수가 없었다.

수확 작업이 막바지에 이르기는 했지만, 아직도 마을 사람들이 총출동해서 작업에 매달려야 했다. 슬슬 겨울에 쓸 보존 식량을 대량으로 만들어야 했고, 왕도로 출하할 준비도 해야 했다.

그래선지 마을 사람들은 아침부터 활기차게 작업했고, 점심을 지났을 쯤에는 곤 일행을 향한 경계심도 완전히 옅어졌다. 조금씩 해가 질 시간이 가까워 오자 그날 작업을 끝내고 귀가하는 사람들이 나왔다.

리오도 이날은 맡은 일이 조금 일찍 끝나서 한발 먼저 돌아갔다. 유바도 마침 돌아와 있어서 저녁을 만들 때까지 남은 약간의 시간 동안 둘이서 쉬기로 했다. 휴식을 위해 차를 끓이기 시작했을 때였다.

"유바 님 계시나?"

유바를 찾는 목소리와 함께 밖에서 현관문을 두드리는 소리가 거실에 울렸다.

"제가 가볼게요."

"미안하구나 부탁하마."

리오가 앉아 있던 유바를 말리고 재빨리 일어나 현관으로 이동했다. 문을 여니 우메가 있었다.

"안녕하세요, 우메 씨. 어쩐 일이세요?"

"리오구나. 실은 하야테 님이 오셔서 유바 님한테 보고하러 온 거야."

서둘러 왔는지 우메의 숨이 조금 거칠었다.

"이야기는 들었네. 어서 뵈러 가야겠지. 하야테 공은 이미 창고에 있나?"

"응, 부하 분들과 같이. 비어 있는 여객용 오두막도 자유롭게 쓰시라고 전해뒀어."

"그런가. 수고했어, 우메."

유바가 만족스럽게 고개를 끄덕였다.

"아, 그렇지. 리오. 미안한데 오늘 저녁은 평소보다 5, 6인분 추가해서 만들어주겠나? 몇몇 분들이 우리 집에서 식사하시게 됐거든. 도우미로 마을 아가씨를 부를 수도 있다."

유바가 현관을 나가려다 리오를 돌아보고 부탁했다.

"알겠습니다. 맡겨두세요. 약간 호화롭게 만드는 게 좋을까요? 그럼 지금부터라도 사냥하러 갔다 오겠습니다."

"오, 부탁해도 될까? 덕분에 살았다, 고마워. 재료가 부족하면 채원 채소도 마음껏 써라."

유바가 밝게 웃고 흔쾌히 승낙한 리오에게 고마워했다. 그녀는 다녀오라는 리오의 배웅을 받고 빠른 걸음으로 사라졌다.

그 후, 리오는 재빨리 다기를 정리하고 사냥을 하러 마을 남쪽에 있는 산에 갔다. 시간이 많지 않아서 평소 사냥할 때는 쓰지 않는 정령술을 쓰기로 했다.

리오는 산기슭에서 땅을 박차고 바람의 정령술로 하늘을 날아오르더니 눈 깜짝할 사이에 사냥터인 산 상공으로 이동했다. 마을 사람들이 봤더라면 놀라서 눈을 번쩍 떴을 지도 모르겠다.

강화한 시력으로 하늘을 나는 렌오새를 발견하고 머리 위에서 급접근해 손에 든 검으로 목을 베었다. 다리를 잡아 공중에 뜬 채로 피를 뺐다.

일단 한 마리. 렌오새는 경계심이 강하고 무리 지어 행동하지 않지만, 하늘을 날고 있는 지금이라면 사냥하기 어렵지 않았다. 리오가 그런 생각을 하던 중, 조금 떨어진 곳에서 비행하는 다음 사냥감을 발견했다. 재빨리 이동을 개시했다.

그 뒤에도 순조롭게 사냥이 진행됐고, 완전히 해가 지기 전에 해체를 포함한 모든 작업을 끝낼 수 있었다.

한편, 그때쯤. 곤 일당이 머무는 오두막에서 일어난 일이다.

곤 일당은 마차 수리를 일찍 접고 남은 작업을 동행한 마을 사람들과 사제에게 떠넘기고 빌린 오두막 한 채에서 해가 지기 전부터 술판을 벌였다.

그때, 거칠게 오두막 문이 열렸다. 모두가 누구인지 쳐다보니 그곳에는 거칠게 숨을 몰아쉬는 10대 중반으로 보이는 소년이 서 있었다.

"하아, 하아……."

"오, 어떻게 됐어? 마차 수리 끝났어?"

술 취한 곤이 기분 좋게 물었다.

소년은 곤 일당의 사제로, 데려온 사람들 중에서 제일 어려서 잔심부름을 많이 했다. 지금도 작업 중인 마을 사람들의 감시를 포함해 곤 일당 대신 마차 수리를 돕고 있었다.

"혀, 형님! 큰일이에요! 마을에 검세관이 왔어요!"

소년이 소리치자 곤을 제외한 남자들이 술렁였다.

검세관은—수확기에 마을을 돌며 수확량으로 마을 세율을 정하고 증세도 한다—왕도에서 파견한 임시 관리다.

그리고 검세관은 문무 양도로 나라의 신뢰가 두텁지 않으면 맡을 수 없는 역직이다. 그도 그럴 것이 수확량을 검사하려면 계산 능력이 필요하고, 거두어들인 공납을 지키기 위해 위험을 떨쳐낼 힘도 요구됐고, 주어진 권한을 남용해 횡행을 저지를 인물이면 안 되기 때문이었다.

"……그래서 어쨌다고?"

곤이 술 취한 목소리로 물었다. 모처럼 흥이 오른 술판 분위기를 망쳐서 화가 난 것 같았다.

"아, 아니, 그치만, 검세관은 아마도 촌장 집에 머물 거예요. 상대는 나라의 관리니 만일을 생각해서 형님의 계획을 중지하는 게 좋지 않을……."

"상관없어."

소년이 상기된 목소리로 대답하자 곤이 불쾌해하며 대구하고 술잔을 입에 댔다.

그러자 다른 자들이 서로의 얼굴을 쳐다봤다.

"혀, 형님. 하지만 검세관은 엄청 강하다고 들었어. 예전에 폭동을 일으킨 마을을 혼자서 진압한 적도 있대."

한 남자가 쭈뼛거리며 말했다.

"엉? 내가 약하다는 거야?"

"아니, 그런 건 아닙니다!"

곤이 째릿 노려보자 남자가 황급히 고개를 저었다.

"다들 잠들었을 때 가는 거야. 유바 할멈이 술이라도 돌리겠지. 취해서 자면 검세관이든, 무사든, 농민이든, 무방비하다고."

"뭐, 확실히……. 그렇, 죠."

곤의 자신만만함에 남자들이 진정을 되찾았다.

"그렇지? 뭐 바뀐 것도 없다고. 잠자리에만 침입하면 루리도 단념하는 수밖에 없어. 뭐, 만약을 위해 납치해서 이쪽으로 끌고 오는 것도 괜찮지. 그편이 이래저래 편하잖아?"

곤이 비열한 미소를 지었다. 남자들도 따라서 "헤헤" 하고 헤프게 웃었다.

리오는 사냥을 끝내고 서둘러 귀가했다. 그러나 아직 아

무도 돌아오지 않아서 먼저 몸에 들러붙은 피 냄새를 씻어
내기로 했다.

메인 디시는 렌오새다. 몸을 씻고 그 밖에도 이것저것
식단을 조합해본 뒤, 리오는 부엌으로 가서 드디어 요리를
개시했다.

점점 식욕을 불러일으키는 향기가 거실에 차오르기 시
작했다. 그곳으로 유바가 남자 여럿과 루리와 사요를 줄줄
이 데리고 돌아왔다. 현관이 떠들썩해졌다.

"다녀오셨어요?"

리오가 부엌—현관에서 봉당 오른쪽—에서 유바 일행에
게 말을 걸었다.

"다녀왔다. 오늘은 평소보다 한층 더 좋은 냄새가 나네."

유바가 싱글벙글 웃으며 리오에게 귀가 인사를 했다.

"와, 엄청 좋은 냄새! 뭐 만들고 있어? 리오."

"리오 님, 도울게요!"

루리와 사요가 서둘러 부엌으로 다가갔다.

"정말 훌륭한 향이로군……. 유바 공, 이 마을에 저런 소
년이 있었나?"

봉당에서 부엌을 들여다보던 청년이 리오를 보며 물었다.

"저 아이는 리오. 제 오랜 지인의 자식입니다. 지금은 우
리 마을에 머물고 있죠."

유바가 청년에게 리오를 소개했다. 리오는 일단 루리와
사요에게 요리 불 조절을 맡기고 봉당으로 나와 인사를 마

무리하기로 했다.

"처음 뵙겠습니다. 인사드리겠습니다. 리오라고 합니다."

"아, 소생은 사가 하야테라고 하네. 검세관으로 이 마을에 왔네. 뒤에 있는 이들은 보좌관일세. 잘 부탁하네."

"저야말로 잘 부탁드립니다."

리오와 하야테라는 청년이 인사를 나눴다.

하야테는 이목구비가 또렷한 외모에 무척 상쾌한 분위기를 가진 호감 가는 청년이었다. 허리에는 훌륭한 외날검을 찼고, 멋진 의장을 단 무사복을 걸쳤다.

나이는 리오보다 몇 살 위로 보였다. 참고로 야구모 지방에는 성씨부터 말하는 관습이 있으니 사가가 성이고 하야테가 이름이었다.

리오와 하야테는 인사를 나눈 뒤, 서로의 얼굴을 마주 보고 몸 중심의 위치와 발놀림으로 상대가 평범한 사람이 아니라는 사실을 넌지시 알아차렸다.

"자, 서서 이야기하는 것도 뭣하니 여러분, 거실로 올라가 앉으시죠. 곧 저녁 식사가 완성될 겁니다."

유바가 거실에 올라 하야테 일행을 재촉했다.

"고맙네. 호의를 따르겠네."

하야테가 깊이 허리를 숙이고 신을 벗은 뒤, 거실에 올랐다.

"그럼 저는 부엌으로 돌아갈게요. 유바 씨."

"그래, 잘 부탁한다."

리오가 유바의 배웅을 받고 부엌으로 돌아갔다.

그러자 루리가 교대하듯이 부엌에서 거실로 나갔다.

"자. 받으세요, 여러분. 일하느라 수고하십니다."

루리가 붙임성 좋게 웃으며 하야테 일행에게 차를 건넸다.

"으, 음. 고맙네, 루리 공."

하야테가 조금 전까지 보인 야무진 태도와 달리 미묘하게 어색한 동작으로 고마움을 표했다. 루리와 시선을 마주치지 않으려고 하는 걸 보니 아무래도 부끄러워하는 것 같았다.

리오는 그런 하야테를 조금 의외라는 듯이 쳐다봤다.

"루리, 너는 남아서 이야기 상대가 되어드려라."

유바의 지시에 루리가 거실에 남아 응대 역할을 맡기로 했다. 밝고 낯가리지 않는 성격을 가진 루리에게 딱 맞는 역할이었다. 유바도 접객 역할을 맡아서 요리는 필연적으로 리오와 사요가 담당하게 됐다.

"사요 씨, 거들게 해서 죄송해요. 신 씨의 식사는 괜찮나요?"

부엌으로 돌아와 다시 요리를 시작한 리오가 사요에게 면목 없어 하며 물었다.

"네. 오빠는 도라 씨와 우메 씨네 집에서 식사하기로 했어요. 중요한 손님이 오시면 종종 그러니까 신경 쓰지 마세요."

사요가 기쁘게 웃으며 고개를 저었다.

"뭐 좋은 일 있어요?"

리오가 기분 좋은 사요에게 물었다.

"네? 왜요?"

"아뇨, 왠지 기뻐하는 것처럼 보여서."

사요가 잠깐 이상하다는 듯이 고개를 갸웃거리다가 짐작 가는 게 있는지 "아……" 하고 수줍어했다. 그리고 리오에게 쭈뼛쭈뼛 물었다.

"……그래 보이나요?"

"네."

리오가 긍정하자 사요가 살짝 뺨을 붉혔다.

"음, 이유는 비밀이에요."

"그렇군요……. 그럼 캐물으면 안 되겠네요."

리오가 명랑하게 입가에 미소를 그렸다. 사요에게 좋은 일이 있다는 게 제일 중요했다.

"……네."

사요는 미묘하게 복잡한 표정을 지었지만, 꾸벅 고개를 끄덕였다.

"그럼 손님 분들이 시장하실 테니 어서 만들죠."

"네. ……하지만 조금은 느긋하게 요리하는 걸 즐기고 싶어요."

리오의 제안에 사요가 고개를 끄덕이고 중얼거렸다. 뒷부분은 조금 떨어진 곳에 있던 리오의 귀에는 닿지 않았다.

◇ ◇ ◇

그로부터 약 한 시간이 못 되어 요리를 전부 완성하고 모두에게 배식을 끝낸 뒤, 드디어 저녁 식사를 하게 됐다.

"이것은, 실로 호화로운 저녁 식사로군. 설마 귀중한 고기를 대접해줄 줄이야. 게다가 보존용 고기도 아니군. 우리 수만큼 준비하느라 큰일이었을 텐데. 고맙네."

하야테가 상 위에 놓인 여러 요리를 보고 눈을 동그랗게 뜨며 말했다.

검세관으로서 마을을 돌며 각지의 촌장 집에서 식사를 대접받는 일이 많았지만, 사치스럽게 고기를 쓴 식사가 나오는 일은 거의 없었다.

종자들도 기뻐하며 웅성거렸다.

"리오가 실력 좋은 사냥꾼인 덕분이에요. 그거 말고도 다재다능해서 우리 마을을 많이 도와줘요."

루리가 조금 자랑스럽게 리오를 치켜세웠다.

"오오, 요리뿐만 아니라 고기까지 리오 공이 사냥한 사냥감을 썼는가. 우리는 사냥은 그렇다 쳐도, 요리는 기껏 해봤자 고기를 있는 그대로 굽거나 간단한 진중식밖에 못 만드네. 남자의 몸으로 대단하군."

하야테가 감탄하며 리오를 칭찬했다. 진중식이란 야전 음식을 말한다.

"홀로 여행하느라 자연스럽게 익혔을 뿐입니다. 주요리

는 제가 담당했지만, 다른 부요리는 사요 씨가 만들었습니다. 식기 전에 드세요."

리오가 사요를 보고 말하자 종자들이 "오오, 여자가 만든 밥이다" 하고 흥분했다.

사요가 부끄러워하며 고개를 숙였다. 리오는 쓴웃음 지었고 하야테가 종자들에게 "너희들, 조용히 못 하겠느냐" 하고 부끄러워하며 말했다.

"그럼 어서 들도록 할까. 거창한 대접 감사하네."

하야테가 마음을 가다듬으려고 헛기침을 했다. 기침을 신호로 유바도 "들지요"라고 말해서 모두 식사를 개시했다.

"한데 리오 공, 이 고기 요리는 무슨 요리인가? 새고기를 쓴 것은 알겠네만, 그다지 맡아보지 못한, 그러면서 무척 식욕을 돋우는 향이 나네."

하야테가 자른 고기 조각을 젓가락으로 집어 냄새를 맡으며 물었다.

"그건 제가 여행하는 동안 배운 향초 구이라는 이국 요리입니다. 조금 독특한 향이 특징인데, 렌오새를 재료로 썼습니다."

"그렇군, 렌오새인가. 음, 이것은, 참으로…… 맛있네!"

하야테가 꿀꺽 침을 삼키고 고기 조각을 입에 넣었다. 씹는 순간, 육즙이 많은 새고기의 맛과 그것을 해치지 않는 간이 입안에서 폭발해 눈을 크게 떴다.

종자들도 하야테를 보고 차례로 향초 구이에 손을 가져

가 먹고는 입을 모아 맛있다고 혀를 내두르고 주식인 밥을 쑤셔 넣었다.

"어떻게 하면 이런 맛을 낼 수 있는 건가?"

하야테가 흥미로워 하며 물었다.

"기본적인 간은 소금과 후추고, 풍미를 내기 위해 이 주변에서는 구할 수 없는 특수한 향초와 기름을 썼습니다. 그리고 조미료로 벌꿀을 약간."

"오오, 후추를 썼는가?! 귀중한 물건인데…… 우리나라에서 구할 수 없는 물건뿐인데 써도 되는 겐가?"

리오가 사용한 재료를 설명하자 하야테가 놀라면서도 미안해하며 물었다.

"괜찮습니다. 언제까지고 소중히 갖고 있어도 소용없으니까요. 마을에 중요한 손님이 오셨다는 걸 듣고 사용했습니다."

후추는 일부 온난한 기후를 가진 나라에서만 재배돼서 가격이 비싸지만, 야구모 지방에서도, 슈트랄 지방에서도, 손에 넣는 게 불가능하지는 않았다.

사실은 『시공의 장』 안에 필요한 식재료를 잔뜩 보관해 놨지만, 너무 솔직하게 있다고 가르쳐줘도 되는 물건도 아닌지라 리오는 적당히 거짓말하기로 했다.

뭐, 여기서 은혜를 입히면 나중에 무슨 일이 생겼을 때, 마을 편의를 봐줄지도 모른다는 타산적인 생각도 있었지만. 리오의 만만찮은 계획이 제대로 먹혔는지 하야테는 조금 전부터 리오에 대한 평가를 계속 상향 수정했다.

"저기, 후추가 그렇게 귀중한 물건인가요?"

루리가 아직 그 가치를 헤아리지 못하고 질문했다.

"산지에서 사는 거라면 몰라도 우리나라에서 산다면 그리 싸지 않네. 전에 왕도의 시장에서 본 시세로 치면, 같은 양의 소금의 열몇 배 정도일세."

"네?!"

"헉?!"

하야테가 생각에 잠겨 대답하자 루리와 사요가 놀라서 눈을 동그랗게 떴다. 유바도 소리를 내지는 않았지만, 눈을 크게 떴다.

리오는 여태껏 유바와 루리에게 후추를 쓴 요리를 여러 번 대접하긴 했지만, 그 가치를 설명한 적은 없었다. 마을 사람이 일생 동안 흥미를 가질 물건이 아니라 루리와 유바가 가격을 모르는 것도 당연했다.

"리오, 그렇게 비싼 걸 쓴 거야?! 미리 말해달라고!"

루리가 당황해서 소리쳤다.

"……음, 소금만큼은 없다고 말하지 않았었나요?"

"마, 말했을지도 모르지만, 그렇게 비쌀 줄은 몰랐지! 으으."

"저, 산지에서 산 거라 그렇게 비싸진 않았어요."

"그, 그렇다고 해도. 그렇게 귀중한 물건이면 숨겨둬도 되잖아……."

"언제까지 안 쓰고 둘 수는 없다고 했잖아요. 신경 쓰지 마세요. 그보다 자, 식기 전에 드세요."

리오가 쓴웃음 짓고 고개를 저었다.

한바탕 소동이 지나가고 식사가 재개됐다. 이내 마을 특산품인 양조주가 잔을 타고 돌았고, 점점 식사 자리가 떠들썩해졌다.

리오와 사요가 추가로 안주를 만들어 날랐을 쯤에는 종자들이 기분 좋게 얼굴을 붉히고 있었다.

"너희들 그렇게 마시고 내일 머리 아프다고 하지 마라?"

상관인 하야테가 질려서 말했다.

"하하, 알겠습니다. 하야테 님."

종자들이 쓴웃음 지으며 대답했다.

현재, 식사 자리는 술을 마시는 유바와 종자들, 그리고 그 외의 리오, 루리, 사요, 하야테로 나뉘어 대화를 나누고 있었다.

"하야테 공은 술을 전혀 안 드시나요?"

"못 마시는 건 아니지만, 일하는 중에는 출장지에서도 마시지 않도록 유의하고 있네."

리오가 묻자 하야테가 금욕적인 대답을 했다.

"그렇군요."

"루리 공과 사요 공은 그렇다 치고, 리오 공이야말로 술은 안 드시나? 우리 때문에 사양할 필요 없네."

리오가 감탄하며 신음하자 하야테가 리오를 신경 쓰며

되물었다.

"이따가 일과로 단련을 해야 해서요. 오늘은 안 마시기로 했습니다."

"아아, 역시 무술을 수양하고 있었군. 몸놀림을 보고 예상은 했네만."

"네. 소양을 쌓는 정도지만요."

"하하하. 겸손할 필요 없네. 자네 나이에 각지를 홀로 여행했지 않나. 실력이 상당할 테지. 괜찮다면 여행 이야기라도 들려주지 않겠나? 소생은 나라를 떠나본 적이 거의 없어서 말이네."

하야테가 부드럽게 웃었다.

"그렇게 재미있는 이야기는 아닐지도 모릅니다."

리오가 그렇게 운을 떼며 받아들였다.

그러자 하야테가 리오에게 질문을 던졌다. 루리와 사요는 주로 듣는 역할이었지만, 때때로 관심 깊게 리오에게 질문했다.

리오는 말해도 특별히 문제가 없는 범위에서 질문에 대답했다. 이윽고 부모님의 출신지를 묻는 말에 리오가 카라스키 왕국 출신이라고 대답했을 때였다.

"리오 공의 부모님이 이 나라 태생이었는가. 그렇다면 리오 공의 이름은 어쩌면 우리나라에 전해지는 옛날이야기의 등장인물을 참고해서 붙였을지도 모르겠군."

하야테가 뭔가 납득한 것처럼 고개를 끄덕였다.

"아, 영웅왕 류오 이야기요? 그립네요. 옛날에 아버지가 들려주셨는데."

루리가 곧 그 옛날이야기가 기억났는지 그리워하며 말했다.

"유명한 이야기인가요?"

리오가 고개를 갸웃거리며 옆에 앉은 사요에게 물었다.

"네. 마을 사람들 전부 어릴 적에 들었을걸요."

"어떤 이야기인가요?"

"그래. 분명—."

리오가 질문하자 하야테가 천천히 이야기했다.

천년도 더 전인 머나먼 옛날. 아직 카라스키 왕국이 탄생하기 전의 일이다.

당시 이 땅에는 사악한 자들이 만연해 민중의 삶을 위협했다. 토지는 황폐하고 수많은 사람이 죽어 사람들은 절망했다.

그때, 드디어 민중에게 『류오』라고 불리게 되는 영웅이 나타난다.

류오는 강하고 다정하고 무척 위대한 인물이었다고 한다.

당시 사람들이 어찌할 도리가 없어 무찌를 수 없었던 사악한 자들을 오직 홀몸으로 간단하게 토멸했다. 굶어 죽을 것 같은 사람이 있으면 은혜를 베풀었고, 죽음에 이를 부상을 당한 사람이 있으면 눈 깜짝할 사이에 치료했다. 그리고 당시에는 야구모 지방에도 쓸 수 있는 사람이 거의 없었던 정령술을 사람들에게 가르쳐줬다고 전해진다.

많은 민중이 류오에 의지해 그 땅에 모였다. 사람들이 그를 영웅으로 추대해 황폐한 이 땅에 새로운 나라가 생기는 것은 시간문제였다.

그러나 아무리 류오라고 해도 혼자서 할 수 있는 일에는 한계가 있었다.

사악한 자들은 쓰러뜨려도, 쓰러뜨려도 사방에서 밀어닥쳤고, 곤궁한 민중도 소문을 듣고 도움을 바라며 차례로 밀어닥쳤다.

그래도 류오는 쉬지 않고 싸웠다. 쉬지 않고 구했다. 너무나 강하기에, 너무나 다정하기에, 오직 혼자서, 사람들에게 완벽한 영웅으로 존재했다.

그렇게 류오는 아무리 괴로워도 겉으로는 완전무결한 영웅으로 존재했으나, 단 한 번의 거대한 희생을 치르고 말았다.

어느 날, 류오는 사악한 자들의 본거지를 알아냈다고 했다. 그리고 그곳으로 가, 사악한 자들을 토멸하겠다고 했다.

그러나 류오의 옆에 서서 싸우는 이는 아무도 없었다.

류오는 단 한 명의 동행자를 데리고, 그저 앉아서 기다리는 것밖에 못 하는 민중을 이 땅에 두고 사악한 자들의 본거지로 향했다.

그러나 비극이 일어났다. 류오의 부재에 사악한 자들이 민중이 있는 곳으로 대거 밀어닥쳤다. 사람들은 군을 이루어 대항했으나 류오 없는 전투는 수많은 사상자를 냈다.

얼마 후, 류오가 돌아온 이 땅에서는 장절한 전투가 펼쳐지고 있었다. 류오는 강대한 힘으로 밀어닥친 사악한 자들을 순식간에 토멸했다고 한다.

그러나 전투가 끝난 직후, 누군가가 말했다. 어째서냐. 왜 바로 도우러 오지 않았나. 류오가 자기들을 죽게 내버려 둔 것이 아닌가.

류오가 늦게 온 것을 사과하자 다른 누군가가 말했다. 죽은 사람들은 돌아오지 않아. 사과해도 죽은 사람들은 성불하지 않아.

물론 그 전에도 적지 않은 사상자가 나왔다. 그러나 단 한 번의 전투로 이때만큼의 사상자가 나온 적은 없었다.

기대에 대한 배신. 거기에 전투 중에 쌓인 민중의 불만이 집단 심리에 불이 붙어 폭발했는지도 모른다. 그중에는 냉정하게 집단을 막으려 한 사람도 있었지만, 감정적인 군중 폭도에게 소수의 목소리가 닿을 리 없었다.

영웅의 임무를 다하지 못했다. ―사람들은 그것을 죄로 삼아 류오를 책망했다.

그러자 류오는 비판을 정면으로 받아들이고 민중에게 머리를 숙였다고 한다. 그리고 스스로 왕의 그릇이 아니라며 왕위에서 물러날 것을 선언했다.

그리하여 곧이어 새로운 왕조가 탄생했다. 카라스키 왕국의 전신이다.

그 후, 한동안 평온한 생활이 이어졌고 사악한 자들이 밀어닥치는 일도 없었다. 시간이 흘러도 사악한 자들은 나타나지 않았고, 민중은 류오가 말했던 대로 사악한 자들의 본거지를 파괴시켰음을 깨달았다.

그리고 민중이 생각났다는 듯이 말했다. 류오는 지금 어디에 있는가.

그 시점에 류오는 이미 이 땅에서 모습을 감췄다. "이 땅에 사악한 자가 밀어닥칠 위험이 한없이 작아졌다. 그러나 아직 존재한다. 나는 그 위험을 배제해야 한다"고, 나라의 일부 사람에게만 설명하고 모습을 감췄다.

왕은 그 사실을 숨기지 않고 민중에게 공표했다. 우리는 돌이킬 수 없는 크나큰 잘못을 범했다는 반성을 촉구하는 말과 함께.

이윽고 민중 사이에 류오에 관한 전승이 전해지게 됐다고 한다. 자기들의 과오를 인정하고 류오에게 돌아와 달라는 부탁을 담아—.

하야테는 이야기를 끝내고 작게 숨을 내쉰 뒤, 입을 열었다.

"이 옛날이야기가 정말 있었던 일인지는 알 수 없네. 류오가 실존 인물인지도 말일세. 하지만 개인적으로는 전승되어야 하는 이야기라고 생각하네. 이 이야기는 여러 가지 배울 점이 많아."

"저는 임금님이 가여워서 어릴 적에 듣고 울었어요. 시간이 흘러도 한동안은 마음이 답답하더라고요."

루리가 안타까운 쓴웃음을 지으며 중얼거렸다.

"저도 처음 들었을 때는 울었을지도……. 하지만 이야기에 등장하는 류오 님은 무척 좋아해요."

"이름도 리오랑 닮았고."

"그, 그런 이유가 아니야!"

루리가 놀리자 사요의 얼굴이 새빨개졌다. 루리가 "아하하" 하고 웃었다.

"하지만 리오의 부모님이 이 이야기를 참고해서 리오의 이름을 붙였다면 무슨 뜻을 담은 걸까? 류오 같은 사람이 되길 바라셨나?"

루리가 고개를 갸웃거렸다.

"……글쎄요."

리오가 그리운 듯이 부드럽게 미소 지었다.

그 뒤에도 리오 일행은 넷이서 이야기했다.

"자. 하야테 님, 드세요. 변변치 못한 차지만요."

루리가 차를 우려 옆에 앉은 하야테에게 건넸다.

"으, 음. 고맙네."

루리의 몸이 바로 곁에까지 접근하자 하야테가 움찔 놀라더니 고마워했다. 홀짝홀짝 차를 입에 머금고 "맛있다"는 감상을 힘주어 말했다.

"과찬이세요. 마을 사람이 마시는 값싼 거예요."

"아니, 그렇지 않네. 루리 공이 우려준 차일세. 근방의 차와 비교가 안 되네."

"아하하. 싫다아, 정말."

루리가 하야테의 말을 신소리로 받아들였는지 재미있어하며 웃었다.

'재미있는 사람이네.'

리오는 두 사람의 대화를 미소 지으며 바라봤다.

하야테는 올곧고 서툰 면도 있지만, 순수하고 성실한 사람이었다. 나이는 열여덟 살로 카라스키 왕국의 상급 무사 집안의 후계자였다. 그런데 가문을 등에 업고 불필요하게 으스대지 않았다. 또 평소에는 늠름했지만, 루리에게만은 순진한 반응을 보였다. 리오는 그런 하야테에게 호감을 품었다.

한편, 루리는 나이 찬 아가씨고 많은 마을 남자들이 좋아하는, 사촌 동생인 리오가 봐도 매력적인 소녀였다. 사촌 동생으로서 고생시키지 않을 것 같은 상대와 결혼하길 바라야겠지만, 본인은 그다지 결혼할 마음이 없는지 여태껏 뜬소문도 들리지 않았다.

그러나 하야테라는 장래가 유망한 청년이 나타났다. 게다가 루리에게 반한 티가 났다. 그렇다면, 물론 본인들의 마음에 따라야겠지만, 루리의 결혼 상대로 더할 나위 없지 않을까.

그런 생각이 들자 리오는 루리와 하야테가 둘이서만 대화할 수 있도록 자연스럽게 옆에 앉은 사요와 둘이서 이야기하기로 했다.

사요도 리오와 같은 생각인지 리오와의 대화에 열중해서 이야기가 활기를 띠었다. 그렇게 순식간에 시간이 흘러갔다.

"더 이야기하면 내일 힘들 것 같으니 슬슬 파하는 게 어떤가."

하야테가 말했다. 루리와 나눈 대화가 어지간히 즐거웠던 모양이지만, 물러날 때를 확실하게 아는 것 같았다.

"그러네요. 사요는 오늘도 우리 집에서 자고 가. 밤이 늦었어. 같이 잘까?"

루리의 말에 사요가 오늘 밤도 자고 가기로 했다. 도우러 올 때부터 자고 갈 가능성이 있었기 때문에 신에게 알릴 필요는 없었다. 빠르게 뒷정리를 마치고, 단련할 리오를 제외한 모두가 취침에 들어갔다.

리오는 촌장 집 정원에서 검을 휘둘렀다. 숨이 거칠고, 몸도 달아올랐고, 전신에서 하얀 김이 피어올랐다. 그렇게 수십 분을 무심하게 검을 휘둘렀다.

"……후우."

리오가 숨을 크게 내쉬고 손에 든 검을 허리에 찬 검집에 넣었다. 완전히 밤이 깊었으니 오늘은 이 정도만 할까 생각하며, 바로 옆에 있는 목욕용 오두막으로 가려고 했다.

"응?"

리오는 우뚝 걸음을 멈췄다. 어두운 밤기운에 섞여 어떤 기척이 느껴진 것 같았다.

기척을 느낀 곳을 응시했다. 그 김에 그쪽을 향해 정령술로 만든 바람을 부드럽게 불어 보냈다. 바람 계통 정령술은 마력 감지에 뛰어났다. 고위 정령술사 정도 되면 자신의 마력을 살짝 담아 날려 보낸 바람에 닿은 대상의 마력을 탐지하는 것까지 가능했다.

어두운 밤이라 모습을 인식할 수는 없지만, 리오는 촌장 집과 이어지는 길 너머에서 인간의 것으로 생각되는 미량의 마력을 감지했다.

'누가 돌아다니고 있나?'

많은 사람들이 잘 시간이지만, 외출하는 사람이 절대로 없다고 단언할 수는 없었다.

마력 반응은 하나. 마력의 주인은 촌장 집에서 멀어져갔다.

'······뭐, 됐나.'

다가오지 않는다면 마음에 담을 필요는 없겠지, 하며 리오가 땀을 닦기 위해 옆에 둔 짐에서 수건을 주웠다.

곤 일당이라는 외부자의 체류에 어제부터 촌장 집 주위에 침입자 탐지 마술 결계를 몰래 펼쳐 놨다. 부지 내에 외부자가 들어오면 바로 알 수 있었다.

구체적으로는 일정량의 마력을 가진 생명체가 결계 안

에 침입하면 마력 공급원이기도 한 결계 정령석이 강한 빛과 열을 내며 신호를 준다. 결계 효력은 임의로 바꿀 수 있지만, 핵인 정령석을 결계 밖으로 가져가면 결계는 발동하지 않는다.

낮에는 외출도 하고 사람의 출입도 많아서 결계를 발동시키지 않지만, 밤에는 결계를 발동시켰다. 현재, 결계의 핵인 정령석은 침묵을 지켰다.

그 후 리오는 땀 흘린 몸을 씻고 잠자리에 누워 잠을 청했다.

"슬슬 갈까."

한편 리오가 취침하고 잠시 뒤, 마을 밖에 있는 오두막 안에서 곤이 근질근질 흥분한 목소리로 말했다.

지금부터 한 시간도 더 전, 사제에게 촌장 집 상황을 살피게 하자 정원에서 누군가가 무슨 소리를 내고 있다는 보고를 받고 만약을 위해 지금까지 대기하고 있었다.

그 탓에 묘하게 안절부절못했다. 조급한 마음을 억누르지 못하고 일어난 곤이 몇 명을 데리고 오두막 밖으로 나갔다.

어두운 밤이라 시야가 나빴지만, 신중하게 소리를 죽이고 촌장 집으로 향했다. 깨어 있는 사람이 아무도 없는 마을을 고요함이 지배했다.

그렇게 촌장 집 코앞까지 왔다. 곤은 익숙한 걸음으로 촌장 집 옆으로 돌아가 어느 방의 목제 미닫이문을 요령 있게 들어 올려 떼어냈다.

곤은 부모님을 따라 몇 번인가 유바네 집을 방문한 적이 있어서 어디가 루리 방인지 알았다. 침입한다면 방 미닫이 문을 통하는 것이 바람직하다는 것도.

방 안에서 목제 미닫이문을 버팀목으로 고정해놨지만, 문째로 떼어내는 것은 대처할 수 없었다. 하지만 덜컥, 하고 조금 큰 소리가 나는 것은 막지 못했다.

지금부터가 승부였다. 곤은 떼어낸 미닫이문을 동료에게 넘기고 재빨리 안으로 들어갔다. 아직 저택 부지 내에 침입한 지 1분도 지나지 않았다.

'응? 두 명이잖아?'

두 명분의 잠자리에 두 소녀가 자고 있는 것을 깨닫고 몸이 굳었다.

'쳇, 둘이나 있다는 말은 못 들었어. 루리랑…… 이 녀석은 누구야? 어디선가…… 오오, 신의 동생인가!'

곤이 예상 밖의 사실에 혀를 차면서도 새까만 방 안에서 상대의 얼굴을 확인하기 위해 두 사람의 코앞까지 얼굴을 들이밀었다.

한 사람이 목표인 루리라는 것을 바로 깨닫고, 조금 뒤에 다른 한 사람이 사요라는 것을 깨달았다. 곤은 씨익 웃었다.

"음……. 누구야?"

그러나 사요의 옆에서 자던 루리가 눈을 뜨고 말했다. 조금 전에 난 문 소리와 안으로 들어온 곤의 기척에 잠이 깼다.

"쳇."

곤이 혀를 차고 루리 위에 올라타 입을 막았다.

"읍읍?!"

이변을 알아차린 루리가 눈을 번쩍 떴다.

"조용히 해. 시끄럽게 굴면 가만 안 둬."

곤이 지근거리에서 루리를 위협했다.

그 탓에 루리도 상대가 곤이라는 것을 깨달았다.

"읍―! 읍, 읍―!"

루리는 곤의 협박에 굴하지 않고 몸부림쳤다.

"야, 움직이지―."

"……루, 루리 씨? 어, 저, 저기요?"

곤이 또 위협하자 이번에는 사요까지 눈을 떴다.

큰일이다― 퍼뜩 떠오른 생각에 곤이 억누르고 있는 루리의 얼굴 바로 옆에 주먹을 세차게 내리쳤다. 쿵, 둔탁한 소리가 울렸다.

루리와 사요의 몸이 움찔거렸다.

"알았냐?!"

곤이 두 사람에게 작지만 박력있는 목소리로 말했다. 그리고 멱살을 잡고 루리를 끌어당기더니 이번에는 얼굴에 주먹을 가까이 대고 말했다.

"떠들면 방금 걸 얼굴에 처박는다?"

엄청난 박력에 루리가 저항을 멈췄다.

곤이 "흥" 만족스럽게 코를 울리고 "너도다"라며 사요의 멱살을 잡아 끌어당겼다.

"아…… 으…… 웃."

"알았냐고 묻잖아. 위아래로 끄덕여."

곤의 난폭한 행동으로 울고 있는 사요를 위협했다.

사요는 자기도 모르게 고개를 위아래로 흔들 뻔했다.

"뭐, 이 자식— 컥?!"

그때, 미닫이문 밖에서 곤이 데려온 동료의 비명이 들렸다. 거의 동시에 쿵 내던져져 쓰러지는 소리가 들렸다.

"무슨 일인가? 리오 공! 뭣, 이놈들, 무슨 짓이냐?!"

하야테로 생각되는 남자의 목소리가 들렸다. 그럼 아까 곤의 동료를 쓰러뜨린 것은 리오이리라. 결계 마술의 핵인 정령석의 이상을 탐지하고 달려온 것이다.

"큰일이다! 도망쳐!"

밖에서 남자들의 목소리가 들렸다. 갑자기 소란스러워졌다.

"멈춰라! 놓치지 않겠다!"

하야테가 어둠을 틈타 도주한 남자들을 쫓았다.

"젠장! 들켰나! 뭣, 크억?!"

곤이 사태를 파악하고 화를 내며 밖을 봤다. 그러자 밖에서 눈부신 빛이 들어와 눈앞이 새하얘졌다.

곤의 시야를 빼앗은 것은 리오였다. 왼손을 뻗어 정령석의 빛으로 실내를 밝혔다. 그 빛으로 옷이 흐트러진 루리와 사요의 멱살을 잡은 곤을 보게 됐다.

"……무슨 짓이야?"

리오가 얼음장 같은 목소리로 곤에게 물었다.

"윽, 빌어먹을 것이!"

곤이 사요의 멱살을 거칠게 놓고 밖을 향해 전력으로 달려 나갔다. 그대로 강행 돌파해서 문 앞에 선 리오를 밀쳐버리려고 했다.

"크악, 헉?!"

리오가 곤을 손쉽게 잡아 던지자 바깥 땅에 등부터 세차게 부딪혔다. 몸을 보호하지도 못하고 흉부가 압박돼 폐 속의 공기가 새어 나왔다.

"……왜 도망쳐? 무슨 짓이냐고 물었어. 대답해."

"커헉, 컥, 하아, 아, 아, 아학."

리오가 무표정한 얼굴로 호흡 곤란에 빠진 곤을 내려다봤다.

"왜 그래? 대답해. 너 무슨 짓을 하고 있었지?"

"아, 하아, 아하, 억…….."

곤이 산소를 구하며 입을 움직여 필사적으로 숨을 마시려고 했다.

"어이, 빨리 대답해. 숨 쉬고 싶잖아?"

리오가 난폭하게 곤의 멱살을 잡았다. 목덜미를 세게 조르며 안 그래도 산소가 부족한 곤의 호흡을 의도적으로 압박했다.

"아, 아하, 모, 모, 래. 모애. 가, 강가……."

곤은 그저 살고 싶은 마음에 앞뒤 가리지 않고『몰래』와『강간』이라는 단어를 꺼내려고 했다. 그러나 도저히는 아니지만, 정확하게 발음을 파악할 수 없었다.

"아, 그래."

그럼에도 리오는 처음부터 답을 알고 있었다는 듯이 적당히 대답하고 곤의 얼굴을 있는 힘껏 때렸다.

"컥, 앗, 악?!"

곤이 신음하며 고통을 호소했다.

"……편히 죽을 거라 생각하지 마라."

리오가 다시 곤의 얼굴에 주먹을 때려 넣었다.

아무 망설임도 느끼지 않고. 아니, 살의까지 담아서. 일찍이 목숨을 빼앗으려고 공격한 상대조차 죽이지 않으려고 했던 사람이라고는 생각할 수 없을 정도로.

곤이 루리와 사요를 난폭하게 대한 현장을 목격한 순간부터 리오의 머릿속에는 어머니 아야메를 마지막으로 목격했을 때의 광경이 플래시백 됐다.

잊을 수가 없다. 리오가 다섯 살 때, 무력한 아들을 지키기 위해 어찌하지 못하고 남자에게 농락당한 어머니의 모

습을—.

정신을 차리니 리오는 곤을 묵사발로 만들고 있었다. 몸이 멋대로 움직였다.

한없이 넘쳐 나오는 증오를 막을 수가 없었다. 몸속에서 무언가가 소리를 내며 부서졌다. 이성의 끈이 끊어져버렸다.

"아—, 으아—, 아—."

도와달라고, 곤이 말이 되지 못한 비명을 흘렸다.

그러나 리오는 곤의 얼굴을 때리는 손을 절대 멈추지 않았다. 기절 따위 시켜줄까 보냐. 간단하게 죽여줄까 보냐. 무슨 짓을 하든 용서해줄까 보냐. 한계까지 고통을 주고, 그 다음에 죽여주겠다.

리오는 오직 그 생각으로 절묘하게 힘을 조절하며 손을 움직였다. 주변에 있는 다른 사람들은 조금도 보이지 않았다.

그곳에 있는 모두가 광기에 물든 리오의 분노에 집어삼켜졌다.

루리는 그저 떨었다. 사요는 "리오 님, 제발. 그만, 그만" 하며 울었다. 하야테는 멍하니 서 있었다.

"무슨 일이냐?!"

그러자 소란에 잠에서 깼는지 유바와 하야테의 종자들이 횃불을 들고 현관에서 뛰쳐나왔다.

"아, 안 돼! 리오 공, 이제 그만하시게! 그 이상 때리면 죽고 말아!"

하야테가 겨우 정신을 차리고 서둘러 리오를 말렸다.

'죽어?'

당연하다. **죽이려는 거니까**— 리오는 하야테의 말에 반발하며 곤에게 올라타 더 때리려고 했다.

그러나 하야테가 리오의 주먹을 잡았다.

"리오 공, 멈추시게! 마음은 알지만, 두 사람이 두려워하고 있어. 이 남자에게 마땅한 대가를 치르게 해야 하지만, 사정 청취 또한 필요해. 그러니 조금만 기다려주시게, 부탁이네!"

하야테가 서로에게 달라붙는 루리와 사요를 보고 리오에게 강력히 호소했다.

리오가 드디어 정신을 차리고 실내에 있는 두 사람을 바라봤다.

루리는 리오와 눈이 마주치자 얼굴을 돌리고 말았다. 한편, 사요는 너무나 슬프게 리오를 쳐다봤다. 리오는 겨우 주먹에서 힘을 뺐다.

그러나 리오의 가슴속에는 형언할 수 없는 분노가 아직도 소용돌이치고 있었다. 곤이 이대로 눈앞에 있으면 정말로 죽여버리고 말 정도로.

"컥, 앗, 흐—, 흐아하, 하아—."

리오가 멱살을 놓자 곤이 바닥에 뒤통수를 세차게 부딪쳤다.

그러나 곤의 얼굴은 그런 걸로는 고통을 느끼지 못할 정도로 심각하게 부어올랐다. 호흡이 심하게 흐트러졌고, 의식을 유지하고 있는지도 잘 모르겠다.

리오는 그런 곤을 향한 분노를 토해내듯이 깊은 한숨을 내쉬었다. 비참한 곤의 모습을 봐도 죄책감은 손톱만큼도 샘솟지 않았다. 자신이 이렇게 냉혹한 인간이었다는 것을 제삼자처럼 냉정하게 생각했다.

"그것은…… 곤인가?"

유바가 머뭇거리며 다가가 손에 든 횃불로 완전히 변해버린 곤의 얼굴을 비췄다.

"맞네. 루리 공과 사요 공을 공격하려고 했어. 현행범이야. 두 사람 곁에 있어주시게나."

하야테가 간단하게 사정을 설명하며 유바에게 지시를 내렸다.

"……알겠습니다."

유바가 묘한 얼굴로 고개를 끄덕이고 실내에 있는 루리와 사요에게 다가갔다.

"너희는 둘로 나뉘어라. 하나는 밖에 기절해 있는 공범들을 구속하고 다른 하나는 놈들의 동행자가 머무는 오두막으로 가서 사정을 설명하고 취조하라."

하야테가 종자들에게도 지시를 내렸다. 그러자 종자들이 "알겠습니다"라고 대답하고 신속하게 행동을 개시했다.

이어서 하야테는 부상당한 곤의 얼굴을 정령술로 치료하기 시작했다. 손에 희미한 치료의 빛을 담아 곤의 얼굴에 댔다. 그러나 그다지 치료의 정령술을 잘하지는 못하는지, 혹은 일부러 치료 정도를 줄였는지, 회복 속도가 확연히 느렸다.

리오라면 더 강력한 정령술을 거는 것도 가능했지만, 묵묵히 서서 모든 과정을 지켜봤다. 그러자 곤이 조금 회복됐는지 "으, 으으……" 하며 작게 신음했다.

"어이, 정신이 드나?"

하야테가 곤에게 말을 걸었다.

"아, ……아, 허, ……아, 허. 더아, 져."

곤이 "아파, 아파. 도와줘"라고 필사적으로 입을 움직였다.

"……하야테 공, 괜찮다면 대신 치료해도 될까요. 치료의 정령술이 특기라 말할 수 있을 정도로 회복시키겠습니다."

리오가 무슨 생각을 했는지 하야테에게 그런 말을 했다. 바로 옆까지 다가가자 하야테가 승낙하는 것보다 빠르게 곤의 얼굴에 손을 대고 정령술을 걸었다.

"음……. 이것은……."

곤의 얼굴에서 붓기가 조금씩 빠지는 것을 보고 하야테가 신음했다. 순간, 리오가 곤을 죽이는 것은 아닐까 걱정했지만, 말했던 대로 치료하기에 일단 맡기기로 했다. 그로부터 10초 정도 지나자 곤의 얼굴이 어찌어찌 볼 수 있을 정도로 나아졌다.

"어이, 눈 떠. 이제 말할 수 있을 텐데?"

리오가 치료의 정령술을 멈추고 곤에게 명령했다.

"히익, 헉, 너 이 자식?!"

곤이 부은 눈꺼풀을 살짝 뜨더니 리오의 얼굴을 보고 당황했다. 힘을 실어 소리치려고 한 탓인가 고통이 피어올라 오만상을 찌푸렸다.

"어이, 말투에 신경 써. 누가 너를 치료해줬다고 생각해? **원래대로 돌려줘?**"

리오가 차갑게 말하자 곤이 확연히 두려워하며 숨을 삼켰다. 리오를 향한 적개심을 숨기고 도움을 구하려고 눈을 굴렸다.

"리오 공······."

가까이 있던 하야테가 곤과 눈이 마주치자 참지 못하고 리오의 이름을 불렀다.

"하야테 공, 이것의 처리는?"

리오가 차가운 목소리로 곤의 처우를 물었다.

"······미수라고는 하나 강간은 중죄일세. 현행범이고 증인으로 관리인 소생도 있으니 이곳에서 베어도 상관은 없네. 나라에 처벌을 요청할 수도 있지. 그 경우에는 사형이나 범죄 노예 형을 받을 것이네. 뭐, 이놈들의 마을과의 관계도 있으니 어떻게 할지는 당사자와 촌장인 유바 공의 결정에 따라야겠지."

하야테가 루리와 사요를 보고 대답했다.

리오가 "그렇습니까" 하고 얼굴을 찌푸리며 대답했다. 그러나 곧 무표정으로 돌아와 곤의 얼굴을 차갑게 내려다봤다.

"그렇게 됐으니 사태가 진정될 때까지 얌전히 있어."

"히익…….."

곤이 몸을 움찔했다.

"대답해."

"아, 알았어! 아, 아, 아니, 알겠습니다! 얌전히 있겠습니다!"

화가 서린 리오의 말에 곤이 겁을 먹고 대답했다.

'암시가 먹히는 것 같아.'

리오는 곤을 관찰하며 생각했다.

실은 조금 전, 곤에게 치료의 정령술을 걸며 암시의 정령술을 걸었다.

암시는 효과가 영속적이지는 않지만, 비도덕적으로 악용하기 쉬워서 정령의 주민 사이에서는 사용 의도와 암시 내용에 따라 금술로 여겨졌다.

그리고 이번에 리오가 곤에게 건 암시는 금술에 해당하는 것이었다. 곤에게 리오에 대한 공포심을 심은 것이다.

리오는 여태까지 누군가에게 암시를 걸어본 적이 없지만, 곤에게 암시를 사용하는 데 망설임은 없었다. **도덕에 반하더라도, 곤의 마음을 확실하게 꺾어놓고 싶었다.**

곤은 리오에게 지독한 고통을 받기도 해서 암시 효과가 여실히 드러났다. 어쩌면 암시 효과가 끊기고도 꼬리를 내릴지도 모르겠다.

리오는 벌레라도 씹은 것처럼 얼굴을 일그러뜨리고 곤

에게서 시선을 뗐다. 그리고 주위에 서 있는 얼굴을 둘러보고 사과했다.

"……여러분, 제가 도가 지나쳤습니다. 죄송합니다. 정말 보기 흉한 꼴을 보여드려서, 특히 루리 씨와 사요 씨에게는 뭐라고 사과해야 좋을지…….."

"아, 아니야. 괜찮아."

"고, 고맙습니다, 리오 님!"

루리가 머뭇거리며 고개를 젓는 한편, 사요는 상기된 목소리로 리오에게 고마워했다.

"……아뇨, 고마워하실 일은 아무것도 없어요. 저는 상처 입은 두 분을 더 상처 입히는 짓을 했습니다."

"저기, 리오. 정말 괜찮아…….."

루리가 견디기 어려운 얼굴로 참회하는 리오에게 마음을 쓰며 말했다. 사실은 "리오야말로 괜찮아?"라고 묻고 싶었지만, 어째서인지 물으면 안 되는 기분이 들었다.

"죄송합니다. 조금 지친 것 같아요. 뒤를 부탁해도 될까요?"

리오가 루리와 사요에게서 꺼림칙하게 눈을 돌리고 유바와 하야테를 보며 말했다. 더는 이곳에 있으면 안 된다는 생각이 들었다.

"그래, 나중에 천천히 이야기하자. 지금은 우리에게 맡겨. 고맙다."

유바가 다정히 웃으며 고개를 끄덕였다. 하야테도 리오와 시선을 마주하고 굳세게 고개를 끄덕였다.

"……고맙습니다. 그럼 실례했습니다."

리오는 그 말을 남기고 발을 돌렸다. 현관을 돌아 집 안으로 들어갔다.

"아……."

사요는 리오를 쫓아가려고 했지만, 루리에게 손을 잡혀 멈춰 섰다. 툭 어깨를 떨구고 정말로 이걸로 된 걸까, 멍하니 생각했다.

루리는 고개만 가로저을 뿐—.

답을 알 수 있을 리가 없었다.

방으로 돌아온 리오는 잠자리에 누워 천장을 바라봤다. 울 것처럼 얼굴을 찌푸리고 깊이 반성했다. 정말 꼴사나운 모습을 보이고 말았다.

한껏 날뛰고 피해자 이상으로, 아니 피해자도 아닌데 피해자인 척 자리를 어지럽히고 루리와 사요를 무섭게 하고, 그런 주제에 제일 먼저 자리를 떴다.

분명 지독한 얼굴을 하고 있었으리라. 신경을 쓰게 해버렸으리라. 다대한 민폐를 끼치고 말았으리라. 정말—.

"한심해."

리오가 중얼거렸다. 그리고 빠득 이를 갈며 결의를 다졌다.

내일부터는 생각을 바꾸자. 이제 예전의 자신으로 돌아가지 못할 수도 있지만, 예전과 같은 자신으로 있자고 명심했다. 하다못해 표면만은. 그러면 분명 평온이 돌아올

것이라 믿으며.

　리오는 거의 하룻밤 내내 이불 속에 틀어박혀 자숙하며 몸을 떨었다.

정령환상기

〖 제 4 장 〗 ✤ 결별

다음 날, 아침. 마을에서 늘 하는 식재료 교환을 하던 여자들은 기묘한 광경을 목격했다.

구속된 곤과 그의 동료들이 마을 광장에 구경거리가 되어 있었다. 바로 옆에서 하야테의 부하들이 감시하며 곤 일당이 구속된 이유를 주의 깊게 설명했다.

그러자 약 한 시간도 못 되어 어젯밤의 사건이 마을 내에 널리 퍼졌다.

말하길, 곤 일당이 루리와 사요의 잠자리에 침입했지만, 리오가 재빠르게 곤 일당의 침입을 알아차리고 격투로 순식간에 격퇴했고, 그 결과, 주모자인 곤이 리오에게 철저하게 두들겨 맞고 가을 추위에 속옷 차림으로 하룻밤 동안 방치되어 추위에 떨었다는 것이었다.

마을 사람들은 잠자리에 침입했다는 사실을 듣는 순간 노발대발했다가 심각하게 부은 얼굴로 추위에 몸을 떠는 곤을 보고 꼴좋다며 후련해했다.

마을 안은 아침부터 어젯밤의 사건 이야기로 떠들썩했다. 리오가 아침 식재료 교환을 하러 오자 마을 사람들이 웃으며 잘했다고 칭찬했다.

리오는 어젯밤 일을 반성하고 있어 마음이 불편했지만, 사람들이 자신의 떳떳하지 못한 기분을 느낄 수 없게 평소처럼 행동하기로 마음먹었다. 그것은 유바와 루리, 사요와 하야테의 앞에서도 똑같았다.

하야테를 따르는 측근 종자들과 다른 부하들이 모두 곤일당을 감시하고 조사하러 나간지라 촌장 집에는 유바, 루리, 리오, 사요, 하야테 다섯 명만 남았다.

유바와 하야테는 일어났지만, 루리와 사요는 무척 늦게 잠들어서 리오가 아침 식사를 준비하겠다고 했다. 그것이 리오가 아침 식재료 교환을 하러 간 이유였다. 그렇게 곧 아침 식사를 준비하자 루리와 사요도 일어나서 거실에 모두 모였다. 리오는 그 자리에서 모두에게 다시 사과했다.

"여러분, 어제 몹시 폐를 끼치고 말았습니다. 죄송합니다."

폭력을 휘두르는 모습을 남에게 보여주는 것도 일종의 폭력이라 할 수 있다. 어젯밤의 리오는 몹시 폭력적인 광경을 그저 마을 아가씨에 지나지 않는 루리와 사요에게 보여주고 말았다. 까딱 잘못하면 트라우마가 생겨도 이상하지 않을 정도로 마음을 다쳤을 수도 있었다.

그래서 리오는 확실하게 사과하고 싶었다. 달게 비난받아야 했다.

"네가 사과할 필요 없어. 루리와 사요를 지켜줘서 고맙다."

그러나 유바가 모두를 대표해 고개를 젓고 리오를 안심시키고자 부드럽게 웃었다.

"하지만 루리 씨와 사요 씨를 무섭게 하지 않았습니까……."

리오가 살짝 당황했다가 곧 얼굴을 흐렸다.

"루리와 사요라면 신경 쓸 필요 없어. 그렇지? 두 사람."

유바가 루리와 사요를 쳐다봤다.

"응. 솔직히 무섭긴 했지만……. 사요가 말했어. 리오 님은 우리를 구해야한다는 생각에 그렇게 화를 낸 거니 우리가 무서워하면 안 된다고. 리오 님을 상처 입힐지도 모른다고."

루리가 고개를 끄덕이고 미안해하며 말했다.

"리오 님은 나쁘지 않아요! 그러니까 사과하지 말아요."

사요가 고개를 꾸벅꾸벅 위아래로 흔들며 리오에게 강력히 호소했다.

"리오 공, 세 분이 이리 말씀하시네. 외부인인 소생이 말하기는 뭣하네만, 너무 신경 쓸 필요 없네. 리오 공이 때리지 않았더라면 소생이 때렸을 걸세."

하야테가 어깨를 으쓱하며 동의했다.

"……여러분, 고맙습니다. 하지만 욱해서 배려가 부족했던 건 분명해요. 돕고자 한 거지만, 방법에 문제가 있었죠. 그러니까 사과하게 해주세요."

리오는 견디기 어려워 자기도 모르게 얼굴을 일그러뜨릴 뻔했지만, 겨우 이를 악물고 고개를 숙였다. 모두의 따뜻한 말이 몸에 젖어들었다. 하지만 본인들이 용서해줬다고 해서 태도를 싹 바꿀 수 있을 리가 없었다.

"진지하네. 누구랑 쏙 빼닮았어."

유바가 훗 웃으며 말했다.

"누구랑?"

루리가 이상해하며 유바를 보며 물었다.

"글쎄. 그보다 모처럼 리오가 일찍 일어나 밥을 만들어 줬으니 식기 전에 먹자. 문제는 아직 남아 있으니까. 저놈들을 어떻게 할지 저쪽 촌장을 불러내서 당장 끝내자."

유바가 밝게 말하며 화제를 바꿨다. 지금은 하야테의 종자에게 도움을 받아 곧 일당의 마을에서 촌장을 포함해 가해자의 친족을 부르는 중이었다. 하루 이틀 안에 이 마을에 도착해 이번 건으로 교섭하게 될 것이다.

모두가 쓴웃음 짓고 그것도 그렇다며 아침 식사를 들기 시작했다.

잠시 뒤.

"사요! 사요는 괜찮아?! 그리고 루리는?!"

현관문이 세차게 열리고 신과 다른 젊은 남자들이 나타났다.

"오, 오빠?!"

"얼씨구, 잔뜩 몰려왔네."

갑자기 나타난 신을 보고 사요는 눈을 크게 떴고 루리는 쓴웃음 지었다.

"오, 오오, 사요, 루리! 너희 괜찮아?!"

신 일행이 사요와 루리를 보고 놀라서 물었다.

"괜찮아. 시끄럽다. 너희, 달려온 것치고는 너무 늦은 거 아니냐?"

유바가 기가 막힌다는 얼굴로 말했다.

"어, 어제 도라 두령네 집에서 이 녀석들이랑 술을 마시는 바람에 느, 늦게 일어나서. 우메 씨가 두들겨 깨워서 말해줬어. 미, 미안해."

신 일행이 숨을 몰아쉬면서 겸연쩍어하며 사과했다.

"그럴 줄 알았다. 안심해. 사건은 미수로 끝났다. 곤이라면 리오가 날려버렸고, 다른 놈들도 하야테 공 분들이 붙잡았다. 광장에 쭈그리고 있는 놈들 안 보고 왔어?"

유바가 쓴웃음을 지었다.

"서, 서두르느라……."

"그렇게 됐다. 자세한 이야기는 나중에 해줄 테니 곤 놈들에게 욕이라도 한마디 해주고 얼른 돌아와라. 보는 것처럼 둘 다 잘 있으니까."

"으, 응……."

남자들이 고개를 끄덕이고 풀이 죽어 돌아갔다.

"하야테 씨, 그리고…… 리오. 그러니까, 두 사람을 구해줘서, 고맙습니다!"

그러나 신은 그곳에 멈춰 서서 멋쩍게 리오를 보며 감사를 표했다. 그러자 다른 남자들도 얼굴을 마주 보고 돌아서서 차례대로 "미안해" "고마워" 하며 고마움을 표했다.

"소생은 별일 하지 않았네. 제일 공을 세운 건 리오 공일세."

하야테가 훗 웃고 고개를 저었다. 리오가 불편한 듯이 수줍어하자 루리와 사요가 키득 웃었다.

"그럼 또 봐."

신이 수줍어하며 말하고 발길을 돌렸다. 다른 남자들도 뒤를 따랐다. 유바가 "흥" 하고 기분 좋게 코웃음 치고 그들의 뒷모습을 지켜봤다.

그 뒤, 신 일행은 광장에서 참으로 무참하게 다친 곤을 보고 앞으로는 리오에게 싸움을 걸지 않기로 맹세했다.

그리고 이틀 후.

곤 일당이 사는 마을의 촌장과 가족들이 하야테의 종자에게 끌려왔다. 일행은 마을 집회소로 불려와 유바와 대면했다.

리오가 동석했고 면담 증인으로 하야테도 입회했다.

"그래서 이번 건, 당신네 마을은 어떻게 뒤처리할 셈인가?"

유바가 정면에 앉은 곤 일당의 마을 촌장— 곤의 부친에게 물었다.

"우리 마을도 저 녀석들 때문에 난처했다. 이번 건에 관해서는 면목 없지만, 불행한 사고라고 생각한다."

곤의 부친이 모호하게 대답하고 조금 과장되게 고개를 좌우로 저었다.

"즉, 당신은 촌장으로서 곤 일당이 저지른 일에 책임을 지겠다는 건가? 감독 책임이 있었다고?"

"그건 이야기가 다르지. 우리 마을은 녀석들의 처분에 대해 할 말이 없지만, 녀석들이 저지른 일은 녀석들의 책임이다. 이제 성인이니까."

유바의 솔직한 책임 추궁에 곤의 부친이 선을 긋고 피하려고 했다.

뒤에 있는 다른 사람들이 조용한 걸 보니, 이곳으로 오는 동안 포기하기로 결심이라도 했나 보다.

"당신네 마을도 생활이 어려울 테니까. 쓸데없이 부담을 지고 싶지 않다는 마음도 이해 못 할 것은 없지. 하지만 이쪽도 '네, 그렇습니까' 하고 물러날 생각은 털끝만큼도 없거든. 먼저 이쪽의 방침을 전하겠다."

유바가 사전에 생각해둔 사건 처리 방침을 제시했다.

"먼저 이것만은 양보할 수 없다. 주범인 곤은 나라의 처벌을 받도록 한다. 하야테 공에게 물어봤는데, 아마 범죄 노예가 되겠지."

"뭐, 어쩔 수 없지."

곤의 부친이 못마땅해하면서도 수긍했다. 야속하게 보일 수도 있지만, 그도 그만큼 곤 때문에 몸살이 났으리라.

"이어서 곤을 방조한 남은 공범들에 관해서다. 솔직히 놈들은 나라에 처벌을 맡겨도 범죄 노예로 처벌받지는 않을 거다. 채찍형이나 짧은 징역형을 받고 방면되겠지. 하지만 그 정도로는 우리의 분이 풀리지 않아. 확실하게 받을 건 받아야지. 그래서다. 놈들 중에서도 특히 악질적인 몇 명을 계약 노예로 왕도에 팔아 매각 대금을 위자료로 받겠다."

유바가 담담히 말했다.

"……분명 계약 노예라면 나름 괜찮은 가격으로 팔 수 있지만, 녀석들이 동의할 것 같진 않군. 어떤 계약 조건으로 노예로 삼을 건가?"

곤의 부친이 의아해하며 물었다.

그도 그럴 것이 어떤 사람을 계약 노예로 삼으려면 계약에 있어서 본인의 동의가 원칙적으로 반드시 필요했다. 본인의 동의 없이 강제적으로 계약 노예로 삼으려면 빚 문서나 증인이 있고 본인이 파산해야 했다.

이번 경우에는 곤의 동료들에게 빚이 있는 것도 아니고, 하물며 위자료를 지불한다는 증서를 만들지도 않았다. 아무리 범죄에 가담한 부담이 있어도 나서서 노예가 되는 절차에 협력할 것 같지는 않았다.

"그래서 당신의 협력이 필요해. 협력해준다면 당신 마을에 책임을 추궁하지 않겠다고 약속한다. 어떤가?"

유바가 씨익 웃으며 곤의 부친을 쳐다봤다.

"……무엇에 협력하라고?"

곤의 부친이 경계하며 되물었다.

"당신이 녀석들에게 이렇게 말해줬으면 해. 위자료 지불을 조건으로, 곤을 제외한 놈들은 나라에 처벌을 맡기지 않기로 했다고."

"……녀석들은 위자료를 지불할 돈이 없을 텐데. 우리 마을에 돌아와도 따돌림당할 거다."

유바의 설명에 곤의 부친이 빈정거리며 끼어들었다.

"끝까지 들어봐. 놈들에게 그럴 돈이 없다는 건 알아. 그러니까 당신이 놈들의 위자료를 대신 냈다는 핑계로 빚 문서를 만들어. 그 빚 문서로 놈들을 계약 노예로 만드는 거다. 그 뒤는 알겠지?"

"뭣?!"

곤의 부친이 경악하며 눈을 크게 뜨고 얼굴을 굳혔다.

"그, 그건 너무 잔인하지 않나? 확실히 그 방법이라면 본인들의 동의 없이 노예로 삼을 수 있지만, 사기 아닌가. 아무리 그래도 그렇게까지는……."

양심의 가책을 느낀 것 같았다.

그의 뒤에 있는 공범자의 친족들도 술렁였다.

"흥, 연인의 잠자리에 몰래 들어가는 건 마을 사회의 풍습이지만, 그것도 상대의 승낙이 있었을 경우다. 승낙도 받지 않고 강간하려 하다니, 강도, 살인에 준하는 중범죄다. 방조한 공범자도 확실하게 처벌을 받아야 해. 그리고 이쪽은 소중한 손녀딸이 누군가가 반쯤 재미로 한 행동 때문에 평생 남을 상처를 입을 뻔했다. 참고 넘어갈 생각은 없어."

"으, 으음……."

분노가 담긴 유바의 주장에 곤의 부친이 아무 말도 하지 못했다.

"당신이 협력하지 않겠다면 어쩔 수 없지. 처음으로 돌아가서 당신네 마을에 녀석들의 감독 책임을 묻겠다. ……아, 먼저 당신네 교역대가 마차에 실어 온 출하품을 압류하지."

미적지근한 곤의 부친을 보고 유바가 태연하게 말했다.

"……뭐, 뭐라고?"

"당신네 교역대가 마차에 실은 출하품을 위자료 담보 대신 압류하겠다고 했다."

"우, 웃기지 마! 남의 마을 물건을, 횡포다, 도둑이야! ……하, 하야테 님, 이런 짓을 인정할 수 있습니까?!"

곤의 부친이 펄쩍 뛰며 옆에서 대화를 듣던 하야테에게 매달리듯 물었다.

"……미안하네만, 저렇게 난폭한 자들을 마을 대표로 교역대에 포함하지 않았나. 그대들의 책임이 크네. 무슨 문제를 일으키면 좋게 떼어낼 심산이었을지도 모르나, 유바 공이 그대의 마을 교역품을 압류한다고 나라가 움직이지는 않을 걸세."

하야테가 단호히 뿌리치고 고개를 저었다.

"그, 그런……."

곤의 부친이 어깨를 떨궜다. 마을 교역품을 팔아서 얻는 이익은 마을 사람의 생활을 지탱하는 양식이다. 그것을 빼앗기면 큰 대미지를 입을 것이다.

"그래서 선택지를 준비했다. 저렇게 기른 건 당신들이잖아? 놈들의 책임을 놈들에게 물을지, 당신네들이 뒤를 닦아줄지, 고르시게나."

유바가 무자비하게 판단을 재촉했다.

"……알았다. 녀석들에게 책임을 물어."

곤의 부친이 잠시 망설이다 고개를 숙이고 말했다.

곤 일당의 처우에 관한 이야기가 정리된 뒤.

리오는 홀로 부모님의 묘가 있는 언덕에 올라갔다. 내려다보니 벌써 해가 질 때가 돼서 붉게 물든 가을 풍경이 펼쳐졌다.

리오는 부모님의 묘 앞에 서서 오른손으로 살짝 돌기둥 묘를 쓰다듬었다. 그리고 곤을 때려죽이려고 했을 때를 떠올렸다.

사건이 일어나고 사흘 동안 리오는 계속 자신의 마음을 마주했다.

'그때, 그 순간, 나는 분명히 진심으로 살의를 품었다. 살의를 폭력으로 바꿨다. 곤을 죽이려고 했다. 죽여도 괜찮다고 생각했다…….'

리오가 돌기둥에서 손을 떼고 가만히 두 손을 쳐다봤다.

그렇다. 리오는 그 감정을 알았다. 아니, 알기만 하는 것이 아니었다. 일찍이 리오는 어느 한 사람에게 그 감정을 품었었다. 토악질이 치미는 악의를. 미칠 것처럼 넘쳐흐르는 증오를. 새까맣고, 그렇기에 순수한 살의를.

리오에게서 어머니를 빼앗은 그 남자에게.

그렇다. 일찍이 리오는 그 남자에게 복수하려고 했다. 오직 그것만을 생각하고 그것만을 바라며 지옥 같은 환경 속에서 살아왔다.

그러나 언제부터일까.

살인이 인간이 저지르는 가장 원시적인 악업이라고 생각하게 된 것이. 복수는 용서받을 수 없는 악행이라고 생각하게 된 것이. 자기 안에 잠든 불길한 감정을 덮어버리게 된 것이.

리오는 알고 있었다.

그의 안에 아마카와 하루토라는 인간의 기억과 인격이 담긴 순간부터다.

아마카와 하루토라는 인간이 외면했다.

리오라는 자신은 어머니를 죽인 남자를 증오했지만, 아마카와 하루토라는 자신은 마음 어딘가에서 복수를 망설였기에—.

복수는 아무것도 낳지 못한다. 어머니는 복수를 바라지 않는다. 복수하더라도 그 뒤에 남는 것은 공허함뿐이라고.

그리고 혐오하게 됐기에—.

복수하고, 사람을 죽이고, 자신의 손을 더럽히고, 아무리 자신을 정당화하더라도, 그래서는 그 남자와 똑같음을.

알고 싶지 않았다. 깨닫고 싶지 않았다.

자신이 이기적인 인간임을. 자신도 그 남자처럼 더러운 인간임을. 교만하고, 추악하고, 욕망에 차서 사는 인간임을.

그편이 편했기에. 상처를 핥고, 허울 좋게 덮어두는 편이.

그래서 리오는 살인을 주저했다. 사람을 죽이면 안 된다고 생각했다. 자제심을 갖고, 자신은 남에게 폐를 끼치지 않는 깨끗한 인간이라고 생각했다.

분명 그것은 대단한 일이었다.

그러나 그것은 허울에 지나지 않았다. 이상에 지나지 않는다. 잔혹한 현실 세계에 적합하지 않다.

인간은 똑같지 않다. 세상에는 다양한 사람이 있다. 이성적인 인간이 있으면, 자기 본위의 인간도 있다. 모두가 자기만의 가치관을 갖고 있다.

그렇기에 인간은 부딪친다. 그리고 그때, 인간의 본성이 드러난다.

예를 들어, 부딪치고 타협할 수 있다면 이상적이겠지만, 타협할 수 없는 인간도 있으리라. 상대의 타협을 이용해 자신의 이익만을 추구하는 인간도 있으리라. 그중에는 악의를 갖고 직접 부딪치는 인간도 있으리라.

리오라는 인간도 지금껏 다양한 인간과 만나고 다양한 인간과 부딪혔다. 그래도 리오라는 인간의 본성을 드러내게 하는 상대는 좀처럼 없었다. 곤이라는 인간은 리오의 본성을 들추어낼 만한 인물이었다.

　어머니를 죽인 그 남자 같은 인간이 되어서는 안 된다는 생각에 이성적으로 깨끗한 인간으로 있기를 다짐했던 리오가 본능과 욕망으로 곤을 죽이려고 했다. 손을 더럽히려고 했다. 리오가 품은 모순과 무름을 자각하기에 충분한 사건이었다. 그렇기에 리오는 이해했다.

　앞으로도 이성적인 인간으로 있자고, 굳은 자제심을 갖고, 남에게 민폐를 끼치지 않는 깨끗한 인간이고 싶다고 생각했다. 그러나 이치와 상관없이, 도덕과 상관없이, 도저히 용서할 수 없는 사람이 있었다.

　'사람을 죽이자고 생각한 게 **이걸로 두 번째**인가. 아니, 실제로 죽이려고 했지. 이 손으로, 자신의 의지로, 곤을. 그렇다면—.'

　이해하고 만 이상, 언제까지고 무른 자신으로 있을 수는 없었다. 이 세계에는 강자라는 이유로 책상다리를 하고 앉아 약자를 희롱하고 즐거워하는 자들이 있으니까. 그런 자들이 리오와 리오의 소중한 사람들에게 손을 대는 일도 일어날 것이다.

　때로는 잔혹한 결단을 내려야 할 때도 있으리라. 그렇기에 그때를 위해서라도 확실하게 각오를 다질 필요가 있었다.

　'도망치면 안 돼. 되돌아가면 안 돼. ……그렇다면 이제 앞으로 나아가자. 이것은 약한 자신과의 결별이다.'

　더는 도망치지 않는다. 도망치고 싶지 않다. 살기 위해서도, 지키기 위해서도, 가혹한 자신도 받아들여 보이겠다. 때로는 마다하지 않고 자신의 손을 더럽히겠다.

리오는 그렇게 맹세하고 입술을 깨물었다. 그리고 괴로워하면서도 개운해하며 자조했다.

'일단, 조금 더 있다가 슈트랄 지방으로 돌아가 볼까.'

리오는 생각했다.

이날, 리오는 예전의 무력함을, 분함을, 결의로 바꿨다.

정령환상기

〖 제 5 장 〗 ✷ 왕도로

　곤 일당의 처우를 정하고 이틀 뒤.

　드디어 유바네 마을에서 왕도로 가는 교역대가 출발하
는 날이 왔다.

　이른 시간임에도 마을 광장에 수많은 사람들이 모였고,
여러 대의 마차가 멈춰 서 있었다. 그중에는 마을 교역대
만이 아니라 하야테 일행도 섞여 있었다.

　하야테 일행도 왕도로 가는 교역대와 함께 왕도 방면에
인접한 다음 마을까지 동행하기로 했다. 또, 하야테의 종
자와 부하 몇 명이 그대로 교역대에 동행해 노예가 될 곤
일당을 왕도까지 호송하기로 했다.

　"서둘러라! 싣지 않은 공물은 없나 확실히 확인하라. 죄
수를 태운 마차는 제일 뒤에서 따른다. 호송하는 이들은
한시도 눈을 떼지 마라."

　하야테가 말 위에서 종자들을 명쾌하게 지휘했다. 수십
명이나 되는 부대가 분주히 움직였다.

　"하야테 님."

　루리가 말에 오른 하야테에게 말을 걸었다.

　"응? 오, 오오. 루리 공. 무슨 일인가?"

　"아뇨. 하야테 님께서 이것저것 편의를 봐주셔서 감사하
다고 인사드리고 싶어서요. 일부러 말에서 내리지 않으셔

도 됐는데.”

하야테가 서둘러 말에서 내려오자 루리가 재미있다는 듯이 웃었다.

“아, 아니, 뭐…… 아니네. 감사라니. 무슨 대단한 일을 한 것도 아니네. 소생은 나랏일을 하는 관리로 당연한 직무를 다했을 뿐이네. 감사라면 리오 공에게 해주시게나. 그날 밤, 놈들의 침입을 알아차린 것은 리오 공이니까.”

“네. 물론 리오에게도 다시 인사할 거예요. 하야테 님과는 한동안 만날 기회가 없을 것 같아서요. 대단한 건 준비하지 못했지만, 괜찮다면 이것을…….”

루리가 약간 수줍어하며 손을 내밀었다. 손에 작은 꾸러미가 들려 있었다.

“……이것은?”

하야테가 신기해하며 고개를 갸웃거리고 작은 꾸러미를 받았다.

“액막이와 안전을 기원하는 부적입니다. 급히 만드느라 조금 엉성해요.”

“오, 오오!! 이거 고맙네! 소중히 하리다.”

루리가 수줍어하자 하야테가 감격하며 고마워했다.

“아하하, 기뻐해주시니 다행이에요.”

“음. 최고의 선물이네. ……소생도 뭔가 선물하고 싶네만, 공교롭게도 지금은 줄 만한 것이 없어서. 다음에 왔을 때라도 보답하지.”

"제가 신세져서 드리는 거예요. 하야테 님께 또 선물을 받을 수는 없어요. 아, 하지만 시간이 나거든 괜찮다면 놀러 오세요. 부적만으로 감사드리기에는 부족하고, 아무것도 없는 마을이지만 환영할게요."

"으, 음. 그럼 다음 휴가 때라도……."

루리가 쓴웃음 지으며 권유하자 하야테가 쭈뼛쭈뼛 승낙했다.

"네, 기다릴게요. 아, 그리고 할머니도 드릴 게 있다고—."

루리가 이제 막 생각났다는 듯이 유바를 찾으며 주위를 둘러봤다.

"여기 있다. 하야테 공, 작은 부탁이 있는데 괜찮습니까?"

유바가 타이밍을 노린 것처럼 다가왔다.

"물론일세. 소생이 할 수 있는 일이라면 무엇이든 부탁하시게."

하야테가 흔쾌히 승낙했다. 그러자 유바가 "루리, 너는 리오와 사요를 배웅하고 와라." 하고 하야테와 둘만 남는 상황을 만들었다.

"이 편지를 아버님— 고우키 공께 전해주시길 바랍니다."

유바가 주의하며 끈으로 묶은 한 통의 서한을 하야테에게 건넸다.

"부친께?"

"네. 중요한 편지이오니 하야테 공께서 직접 전해주시면 감사하겠습니다."

"과연. 알겠네. 소생의 손으로 건네 드리겠다고 맹세함세."

하야테가 편지를 받아 들며 단단히 약속하고 소중히 품에 넣었다.

"감사합니다."

"무얼, 본가에 돌아가면 부친을 뵐 테니 수고할 것도 없네. 귀중한 종이를 사용한 것을 보니 그만큼 중요한 안건인 것 같군. 맡겨주시게나."

"흠. 그럼 이 보답은 다음에. 그렇지, 하야테 공이 루리를 만나러 오셨을 때라도 보답하지요."

유바가 작게 씨익 웃었다.

"호, 혹시 조금 전에 루리 공과 나눈 대화를 들으신 겐가? 따, 딱히 루리 공만 만나러 오는 건 아니니 기대하겠네."

하야테가 미묘하게 빠른 속도로 변명처럼 떠들었다.

"그렇습니까. 뭐, 저 아이도 나이 찬 아가씨이니, 언제까지고 저러고 있으면 곤란합니다. 하야테 공이 어서 와주시면 좋겠군요."

"그, 그러니까 루리 공과는 그런……."

"네, 그러니 루리를 색시로 데려갈 사람을 찾기 전에 와주십시오. 아무래도 기혼 여성을 만나기 위해 오시는 것은 곤란하니 말입니다."

유바가 쩔쩔매는 하야테에게 훗 웃으며 말했다.

"윽……. 그, 렇군."

하야테가 눈을 크게 뜨고 쓴웃음 지으며 고개를 끄덕였

다. 어쩐지 한 방 먹은 기분이었다.

　한편, 유바와 하야테에게서 조금 떨어진 곳에서 루리가 리오와 사요에게 말을 걸고 있었다.
　"리오의 그 모습, 오랜만에 보네. 마을에 왔을 때랑……가끔 단련할 때 입었나?"
　루리가 무장한 리오의 전신을 쳐다보며 감개무량하게 말했다.
　리오는 지금 정령의 주민의 마을에서 드워프가 만들어 준 장비를 갖추고, 위에 검은 외투를 걸쳤다. 마을에 머무는 동안에는 이렇게 완전 무장하는 일이 거의 없었으니, 루리의 말이 맞았다.
　"리오 님이 이 마을에 오고 벌써 반년이나 지났네요."
　사요가 손가락을 꼽으며 리오와 함께 지낸 나날을 헤아려 보았다.
　"참 빨라. 리오도 이제 완전히 마을 사람 다 됐어."
　루리가 진지하게 고개를 끄덕였다.
　"리오, 여행하는 동안 마을 사람들과 사요를 지켜줘. 부탁해."
　그리고 진지한 얼굴로 고개를 숙였다.
　"네, 맡겨두세요."
　리오가 미소 지으며 고개를 끄덕였다.
　"고마워. 그리고…… 미안해."

루리가 왠지 미안해하며 고마움과 사과를 표했다.

"뭐가요?"

리오가 왜 사과하는지 몰라서 고개를 갸웃거렸다.

"며칠 전에…… 그때 일을 돌이켜봤어. 냉정해지면 냉정해질수록 리오에게 너무했다는 생각이 들더라. 고맙단 말은 했지만, 사과는 안 했는걸. 그래서 리오가 왕도에 가기 전에 사과하고 싶었어. 돌아온 뒤에는 늦을 것 같아서……."

"저, 저기! 그럼 저도 리오 님께 사과해야 해요!"

루리가 견디기 어려운 표정으로 사과한 이유를 설명하자 사요가 허둥지둥 말했다.

"아니, 사요는 자기보다 리오를 생각하고 행동하려고 했잖아. 나는 그러지 않았어."

루리가 고개를 저었다.

"그, 그렇지 않아요—."

"두 사람, 잠깐만요."

리오가 말다툼으로 발전할 것 같은 분위기를 기민하게 알아차리고 대화에 끼어들었다. 그러자 루리와 사요가 나란히 리오를 쳐다봤다.

"따지고 보면 제 배려 부족이 원인이에요. 그때는 화가 나서 주위가 안 보였고, 두 사람에게 겁을 주고 말았어요. 그러니까 저한테 사과할 필요 없어요."

리오가 겸연쩍게 말했다.

"아냐!" "아니에요!"

그러자 루리와 사요가 미리 짠 것처럼 입을 모아 강력히 부정했다.

"……하하."

리오가 놀라서 눈을 동그랗게 뜨고 즐거워하며 웃었다.

"뭐, 뭐가 웃겨?"

루리가 사요와 얼굴을 마주 보고 왠지 모르게 부끄러워하며 물었다.

"악수하지 않겠어요?"

리오가 루리와 사요에게 천천히 오른손을 내밀었다.

"아, 악수?"

"화해의 악수예요. 서로 양보할 수 없는 부분이 있을 수도 있지만, 저는 두 사람에게 양보하며 다가가고 싶어요. 그러니까 악수하죠. 이걸로 전부 원래대로 돌아가는 거예요."

리오의 말에 루리와 사요가 나란히 멍한 표정을 지었다.

"으, 응. 고마워, 미안. 미안해. 리오……."

루리가 퍼뜩 표정을 바꾸고 리오의 오른손을 잡았다.

"사요 씨도. 악수해주시겠어요?"

리오가 루리와 악수를 끝내고 아직 멍하니 서 있던 사요에게 물었다.

"어…… 아, 네, 네! 저, 저라도 괜찮다면!"

사요가 옷에 손을 슥슥 문질러 닦고 황급히 리오에게 오른손을 내밀었다. 리오가 살짝 수줍어하며 손을 잡자 사요가 얼굴을 붉히고 굳어버렸다.

루리는 그런 두 사람을 웃으며 바라봤다.

"……두 사람. 이거 가져가. 액막이와 안전을 기원하는 부적이야."

리오와 사요가 손을 놓은 타이밍에 하야테에게 건넨 부적을 두 사람에게도 건넸다.

"고맙습니다. 소중히 할게요."

"고, 고마워! 루리 씨."

리오와 사요가 고마워하며 부적을 받았다.

"응. 돌아오면 셋이서 이야기하자."

"네, 꼭이요."

루리의 제안에 리오가 웃으며 즉답했다.

"자, 다녀와. 사요, 리오 곁을 떠나면 안 돼. 리오라면 확실하게 지켜줄 거야."

"응? 으, 응……."

사요가 부끄러워하며 고개를 끄덕이고 푹 숙였다.

"좋아, 하야테 님네 준비도 끝난 것 같으니 슬슬 가자!"

교역대 대장인 도라의 목소리가 울려 퍼졌다.

"그럼 다녀오겠습니다. 가죠, 사요 씨."

"네, 네!"

리오가 걷기 시작하자 사요가 그 뒤를 쫓았다. 리오 일행은 다른 마을 사람들과도 출발 인사를 끝내고 왕도로 향하는 마차에 올랐다.

유바와 루리를 시작으로 마을 사람들의 배웅을 받으며 드디어 리오 일행을 태운 마차가 마을을 출발했다. 덜그럭 소리를 내며 왕도로 이어지는 길을 나아갔다.

도중에 노상강도와 사나운 생물에게 습격당할 위험이 있지만, 마을 사람들만 해도 십여 명이 있었고, 나름대로 무장도 했다. 덕분에 아무 사고도 일어나지 않고 정오가 지나서는 다음 마을에 도착했다.

여기서 하야테가 이끄는 부대와 헤어지기로 했다. 일부 인원은 마을 사람과 동행해 그대로 왕도까지 죄수가 된 곤 일당을 호송하기로 했다.

"하야테 공, 지금까지 신세 많이 졌습니다."

리오가 타고 있던 마차에서 내려 하야테에게 다가가 작별 인사를 했다. 말을 걸자 하야테가 꾸벅 인사했다.

"무얼, 이쪽이야말로 리오 공에게 신세 졌네. 기회가 있으면 또 느긋하게 대화하지 않겠나? 리오 공과 대련도 해보고 싶고. 만약 다른 일로 왕도에 들를 일이 있으면 소생의 본가에도 와주시게. 곤란한 일이 있으면 힘이 되어드리리다."

하야테가 익숙하게 말에서 내려 리오에게 낭랑히 대답했다.

"고맙습니다. 언젠가 마을을 떠날 테니, 출국할 때 인사를 드릴지도 모르겠습니다."

"과연…… 그런가. 그 생각을 하니 벌써부터 쓸쓸해지는

군. 인연이 있으면 또 만나게 되겠지. 도중에 무슨 일이 있으면 소생의 종자를 믿으시게. 실력이 좋거든."

"네. 하야테 공, 건강하십시오."

리오와 하야테가 시원시원하게 인사를 나눴다. 그리고 너 나 할 것 없이 굳은 악수를 나누고 고개를 끄덕인 뒤, 헤어졌다. 그 뒤로도 왕도로 가는 여행길은 평온했다. 일행은 가을바람을 맞으며 길을 나아갔다.

리오 일행이 왕도에 도착한 것은 며칠 뒤의 일이었다.

현재, 리오 일행은 카라스키 왕국 왕도에 있었다.

왕도 중심에는 일본식 건축물이 생각나는 거대한 성이 지어져 있고, 그 주변을 거대한 성벽이 감싸고 있었다. 역시 왕도라고 해야 하나, 성 주변에 펼쳐진 장대한 도시에는 수십만 명에 달하는 사람이 살고 있었다.

왕도에 들를 기회가 없는 마을 사람은 금방이라도 길을 잃을 것 같았다. 하지만 리오 일행은 그들을 이끄는 도라와 하야테의 종자들 덕분에 왕도에 머무는 동안 숙박할 곳으로 헤매지 않고 가는 중이었다. 하야테의 종자들은 물론, 도라도 왕도에 여러 번 와본 적이 있는 모양이었다.

숙박할 곳은 나라가 운영하는 공동 숙박소라 불리는 시설로, 한 번에 수십 명을 수용할 수 있는 건물이었다. 리오 일행처럼 마을에서 출하품을 팔러 온 단체나 각지를 떠도는 행상인이 쉽게 이용할 수 있어서 나름 수요가 있었다.

장소만 빌리는 거라서 머무는 동안의 취사와 세탁 등은 직접 할 필요가 있었다.

잠시 뒤, 일행이 숙박소를 빌리고 마차를 정지시켰다.

"좋아. 여기가 오늘부터 묵을 곳이니 잘 외워놔. 미아가 되면 못 돌아오니까. 외출할 때는 왕도에 와본 적 있는 녀석과 같이 가도록."

도라가 농담처럼 말했지만, 대로는 몰라도 섣불리 골목에 들어가면 미로처럼 되어 있어서 반드시 농담이라고 할 수는 없었다.

특히 젊은이들이 웃으며 고개를 끄덕이자 연배 있는 사람들이 쿡 찌르고 "농담 아니야"라고 했다. 그것을 보고 도라가 쓴웃음 지었다.

"좋아. 그럼 나는 잠깐 외출할 테니까 짐 잘 내리고 잘 지켜. 부탁한다. 리오, 잠깐 같이 나갈까? 그리고…… 신. 너도 와."

"네, 알겠습니다."

리오가 도라의 부름에 신과 함께 뒤를 따랐다.

"지금부터 하야테 님의 부하와 동행해 곤 일당을 수용소로 데려간다. 어쩌면 간단히 설명해야 할지도 몰라서 되도록 사요는 데려가고 싶지 않아서 말이다. 미안하지만, 리오에게 동행을 부탁하마. 그리고 신은 사요의 오빠니까 일단 불렀다. 같이 갈래?"

도라가 걸으며 두 사람을 부른 이유를 설명했다.

"그런 거라면 괜찮아요. 확실하게 마지막까지 지켜보겠습니다."

리오가 표정을 다잡고 고개를 끄덕였다.

"사요를 덮친 저 빌어먹을 놈들의 마지막은 지켜봐 줘야지."

신도 분한 듯 얼굴을 찌푸리며 수긍했다.

세 사람은 숙박소 근처에 대기하던 하야테의 종자들과 합류했다. 바로 근처에 곤 일당이 탄 마차도 있었다.

"기다리게 했습니다."

도라가 하야테의 종자에게 말했다.

"아니, 괜찮네. 일이니까. 수용소는 여기서 조금 떨어진 곳에 있는데 바로 출발하겠는가? 밝을 때 가고 싶군."

하야테의 종자들의 안내로 일동은 수용소로 향했다. 지금부터 할 일이 할 일인지라 우중충한 분위기에 이동 중의 대화도 적었다.

그렇게 걷기를 약 30분, 드디어 목적지에 도착했다.

왕도 중심부에 가까이 있는 관공서가 밀집한 지역이었다. 그중에서도 한층 더 크고 견고한 건물 앞에 서자 경비병이 다가왔다. 용건을 묻는 말에 하야테의 종자가 사정을 설명했다. 덕분에 이야기가 원활히 진행됐고, 건물 안에서 관리와 병사들이 불려 나와 곤 일당을 가둔 마차 문을 개

방했다.

"나와라!"

병사가 문을 열고 마차 안에 있는 곤과 일당에게 명령했다.

탈주를 시도하면 베여 죽는다는 걸 이해했는지, 곤 일당이 얌전히 마차 안에서 모습을 드러냈다. 양손이 오랏줄에 묶여 자유롭지 못했다.

"……히익?!"

곤이 주위를 둘러싼 인파 속에서 리오를 보고 겁을 먹어 반사적으로 거리를 두려고 했다. 그러나 근처에 있던 병사가 창 자루로 곤의 머리를 때렸다.

"함부로 움직이지 마라!"

"악!"

상당한 세게 맞은 곤이 균형을 잃고 쓰러졌다. 그대로 엎드린 채로 구속되어 사슬이 달린 목걸이를 찼다.

"제, 젠장. 젠장……."

곤이 한심한 목소리로 말하며 몸을 떨었다.

그 옆에서는 곤을 방조한 자들이 "우리는 아니다" "안 했다" "속았다"고 호소했으나 병사들은 담담히 목걸이를 채웠다.

리오가 곤 일당을 무표정하게 쳐다봤다.

"연행해. 필요한 수속을 밟겠다. 귀하들도 따라오시오."

관리가 리오 일행에게 말하고 건물 안으로 들어갔다. 병사들이 곤 일당의 목걸이와 연결된 사슬을 잡아당겨 익숙하게 건물 안으로 들어갔다.

"우리도 가자."

도라가 탄식하며 건물 안으로 향했다. 리오도 한숨을 쉬고 걸음을 떼자 신이 약간 긴장한 발걸음으로 두 사람의 뒤를 쫓았다.

건물 안으로 들어가 보니 실내는 생각보다 깔끔했다. 입구에서 봤을 때, 정면에 접수처 같은 것이 있었고 상인으로 보이는 사람들이 줄지어 서 있었다.

"여기는 범죄 노예뿐만 아니라 일반 노예도 수용된 모양이야. 그러니까 구입 상인이 출입하는 거겠지."

도라가 신기하게 실내를 둘러보는 신에게 설명했다.

그 뒤, 리오 일행은 수속을 밟는 동안 대기실에서 대기하라는 명령을 받았다.

수십 분 정도 기다리자 대기실 문이 열렸다.

"기다리게 했군. 하지만 하야테 님이 만들어주신 증서 덕분에 예상보다 일찍 끝났네. 곤은 범죄 노예로, 다른 자들도 빚을 이유로 계약 노예가 되는 것으로 결정됐네."

하야테의 부하가 들어왔다. 의외로 원활하게 수속이 진행되자 맥이 빠졌는지 쓴웃음 지으며 결과를 보고했다.

"오오, 그것 참 고마운 소리군요. 보통은 더 복잡하지 않습니까?"

도라가 눈을 크게 뜨며 질문했다.

"그러하네. 보통은 현행범이라도 약식 재판을 열고 심리를 진행하지만, 이번에는 서류 조사만으로 사건이 정리됐네."

"과연. 그렇다면 아무쪼록 하야테 님께 잘 전해주십시오."

"음, 전하겠네. 그건 그렇고 이게 곤을 범죄 노예로 거두고 지불된 피해자 위로금일세. 소금판(小金判) 한 장분의 화폐가 들어 있네."

하야테의 부하가 위로금이 든 작은 꾸러미를 건넸다. 소금판 한 장이면 왕도의 평균 가정이 몇 개월은 살 수 있었다.

"오오, 그렇게나 말입니까?"

"뭐, 밉살스럽게 건장한 남자니까. 최고 평가액을 받았네."

도라가 눈을 동그랗게 뜨자 하야테의 부하가 쓴웃음 지으며 어깨를 으쓱했다.

"그렇군요."

"그리고 남은 계약 노예들은 관청에 사정해서 즉시 매입도 가능하고 경매에 내놓을 수도 있네. 경매는 수고와 시간이 걸리지만, 노예 품질에 따라 즉시 매입보다 훨씬 높은 가격으로 팔 수 있네만, 어떻게 하겠나?"

"그렇다면 즉시 매입으로 부탁합니다."

도라가 그 자리에서 바로 즉시 매입을 골랐다.

"그런가. 그럼 그렇게 전하지. 평가액을 받아올 테니 잠깐만 기다리게."

하야테의 부하가 고개를 끄덕이고 발을 돌려 퇴실했다.

"두령, 그래도 되는 거야? 경매에 내놓는 게 비싸게 팔수 있지 않아?"

신이 도라에게 물었다.

"괜찮아 이렇게 하는 게 뒤탈이 없어. 더는 그놈들과 얼굴을 마주하고 싶지 않아."

도라가 고개를 젓고 짧게 이유를 말했다.

"……그래. 왠지 싱거운데."

신은 너무 깔끔하게 끝나서 그런지 석연치 않아 보였다.

"뭐, 인간관계의 끝은 이런 법이지. 익숙해지지 않아. 이따가 맛있는 거 사줄 테니까 얼른 잊고 기분 털자."

미묘하게 짜증 나는 분위기를 불식시키고자 도라가 신의 머리를 슥슥 쓰다듬었다.

"하, 하지 마! 두령! 이 녀석 있는 데서!"

신이 어린애 취급을 받았다고 여겼는지 힐끗 리오를 의식하며 부끄러운 듯이 저항했다. 리오는 키득 웃고 그 모습을 즐겁게 바라봤다.

◇ ◇ ◇

리오 일행이 즉시 매입 대금을 받고 수용소를 나오니, 어느새 저녁때가 됐다. 벌써 해가 꽤 기울었다.

"위자료 대신인 대금도 받았으니 일단 숙박소로 돌아가자. 그리고 명물 카무탄이라도 먹으러 가자."

숙박소로 가는 길에 도라가 그런 말을 했다.

그러자 신이 기뻐하며 "오오! 좋아!"라고 환희했다.

"카무탄……이요?"

리오가 익숙하지 않은 단어를 듣고 물었다.

"오, 뭐야. 너 카무탄 먹어본 적 없어?"

신이 리오를 보고 어쩐지 기뻐하며 되물었다.

"네. 어떤 음식인가요?"

"그렇지. 음, 뭐라고 할까. 뜨끈뜨끈한 국물이 든 그릇 안에 쌀가루랑 밀가루 반죽을 얇고 길게 뽑은 면을 뜨거운 물에 삶아서 넣은 건데, 그걸 후룩후룩 맛있게 먹는 거야."

리오가 솔직하게 질문하자 신이 의기양양한 얼굴로 카무탄이 어떤 요리인지 해설했다. 친절하게 손을 움직이며 뭔가를 후루룩 먹는 동작까지 선보였다.

"……와아, 맛있을 것 같네요."

리오는 신의 설명을 듣고 카무탄이 어떤 요리일지 어렴풋이 떠올렸다.

'면 요리인가. 라멘, 국수, 우동…… 아니, 밀가루 말고도 쌀가루도 쓰는 것 같으니 지구에 있는 쌀국수 같은 음식일까?'

어느 쪽이든 흥미가 샘솟았다. 리오는 요리와 먹는 것을 제일 좋아해서 어서 먹어보고 싶다는 충동에 시달렸다.

"맛있을 것 같은 게 아니라 맛있어. 너도 먹어보면 푹 빠질걸."

"넌 처음 먹었을 때 감동했었지. 마을에 돌아가서 먹어본 적도 없는 사요에게 만들어달라고 했다가 싸웠었나?"

도라가 자랑스럽게 말하는 신을 놀렸다. 신이 부끄러워 반발하다가 그것을 보고 즐겁게 웃는 리오에게 덤벼들었다.

하지만 험악하지는 않았다. 얼마 전까지는 리오와의 대화를 피하는 기질이 있던 신도 지금은 무뚝뚝하게나마 제대로 대화를 나눴다.

어쩌면 리오가 루리와 사요를 구한 일 덕분에 약간은 심경의 변화가 있었는지도 모르겠다.

세 사람은 그렇게 시끄럽게 떠들며 머무는 곳인 공동 숙박소로 돌아갔다. 숙박소에서 대기하던 사람들에게 관청에서 받은 돈 보관을 부탁하고, 식사하러 다시 외출했다. 왕도 체류 첫날은 여행의 피로도 쌓인지라 몇 그룹으로 나뉘어 교대로 외식하러 가기로 했다.

리오 일행은 예정대로 카무탄을 먹으러 갔다. 공동 숙박소에서 10분 정도 걷자 도라의 추천으로, 맛있다고 소문난 가게에 들어갔다.

"사장님, 카무탄 곱빼기로 3인분 부탁해. 고기도 많이 넣어줘."

도라가 익숙하게 주문했다. 조리장에서 "예이!" 하고 기운찬 대답이 돌아왔다. 몇 분도 안 돼서 주문한 카무탄이 나왔다.

"자, 고기 추가한 카무탄 곱빼기 3인분 나왔습니다!"

점원이 뜨끈뜨끈한 카무탄이 든 그릇을 리오 일행의 테이블로 힘차게 옮겼다.

리오는 완성될 때까지 도라와 신에게 카무탄 이야기를 들었는데, 실물을 보니 라멘을 많이 닮은 요리였다.

다만, 카라스키 왕국에서 오래 전부터 먹은 요리라 슈트랄 지방에서 리제롯테가 발명한 파스타처럼 누군가, 전생자로 생각되는 인물이 새롭게 개발한 것은 아닐 터였다.

"카무탄은 호쾌하게 후루룩거리며 먹는 거야."

신이 의기양양하게 카무탄을 먹기 시작했다.

리오도 카무탄이 뜨거울 때 젓가락을 들었다. 먼저 국물을 한 입. 맛은 약간 간장 라멘에 가까웠다. 이어서 익숙한 손놀림으로 면을 집어 입으로 가져갔다.

면의 식감은 쌀가루를 섞어서 조금 독특했는데, 쫄깃쫄깃한 탄력이 있었다. 건더기 고기는 차슈가 아니었지만, 간이 알맞아서 면, 국물과 조화를 이뤘다.

'맛있다.'

오랜만에 라멘을 먹은 기분이었다. 아니, 밀가루로 면을 만들고 국물도 조금 바꾸고 차슈를 넣으면 완벽한 라멘 그 자체였다.

'언제 한번 라멘도 만들어볼까?'

리오는 기분 좋게 입가를 느슨하게 풀며 그런 생각을 했다.

다음 날, 오전. 눈부신 햇살이 왕도에 내리쬐는 푸른 하늘 아래, 리오는 교역대 사람들에게 기호품을 사다 달라는 부탁을 받고 사요와 둘이서 성 아랫마을 상업 구역을 걷고 있었다.

다른 사람들은 교역품을 매각하러 가거나, 대량의 생활 필수품을 사러 가거나, 숙박소에서 대기했다.

"역시 왕도는 사람이 많네요."

사요가 왕도 거리를 신기하게 둘러봤다.

"사요 씨는 왕도에 처음 오나요?"

옆에서 걷던 리오가 물었다.

"네. 오빠는 전에 와본 적이 있지만, 저는 계속 집을 봤어요. 이야기를 많이 들어서 한번 와보고 싶었어요!"

"들었어요. 신 씨가 카무탄을 만들어달라고 졸라서 싸웠다면서요."

"아. 그때는 오빠가 왕도에 갔다 왔다고 어찌나 자랑을 하는지 좀 샘이 났거든요. 그래서 먹어본 적 없는 요리는 못 만든다고 화를 냈어요."

사요가 부끄러워했다.

"결국 카무탄은 만들었나요?"

"못 만들었어요. 끈적끈적하다고 할까, 질척질척해져서……."

"국물은 몰라도 면은 쌀가루와 밀가루 외에도 필요한 재료가 있으니까요. 지식이 없는 상태에서 만드는 건 무리일지도 몰라요."

"네? 리오 님은 어떻게 만드는지 아세요?"

"네. 카무탄 면은 몰라도 다른 면은 만들 수 있어요."

"저, 저기. 그럼 다음에 만드는 방법을 가르쳐주시겠어요?"

"네, 괜찮아요. 마을에 돌아가면 만들어볼까요?"

사요가 살피며 묻자 리오가 흔쾌히 수락했다.

"고맙습니다! 사실 아직 못 먹어봐서……."

"그럼 나중에 먹으러 갈까요? 모처럼 왕도에 왔으니까요."

기뻐하며 고마워하는 사요에게 리오가 제안했다.

"네! 가고 싶어요!"

그러자 사요가 기운차게 고개를 꾸벅꾸벅 끄덕였다.

"그럼 사람들이 부탁한 물건을 찾고 나서 괜찮아 보이는 가게에 들어가요."

점심은 카무탄을 먹기로 정했다.

'도라 씨, 신 씨랑 갔던 가게는 먼데, 어느 가게에 들어 갈까…….'

리오가 표정에는 내보이지 않고 고민했다. 모처럼이니 사요에게 맛있는 걸 먹게 해주고 싶었지만, 공교롭게도 리오는 카라스키 왕국 왕도를 방문한 경험이 없었다.

'음식 파는 가게를 찾는 것도 그렇고, 역시 이 조합으로 쇼핑하는 건 인선 미스 아닌가? 사요 씨는 왕도에 처음 오고, 나는 이 동네를 잘 모르는데…….'

그런 두 사람에게 장보기를 맡기는 건 좀 아니지 않느냐 고 사전에 교역대 사람들에게 물어봤지만, 잘 이해할 수 없는 이유로 밀어붙여서 지금에 이르렀다. 예상대로라고 해야 할지, 오전 중에는 둘이서 목적한 물건을 찾아 여러 가게를 돌며 시세와 품질을 체크하고 돌아다녔다.

이제는 장보기라기보다는 관광 쇼핑에 가까웠다.

그러나 다행히 리오와 같이 움직이는 사요는 기분이 좋은지 딱히 불만스러워하는 모습도 보이지 않고 순수하게 장보는 걸 즐겼다.

리오는 곤에게 공격당한 사건으로 마음에 큰 상처를 입지 않았을까 내심 걱정했는데, 사요에게서는 그렇다 할 징후가 보이지 않았고 오히려 의욕적으로 왕도 교역대에 참가하고 싶다고 말하기도 해서 일단은 안심했다.

"리오 님, 이왕이면 현지 사람에게 추천하는 가게를 물어볼까요?"

사요가 태평하게 웃으며 말했다.

"……그래요. 다음에 들를 가게에서 물어볼까요?"

리오가 쓸데없는 걱정을 잊고 홋 웃으며 고개를 끄덕였다. 뭐, 사요가 즐거워하니 됐나. 다행히도 장 봐달라고 부탁받은 기호품 양도 그리 많지 않았다.

그렇게 둘이서 상업 구역 거리를 걸었다.

"거기 두 젊은이. 밀회 중인가요?"

땅에 자리를 펴고 노점을 경영하는 젊은 여자 상인이 리오와 사요에게 말을 걸었다. 여성용 소품을 판매하는 모양이었다.

"네? 저, 저희요? 어, 아, 아뇨, 그게…….."

사요가 여자 상인이 자기들에게 말을 걸었다는 것을 깨닫고 얼굴을 새빨갛게 물들였다. 횡설수설하며 뭔가 대답하려 했다.

"마을 사람들과 왕도에 교역하러 왔습니다. 장 보는 중이에요."

리오가 순진한 사요를 대신해 사정을 설명했다. 여자 상인이 영업하려고 말을 건 게 분명해서 이럴 때는 얼른 지나가야 했지만, 사요가 걸음을 멈춰서 바로 자리를 뜨기가 어려워졌다.

"아, 그렇군요. 헤에…….."

여자 상인이 모호하게 고개를 끄덕이고 아직도 부끄러워하는 사요를 쳐다봤다. 꿰뚫어 보는 것 같은 그녀의 시선에 사요가 더욱 뺨을 붉혔다.

"거기, 오빠. 모처럼 귀여운 여자아이와 왕도를 산책하는데 기념으로 그녀에게 뭔가 선물하는 건 어때요?"

여자 상인이 히죽 웃으며 리오에게 화살을 돌렸다.

"네, 네?! 아니에요! 미, 밀회하는 거 아닌걸요!"

사요가 황급히 고개를 가로저었다.

리오는 자리 위에 진열된 상품을 힐끗 쳐다봤다. 노점치고는 깔끔하고 품질이 좋아 보였다.

"장사 잘하시네요, 누나. 사요 씨. 뭐 갖고 싶은 거 있어요?"

리오가 약간 쓴웃음 짓고 사요에게 물었다. 곤의 일로 민폐를 끼친 사과와 평소에 신세 진 것에 대한 약간의 보답이었다.

"흐아, 괘, 괜찮아요! 필요 없어요!"

사요가 앞으로 양손을 내밀고 고개를 세차게 가로저었다. 그런 과한 반응이 기운 넘치는 작은 동물처럼 보여서 리오가 즐겁게 웃었다.

"사양하지 않아도 돼요. 사요 씨께 신세 진 것에 대한 보답이에요."

"오빠 말이 맞아요. 남자가 선물을 사준다면 제대로 받는 게 여자의 예의랍니다. 자자, 구경만이라도 해요."

리오의 말에 여자 상인이 즐겁게 웃으며 사요를 불러들였다.

"어, 아…… 그럼, 보기만…….."

사요는 당황하면서도 진열된 상품을 보기로 했다. 처음에는 쭈뼛거렸지만, 죄다 관심이 가는지 점차 눈을 빛내기 시작했다.

"뭐 마음에 드는 거 있어요?"

"저기, 이게, 귀여운 것 같아요……."

여자 상인의 물음에 사요가 심플하지만 귀여운 꽃 비녀를 가리켰다.

"오오, 안목이 좋으시네! 그건 딱 하나뿐이에요."

"저기, 비싼가요?"

"음~ 그렇죠. 소은판 두 장으로 어때요?"

여자 상인이 눈치를 살피며 대답했다.

사실 사요가 고른 물건은 진열된 상품 중에서도 상당히 비싼 부류에 포함됐다.

구체적으로 말하자면, 평민이 절대로 못 살 물건은 아니지만 주머니가 약간 여유롭지 못하면 사기 힘들 정도의 가격이었다.

"소, 소은판이요?! 리, 리오 님, 괜찮아요! 저 필요 없어요!"

사요가 가격을 듣고 당황해서 선물을 안 받겠다고 했다. 그저 마을 아가씨에 지나지 않는 그녀에게는 터무니없이 큰돈이었다.

"괜찮아요. 사요 씨가 마음에 든다면 그걸로 사요."

리오가 금액을 그리 신경 쓰지 않고 사겠다고 했다.

"……네?"

사요가 눈을 동그랗게 떴다.

"오오. 오빠, 돈 좀 있으시네. 좀 더 깎아도 되는데요……."

여자 상인이 약간 의외라는 듯이 말했다.

하지만 리오는 부드럽게 웃으며 고개를 저었다.

"여성에게 줄 선물은 흥정하면 안 돼요. 그 가격으로 주세요."

"아하하. 훌륭해. 그럴 줄 알았으면 좀 더 높은 가격을 말할 걸 그랬어요."

여자 상인이 유쾌하게 웃었다.

"사요 씨, 이걸로 괜찮나요?"

리오가 지갑 안에서 소은판 두 장을 꺼내 사요에게 마지막으로 확인했다.

"네? 아, 하, 하지만……."

사요가 당황한 얼굴로 리오와 비녀를 번갈아 봤다. 비녀는 무척 매력적이었고, 리오가 선물을 준다는 사실이 기뻐서 견딜 수 없었지만, 가격이 가격인 만큼 주눅이 들었다.

"여, 역시 받을 수 없어요."

"그럼, 누나. 그걸로 주세요."

사요가 말하려고 하자 리오가 비녀 값을 내고 말았다.

사요를 보면 이 비녀가 마음에 든 게 분명한지라 확인은 했다며 선수를 쳤다. 사요 성격상, 거절할 줄 알았으니까.

사요는 멍한 얼굴로 리오가 대금을 지불하는 모습을 쳐다봤다.

"고맙습니다! 보관용 나무 상자가 있는데, 착용하고 가실래요?"

여자 상인이 비녀와 나무 상자를 손에 들고 일어나 사요에게 다가갔다.

"어, 아, 그러니까……. 부, 부탁드려요."

"그럼 제가 해드릴 테니 잠깐만 계세요."

사요가 우물쭈물 고개를 끄덕이자 여자 상인이 사요의 머리에 비녀를 달기 시작했다. 사요는 넋이 나가 여자 상인이 하는 대로 비녀를 달았다.

"엄청 잘 어울려요! 그렇죠? 오빠."

여자 상인이 사요의 느슨하게 묶은 머리카락에 비녀를 꽂고 말했다.

"네. 훌륭해요."

리오가 약간 수줍어하며 동의했다.

"고, 고맙습니다! 리오 님, 정말로."

사요가 겨우 정신을 차렸는지 리오에게 기운차게 꾸벅꾸벅 머리를 숙였다.

"아뇨. 그럼 갈까요? 다른 것도 사야죠. ……아, 그렇지. 누나, 여기서 맛있는 카무탄 먹을 수 있는 가게 아세요?"

리오가 고개를 젓고 슬슬 가자고 재촉하다가 갑자기 생각났다는 듯이 여자 상인에게 카무탄 가게를 물었다.

"카무탄이라면 음식 파는 가게가 저쪽에 몰려 있는데, 쿠마라는 가게가 맛있대요. 점심 때는 줄을 서니까 조금 이따 가는 게 나을 거예요."

여자 상인이 그렇게 말하며 음식점이 몰려 있다는 방향을 가리켰다.

"그렇군요. 고맙습니다."

"아뇨, 아뇨. 좋은 물건을 팔아줬잖아요. ……아, 사요라고 했나요?"

여자 상인이 웃으며 고개를 가로저었다. 그리고 종종걸음으로 사요에게 다가갔다.

"노력해서 쟁취하는 거야. 이 소년은 경쟁률이 높을 것 같으니까."

그리고 살짝 윙크하고 귓속말을 했다.

"윽?!"

사요가 뺨을 붉히며 고개를 숙였다.

"그럼 인연이 있으면 또 오세요!"

여자 상인이 사요에게서 떨어져 웃으며 리오와 사요에게 작별 인사를 보냈다.

"네, 그럼. 가요, 사요 씨."

리오는 조용히 두 사람을 지켜보다가 여자 상인이 인사하자 웃으며 마주 인사했다. 사요를 재촉하고 천천히 걸었다.

사요는 리오의 뒤를 따라 걷다가 보이지 않게 되기 전에 뒤로 돌아 여자 상인에게 꾸벅 인사했다. 그러자 여자 상인이 웃으며 손을 흔들어 배웅했다.

리오의 뒤를 쫓는 사요의 발걸음이 무척 행복해 보였다.

리오와 사요는 여자 상인이 추천한 가게에서 카무탄을 먹고 상업 구역 큰길로 돌아와 다시 기호품을 샀다.

큰길 좌우에 상점이 줄줄이 지어져 있고, 길 중앙에도 일렬로 늘어선 노점이 길을 나눴다. 사람의 왕래도 많았고, 신분과 상관없이 다양한 사람들로 붐볐다.

그런 와중에 리오와 사요는 가게를 보며 인파를 거슬러

큰길을 걸었다.

"사, 사람이 더 늘었네요."

"막 정오가 지났으니까요. 점심을 먹고 외출한 사람이 늘었나 봐요. 괜찮은 가게가 있으면 들어가죠."

"이 녀석!"

두 사람이 대화하는데 갑자기 노성이 울려 퍼졌다.

"꺅."

그러자 소심한 사요가 몸을 움찔했다.

잠시 뒤, 술렁술렁 당황한 목소리가 피어올랐다.

"뭐야? 뭐야?" "싸움인가? 어떻게 됐어?" "틀렸어. 앞이 안 보여." "이봐, 낭인들이 여자아이에게 생트집을 잡고 있어." "뭐라고?"

주변이 점점 소란스러워졌다. 리오는 정령술로 청력을 강화해 단편적으로 대화를 들었다. 그러자 길 끝에서 다시 노성이 들려왔다.

"이 무례한 꼬마가! 어디를 보고 걷는 거냐?!"

"낭인 주제에 누가 무례하단 말이냐! 이분이 누구신지 아느냐?!"

아무래도 남녀 사이에 말싸움이 벌어진 모양이었다. 남자의 거친 노성과 여자의 노기가 감도는 늠름한 목소리가 차례로 들려왔다.

"꺅?!"

이어서 소란의 현장에서 귀여운 소녀의 목소리가 울려

퍼졌다. 조금 늦게 "네 이놈, 무슨 짓이냐?!" "코모모 님!" "어이, 기다려!" 등등, 초조한 여성의 목소리가 들렸다.

아무래도 긴급 사태가 발생한 것 같았으나 리오와 사요가 있는 곳에서는 아무것도 보이지 않았다.

"비켜!"

그러나 조금 떨어진 곳에서 남자의 목소리가 들리더니 리오와 사요의 앞에 서 있던 군중이 서둘러 좌우로 갈라졌다. 인파가 갈라지고 생긴 길을 달리는 낭인 같은 남자가 하나―.

남자는 오른손에 비수를 들고, 왼팔에 어린 소녀를 안고 진행 방향에 있는 사람을 위협하며 질주했다. 소녀는 기절했는지 축 늘어져 있었다.

"비켜! 비켜!"

남자가 낯을 붉히며 소리쳤다.

"아으……."

앞에서 달려오는 남자를 보고 무서워졌는지 사요가 그 자리에 못 박혔다. 고작 며칠 전에 곤에게 난폭한 짓을 당했으니 무리도 아니었다.

"쳇."

남자가 눈앞에 서서 움직이지 않는 리오와 사요를 보고 작게 혀를 찼다. 그리고 상관하지 않고 일직선으로 돌진하려고 했다.

다음 순간, 리오가 허리에 찬 검을 뽑을 것도 없이 맨손으로 뛰쳐나갔다. 그리고 주먹을 휘둘렀다.

먼저 비수를 내지르는 남자의 손을 받아넘기고 깔끔하게 발을 걸었다. 남자의 몸이 허공에서 빙글 반전했다. 순간, 남자가 멍한 표정을 지었다.

리오는 남자의 옆구리에서 소녀의 몸을 잡아당겨 자신의 옆구리에 품었다. 그리고 남자의 명치에 주먹을 때려 넣었다. 그 직후, 남자의 몸이 땅에 퍽석 쓰러졌다.

"큭……."

남자는 비수를 놓고 기절했다.

순식간에 벌어진 일이었다.

"으……우와아아아아!"

멍하니 있던 주변 사람들이 환성을 내질렀다.

리오는 순식간에 쏟아지는 호기심 가득한 시선을 쓴웃음 지으며 무시하고, 옆구리에 안은 소녀의 안위를 확인했다.

소녀는 아직 어렸다. 나이는 열 살 전후일까. 외모가 무척 고왔고, 정말 귀여운 아이였다.

'기절했을 뿐이야. 급소를 맞았거나 약을 마셨나? 수면의 정령술에 당했을 수도…….'

소녀의 체내를 도는 마력 흐름을 가볍게 확인해본 리오는 흐름이 일그러진 흔적이 없는 것을 보고 앞의 두 이유 중 한쪽이리라 판단했다. 약을 썼을 가능성을 고려해 일단 해독의 정령술을 걸어봤다.

'이걸로 생명에 지장은 없을 거야. 어디 보자…….'

리오가 소녀에게 해야 할 처치를 끝내고 힐끗 사요를 봤다. 사요는 멍하니 리오의 얼굴을 쳐다보고 있었다.

"사요 씨. 괜찮아요?"

리오가 조금 어색한 미소를 지으며 물었다.

"네, 네! 괜찮아요."

사요가 정신을 차리고 꾸벅꾸벅 고개를 끄덕였다.

"코모모 님?!"

그러자 한 여성이 나타났다.

여성은 코모모라 불린 소녀를 안고 있는 리오의 바로 옆에 유괴범이 쓰러진 것을 확인하고 즉각 상황을 알아차렸다. 서둘러 리오에게 달려갔다.

리오는 기절한 코모모를 두 팔로 안아 들어 여성에게 건넸다.

"기절했지만, 생명에 지장은 없을 겁니다."

"소, 송구하네. 정말 큰 도움을 줬네. 내 불찰로……."

여성이 코모모를 받아 안고 분함에 얼굴을 일그러뜨리며 고개를 숙였다.

"사과는 눈을 뜬 이 아이에게 해주세요. 저기 있는 남자는 기절했는데 어떻게 하시겠습니까?"

리오가 고개를 젓고 땅에 널브러진 남자의 비수를 주워 여성에게 건네며 코모모를 유괴하려고 한 남자의 처리를 물었다.

"물론 경비병이 오면 수용소로 호송해 배후에 누가 있는

지와 무슨 목적이었는지를 토하게 할 거네."

"그렇습니까……. 이르지만, 경비병이 온 것 같습니다."

두 사람이 이야기하던 중, 소란을 들었는지 경비병들이 달려왔다.

리오가 "무슨 일인가?" 하고 묻는 병사들에게 여성의 신경이 쏠리게 했다. 그러자 여성이 "여기다!" 하고 외쳤다.

리오는 그 틈에 사요에게 다가갔다.

"가요, 사요 씨."

그리고 사요의 손을 잡고 앞서 걸었다.

"어? 아, 하지만…… 괜찮나요?"

"네. 귀찮은 일은 피하고 싶어요."

당황한 사요에게 리오가 쓴웃음 지으며 말했다.

"아, 잠깐! 기다리시게!"

리오와 사요가 사라진 것을 알아차렸는지 이름도 모르는 여성의 황급한 목소리가 뒤에서 들렸다. 그러나 리오는 사요를 데리고 얼른 인파에 섞여 들어갔다.

그 뒤, 리오와 사요는 어찌어찌 저녁때까지 장보기를 끝내고 숙박소로 돌아왔다. 안에 들어가자 여자들이 사요의 머리카락에 달린 낯선 비녀를 발견했고, 사요가 이것저것 추궁당하고 얼굴을 새빨갛게 물들이는 전형적인 전개가 펼쳐졌다.

리오는 남자들과 교역품 매각 성과를 이야기하는 척하

며 휘말리기 전에 도망쳤다. 성과는 순조로웠고 며칠 안에는 마을로 출발할 수 있을 것 같았다.

예상대로 리오 일행은 며칠 뒤에 마을로 출발했다. 마을로 돌아가는 길에는 해프닝 한 번 일어나지 않았고, 왕도와의 교역은 무사히 끝을 맞이했다.

그리고 리오 일행이 마을로 돌아왔을 때쯤, 검세관인 하야테도 직무를 끝내고 왕도로 귀환했다. 거두어들인 공물을 왕성 창고에 보관하고 곧바로 사가 가(家)의 저택으로 귀가했다.

하야테가 본가 문을 지나니 가신들이 마중을 나왔다. 사가 가의 당주이자 아버지인 고우키가 귀가하면 바로 오라고 했다는 보고를 들었다.

그런 말을 들을 것도 없이 당연히 귀가 인사를 하러 갈 예정이었던 하야테는 가신들의 분위기가 심상치 않은 것을 알아차렸다.

"무슨 일 있었나?"

가신에게 물었다. 그러자 동생인 코모모가 유괴당할 뻔했다는 말을 듣게 되었고, 하야테는 옷도 갈아입지 않고 서둘러 고우키의 방으로 달려갔다.

"아버님, 실례합니다. 하야테입니다. 지금 막 귀가했습니다."

"음. 들어오너라. ……이야기는 들었겠지?"

고우키가 하야테에게 입실 허가를 내리고, 그가 마주 앉자 단도직입적으로 이야기를 꺼냈다.

"네. 코모모가 유괴당할 뻔했다고 들었습니다."

"감쪽같이 당했다. 달에 한 번, 코모모가 몰래 시장을 견학하는 날을 노렸어."

"즉 계획적인 범행이었다는 말씀이십니까?"

분한 듯 말하는 고우키에게 하야테가 질문했다.

"음. 실행범 하나를 확보해 입을 열게 했다. 우리 집에서 일했던 한 사용인이 정보를 흘린 모양이다. 흑막이 짐작 가지만, 증거가 부족해서 말이다. 그 사용인을 역으로 구슬려서 함정 수사를 하기로 했다. 곧 결과가 나올게다."

고우키가 차갑고 어두운 미소를 지으며 담담한 목소리로 상황을 알려주었다.

"역시 대응이 빠르십니다. 그럼 코모모는……?"

"심신 모두 건강하다. 허를 찔린 것이 분해서 온종일 단련하고 있다."

"과연, 아오이 씨의 공이군요."

동생인 코모모의 안전을 확인한 하야테가 안도의 한숨을 흘렸다. 선수를 맞았지만, 사가 가의 부하들은 우수하다. 믿고 수사를 맡길 수 있었다.

참고로 아오이는 코모모 전속 근시(近侍)로, 코코모를 호위하고 시중을 드는 인물이다. 코모모가 어디를 가든 아오이만큼은 반드시 동행하기에, 하야테는 아오이가 코모모를 도왔을 것이라 착각했다.

"그것이 실은 말이다. 코모모를 구하고 실행범을 체포한 것은 본 적도 없는 소년인 모양이다. 실로 훌륭한 난투였다고 한다."

고우키가 난감한 얼굴로 하야테의 착각을 고쳐줬다.

"호오, 그것 참 훌륭한 분이시군요. 꼭 감사드리고 싶은데 어디에 계십니까?"

"본 적도 없는 소년이라고 하지 않았는가. 어느새 모습을 감췄다. 어디의 누군지도 몰라."

하야테가 감탄하며 무심코 어디 있는지를 묻자 고우키가 울적하게 탄식하며 고개를 저었다.

"그것은…… 난처하군요."

"음. 난처하다. 감사 인사도 못 해. ……그래, 뭐, 일단 그대에게 전할 것은 이상이다만, 일하며 뭐 이상한 일은 없었나?"

"네. 소생 개인을 노리는 움직임은 아무것도……."

"그런가."

"……아, 코모모의 일과는 상관없습니다만, 유바 공께서 아버님께 편지를 보내셨습니다."

하야테가 입가에 손을 대고 생각에 잠기더니 문득 기억났다는 듯이 품에서 편지를 꺼냈다.

"호오. 유바 공이. 어디 보자."

고우키가 하야테에게서 편지를 받아 탄탄한 체격에 어울리지 않는 신중한 손놀림으로 끈을 풀고 두루마리를 펼쳤다. 허리를 고쳐 세우고 가만히 편지를 응시했다.

'그나저나 아버님이 당주이신 우리 가문을 적으로 만들다니 무서울 줄 모르는 자도 있구나.'

고우키가 편지를 읽는 동안, 하야테는 코모모가 유괴당할 뻔한 일에 관해 생각했다. 고우키는 카라스키 왕국 최강으로 이름 높은 무인으로, 귀신 고우키라는 이명으로 두려움을 사고 있었다. 옆 나라인 로쿠렌 왕국과의 전쟁에서는 1만의 적을 부들부들 떨게 했다는 일화까지 있을 정도였다.

가족 앞에서도 기본적으로 엄격하고, 특히 하야테가 단련할 때는 그야말로 귀신같을 때도 있었다. 뭐, 딸인 코모모에게는 상당히 무르기도 했지만.

"……하야테."

하야테가 골몰하는데 고우키가 하야테의 이름을 중얼거렸다. 그 목소리가 희미하게 떨렸다. 아니, 목소리만이 아니었다. 편지를 든 두 손도, 반석 같은 몸도, 작게 떨렸다.

명백히 동요하고 있었다.

"네, 넷. 말씀하시지요."

하야테가 의외라는 듯이 눈을 동그랗게 뜨고 상기된 목소리로 대답했다.

"그대는 리오 니…… 아니 리오라는 소년과 만났나?"

고우키가 무슨 일인지 리오에 관해 물었다.

"네. 유바 공의 저택에서 머물 때, 교류를 가졌습니다만……."

"어떤 소년이었나?"

"……인격이 괜찮았습니다. 온후하고 예의 바르며 성실한 사람이었고, 상당한 실력의 무예가처럼 보였습니다. 그야말로 제 몫을 하는 인물이었습니다. 어느 가문에도 소속되지 않았다면 꼭 우리 가문 사람으로 만들고 싶을 정도입니다. 아버님도 마음에 들어 하시지 않을까 합니다."

하야테가 이상하게 여기며 리오에 대한 인상을 솔직하게 말했다.

"까불지 마라. 황송하구나."

고우키가 홋 하고 웃으며 중얼거렸다.

"네?"

그러나 하야테는 듣지 못했는지 고개를 갸웃거렸다.

고우키가 씨익 웃고 일어섰다.

"카요코와 함께 한동안 집을 비우겠다. 그대는 코모모와 함께 집에서 기다리도록."

고우키는 그 말만을 남기고 밖을 향해 터벅터벅 걸어갔다.

"……대체 무슨 일이지?"

홀로 남은 하야테의 멍한 중얼거림이 방 안에 공허하게 울려 퍼졌다.

정령환상기

𝕶 제 6 장 𝕴 ✹ 왕도로, 다시

　리오 일행이 왕도에서 마을로 돌아오고 며칠이 지났다.

　교역 성과는 좋았다. 마을의 주머니가 여유로워졌고 사람들의 얼굴에 웃음꽃이 피었다. 그리고 마을에서는 지금 내년 풍작을 기원하는 수확제를 하는 중이었다.

　아직 정오인데도 남자들이 광장에 모여 술자리를 펼쳤다. 요리에 자신 있는 여자들이 마을 집회소와 각 가정 부엌에서 음식을 만들면 도우미가 계속 광장으로 옮겼다. 마을 아이들이 신 나서 음식을 먹었다.

　한편, 리오는 특기인 요리 실력을 살려 촌장 집 부엌에서 루리, 사요와 함께 한창 음식을 만드는 중이었다.

　참고로 만들고 있는 것은 미트파이에 애플파이, 그리고 사요와 약속한 카무탄 시작품이었다. 마을에는 카무탄 면을 만들 줄 아는 사람이 아무도 없었고, 미트파이와 애플파이는 애초에 카라스키 왕국에서 먹을 수 있는 요리가 아니라 리오가 주도하고 루리와 사요는 요리를 도왔다.

　카무탄 면은 당연히 직접 만들었는데, 이틀 전에 만들어 숙성시켰다. 부엌 아궁이에서는 거대한 냄비 두 개에 담긴 간장과 된장 국물이 부글부글 끓고 있었다.

　"우와아, 냄새 좋다. 정말 카무탄 먹을 수 있는 거야?"

　루리가 냄비에서 피어오르는 향을 맡고 헤 풀린 표정을

198　정령환상기 3 결별의 진혼가

지었다.

"저도 몇 번 만들어본 것뿐이라 거의 취미 수준이지만요. 왕도에서 쓰는 방법이랑 다를지도 몰라요. 그리고 국물도 어림잡아 만든 거라 만족하실지 자신은 없네요."

리오가 조금 불안해하며 말했다.

"걱정 마! 다들 더 달라고 아우성일걸? 국물도 아까 간 봤더니 엄청 맛있더라."

"맞아요. 또 만들어달라고 할 거예요. 아니, 또 만들죠!"

루리와 사요가 자신만만하게 단언했다.

"수고와 재료비가 들지만, 그래요. 또 만들고 싶네요. 국물 맛을 똑같이 재현하지 못할 수도 있지만요……."

리오가 기뻐서 수줍어하며 고개를 끄덕였다. 내년 이 시기에도 마을에 있을지는 모르겠지만, 또 이렇게 셋이서 카무탄을 만들면 좋겠다는 생각이 들었다.

약 한 시간 정도 끓인 국물을 숙성시킨 면과 완성된 파이와 함께 광장으로 가져갔다. 리오 일행이 카무탄을 만들었다는 걸 알고 마을 사람들이 우르르 모였다.

광장 구석에 정령술로 만든 아궁이로 국물을 데우며 면을 삶았다. 마을 사람들이 완성된 카무탄을 먹고 입을 모아 "맛있다"고 소리쳤다.

리오 일행은 얼굴을 마주 보면서 열심히 만든 보람이 있다고 싱글벙글 기뻐했다. 미트파이와 애플파이도 대호평이었다.

잠시 뒤, 리오 일행도 축제에 끼어 음식과 술을 즐기며 광장 한가운데에서 유쾌하게 춤추고 노래하는 사람들을 바라봤다. 웃음소리가 끊이지 않는 따뜻한 시간이었다.

그러나 저녁때가 임박했을 때였다.

'……응?'

리오가 품에서 천천히 정령석을 꺼냈다. 정령석 표면에 술식이 떠올라 강한 빛과 열을 내뿜었다. 이 정령석은 리오가 곧 사건 때문에 마을을 둘러싸게 펼친 침입자 탐지 결계의 핵이었다. 마을 사람의 출입이 잦아서 평소 낮 동안에는 발동시키지 않는데, 축제가 한창 벌어지는 중에는 만약을 위해 발동해두었다.

'누구지? 여행객인가, 행상인인가, 손님인가……. 동쪽인가.'

리오는 잔뜩 흥이 오른 마을 사람들을 두고 천천히 일어났다.

침입자가 있는 쪽을 향해 더 세차게 빛나는 정령석을 따라 조용히 걸어갔다. 중간에 "《해방마술》"이라고 주문을 영창하고 『시공의 장』에서 검집에 들어가 있는 검을 꺼내 잡았다.

마을 중앙에 있는 광장에서 몇 분 정도 걸어서 마을 동쪽에 펼쳐진 논밭까지 가자 수십 명의 사람과 마주쳤다. 적의는 느껴지지 않았지만, 모두가 무장했고, 숙련된 무예가인지 다들 조금의 틈도 보이지 않았다.

"이 마을에 무슨 용건이십니까?"

리오가 낯선 일행에게 약간 경계심을 담아 질문을 던졌다.

일행도 검을 든 리오가 나타나자 약간 경계심을 품었다. 그러나 선두에 선 장년 남녀는 뭔가 다른 눈빛으로 리오를 쳐다봤다.

"……본인은 사가 고우키라고 합니다. 실례지만, 당신의 이름을 여쭈어도 되겠습니까? 혹시 리오 님 아니십니까?"

선두에 선 남자— 고우키가 직접 먼저 이름을 대고 리오의 이름을 물었다.

리오는 사가라는 성을 듣고 얼마 전에 알게 된 하야테를 떠올렸다. 혹시 하야테의 아버지일까?

"그렇습니다만……. 하야테 공의 아버님이십니까?"

"역시 리오 님이십니까! 뵙게 되어 기쁘기 그지없습니다."

리오가 대답하자 고우키가 감격하며 서둘러 그 자리에 무릎을 꿇었다. 아니, 고우키만이 아니었다. 다른 사람들도 일제히 리오를 향해 평복했다. 옷이 더러워지는 것을 거리끼지 않았다.

"네, 네?"

리오는 상황 파악이 안 돼서 어안이 벙벙했다.

"어, 만나 뵌 적은 없, 죠? 다른 사람과 착각하신 거 아닙니까? 일단 일어나 주시겠어요……?"

"착각하지 않았습니다. 리오 님, 황송하게도 이 고우키, 그리고 여기 있는 제 처 카요코는 당신의 어머님— 카라스키 아야메 님을 모시던 몸이옵니다."

고우키가 세차게 고개를 저으며 말했다.

"카라스키…… 아야메?"

성을 붙인 어머니의 이름을 듣고 리오가 몸을 굳혔다.

"놀라시는 것이 당연합니다만, 당신의 어머님은 이 카라스키 왕국의 왕족이셨습니다. 그리고 이번에 젠…… 제 지기의 어머니인 유바 공이 편지를 보내주셔서 리오 님의 곁으로 오게 되었습니다."

고우키의 입에서 나온 이야기는 너무나 충격적이었다. 그대로 받아들이고 말고를 떠나서, 냉정한 리오의 사고가 멈춰버릴 정도로.

"……일단 촌장 집으로 안내하겠습니다. 그 뒤에 유바 씨를 모셔 와 다시 이야기를 여쭈어도 될까요? 어서 일어나세요."

리오가 겨우 말했다. 축제로 아무도 없다고는 하나, 이런 논밭에서 할 이야기가 아니었고, 조금 마음을 가라앉힐 시간이 필요했다.

"알겠습니다. 그럼 황송하오나 실례하겠습니다."

고우키 일행이 납득하고 엄숙히 일어섰다.

"그럼 이쪽으로."

리오는 작게 탄식하고 앞서 걸었다.

고우키 일행은 무척 황송해하며 그 뒤를 따랐다.

리오는 고우키 일행을 촌장 집으로 안내하고 서둘러 광

장으로 가서 마을 사람과 대화하던 유바에게 귓속말로 사정을 설명했다.

유바는 놀라면서도 금방 이야기를 이해했는지 난처한 미소를 짓고 리오에게 다정히 말했다.

"……그래. 알았다. 가자, 리오."

두 사람은 얼른 촌장 집으로 향했다. 가는 길에는 대화가 거의 없었지만, 촌장 집이 보이자 유바가 천천히 입을 열었다.

"……리오, 네가 내 손자라는 것은 변하지 않아. 적어도 나는 그렇게 생각한다. 당연한 일이지만, 지금 말해두는 게 좋을 것 같구나."

"유바 씨……. 네, 저도 그렇게 생각해요."

리오는 왠지 모르게 조금 전에 고우키가 말한 이야기가 사실임을 깨달았다.

"고맙다. 자, 들어가자."

유바가 왠지 모르게 기뻐하며 촌장 집 안으로 들어갔다.

현재, 촌장 집 거실에는 리오와 유바, 고우키와 그의 처인 카요코 네 사람이 마주 앉아 있었다. 고우키가 데려온 종자들은 촌장 집 주변에서 이야기를 엿듣는 자가 없는지 경계하고 있었다.

고우키는 카요코와 나란히 말석에 앉았다.

"리오 님, 이번 일로 뜻하지 않게 놀라게 해드려 정말 죄송합니다."

"아뇨, 사과하실 필요 없습니다만……."

"고우키 공, 당신께서 이곳에 오신 것은 마땅한 허락을 받으신 거라 생각해도 되겠습니까?"

당황해서 고개를 젓는 리오를 대신해 유바가 고우키에게 물었다.

"그러하네. 우리의 독단이 아닌 폐하의 분부로 이곳에 온 걸세."

고우키가 강력히 긍정했다.

"그렇습니까. 그럼 이 아이에게 말씀해주십시오. 부탁드립니다."

드디어 진실을 가르쳐줄 수 있다는 듯이 유바가 가슴을 쓸어내렸다. 마치 씌었던 것이 떨어져 나간 것 같았다.

"물론이다. 그 때문에 왔다. 지금까지 유바 공의 심정이 어땠을지 헤아리신 국왕 부부께서도 감사와 미안함을 갖고 계신다."

"황송합니다."

유바가 황송해하며 고개를 숙였다.

"음. ……그럼 리오 님. 아야메 님과 제 지기 젠의 과거를 말씀드려도 괜찮겠습니까?"

고우키가 유바에게 고개를 끄덕이고 살피듯이 리오에게

물었다.

"……네. 부탁드립니다."

리오는 고우키를 가만히 쳐다보며 고개를 끄덕였다.

그러자 고우키가 천천히 입을 열었다.

"지금으로부터 20년 정도 전의 일입니다. 먼저 본인과 리오 님의 아버지인 젠과의 관계를 이야기할까요. 본인이 젠과 만나기 전의 이야기는 유바 공에게 들으시는 편이 좋을지도 모르겠습니다만……."

고우키가 유바를 봤다.

"젠은 서툴지만, 총명하고 다정한 아이였습니다. 당시에는 옆 나라 로쿠렌과 전쟁 중이라 모든 마을이 힘든 생활에 시달렸는데, 젠은 자신이 차남이라는 이유로 자처해서 먹을 입을 줄였습니다. 어느 날, 훌쩍 병사에 지원하러 가 버렸지요."

유바가 그리운 미소를 지으며 고우키와 만나기 전의 젠을 이야기했다.

"젠은 정령술과 무예에 천부적인 재능이 있었습니다. 게다가 당시에는 유바 공이 말씀하신대로 전쟁 중이었습니다. 처음에는 일개 병사에 지나지 않았지만, 곧 두각을 나타내고 폐하께서도 이름을 기억하실 정도로 공을 세우게 됐습니다. 그리고 젠은 폐하께 무사 신분을 수여받기에 이르렀습니다. 본인이 젠과 만난 것은 그때입니다."

카라스키 왕국에는 새로이 무사가 된 자와 선배가 대련

하는 관례가 있다. 그때, 젠과 대련한 것이 고우키였다고 한다.

당시의 고우키는 아직 어렸지만, 국내에서도 유수의 실력자였다고 한다. 그러나 젠은 아류였음에도 고우키와 팽팽한 전투를 펼쳤다.

"대련이긴 했지만, 젠처럼 마음이 요동치는 상대는 그리 많지 않았습니다. 녀석의 실력은 진짜였습니다. 그래서 본인은 젠을 왕족 호위로 강력히 추천했습니다. 이미 아셨을 수도 있으나, 그 왕족이 바로 아야메 님이셨습니다."

"어머니……. 어머니가 왕족……."

리오가 아직 실감이 나지 않는다는 듯이 중얼거렸다.

"아야메 님은 왕위 계승권이 그리 높지 않았지만, 카라스키 왕국의 아름다운 공주로 인근 제국에 이름을 떨쳤습니다."

고우키가 유쾌한 미소를 입가에 그렸다.

"대감, 불경합니다."

고우키의 옆에서 묵묵히 있던 카요코가 차갑게 중얼거렸다.

"으, 음. 뭐, 그런고로 젠은 아야메 님의 호위가 되었습니다."

고우키가 서둘러 말을 돌렸다. 젠은 나무랄 데 없는 무공을 가졌지만, 그냥 마을 사람 출신이라는 사실이 이래저래 물의를 빚었다고 했다.

"벼락출세한 자에게 왕족 호위를 맡길 수 없다고 시기하는 자들이 많았습니다. 실력이 어쨌든 교양과 가문의 격이 압도적으로 부족하다고 말입니다. 하지만 아야메 님의 호위로는 그 밖에도 본인과 카요코가 있었던지라 필요한 교육은 전부 때려 넣었습니다. 무엇보다 아야메 님이 젠을 마음에 들어 하셨기에……."

젠은 일단 아무 문제도 일으키지 않고 아야메를 호위했다.

"이렇게 말하기는 뭣합니다만, 온실의 화초로 자란 아야메 님께 젠은 바깥세상 그 자체였을지도 모릅니다. 젠에게 마을 생활에 대해 이것저것 묻고는 하셨습니다."

아야메는 눈 깜짝할 사이에 젠에게 반했다고 한다. 그 호의는 옆에서 봐도 무척 알기 쉬웠다고. 그리고 젠도 점점 아야메에게 반하게 됐다. 하지만, 왕녀인 아야메와 무사가 됐다고는 하나 원래 농민인 젠— 두 사람의 신분 차이가 컸고, 고지식한 젠은 자신의 마음을 억눌렀다.

"사실 몇 번인가 이 마을에 아야메 님이 몰래 오신 적이 있습니다. 젠은 아무것도 없는 마을이라고 필사적으로 막으려고 했지만, 아야메 님이 꼭 가보고 싶다고 하셔서 정말 몹시 난처했습니다."

"그런 일이……."

부모님의 친해진 계기를 예상하지 못했던 리오는 관심 깊게 귀를 기울였다.

한편, 고우키는 당시를 그리는지 큭큭 유쾌하게 웃다가

급히 진지한 표정을 다잡았다.

"당시, 전쟁이 소강상태였던 로쿠렌 왕국에서 휴전 협정 이야기가 나왔을 때의 일이었습니다."

휴전 협정이 드물지는 않다. 실제로 카라스키 왕국과 로쿠렌 왕국 사이에 펼쳐진 긴 전쟁 중, 휴전 협정이 여러 번 체결됐었다.

긴 역사를 풀어보면 로쿠렌 왕국이 계기가 된 전쟁이었지만, 불필요한 전쟁이 계속되면 국가재정이 나빠지고 국민의 불만이 쌓일 수 있기에, 카라스키 왕국은 휴전 협정 제안을 받아들였다.

그리고 휴전을 축하하고 국민의 불만을 발산시키기 위해 카라스키 왕국의 왕도에서 성대하게 의식을 치르기로 했다. 그 의식에 로쿠렌 왕국의 대사로 왕자가 왔다. 의식 자체는 평온히 진행됐고 휴전 협정도 무사히 체결됐다. 이제 체류 중인 로쿠렌 왕국의 왕자가 귀국하면 일시적이나마 평화를 되찾을 수 있었다.

그러나 귀국 전날 밤, 사건이 일어났다.

누군가가 취침 시간을 노려 아야메를 유괴하려고 했다. 그러나 어둠 속에서 아야메를 호위하던 젠이 미연에 유괴범을 깔끔하게 포박했다.

그러자 유괴범의 정체가 체류 중인 로쿠렌 왕국 왕자의 시종임이 판명됐다. 모처럼 체결한 휴전 협정을 뒤흔드는 사태에 젠은 즉각 사정을 밝혀내려고 했으나 유괴범은 준비한 암기로 자살을 강행했다.

그 뒤, 심야임에도 성 안이 순식간에 소란스러워졌고 카라스키 왕국의 수뇌진과 로쿠렌 왕국의 대사 사이에 긴급 회담이 열렸다. 카라스키 왕국은 사정 설명을 요구했으나 로쿠렌 왕국의 왕자는 요구를 무시하고 오히려 자신의 시종을 납치해 죽였다고 분개했다.

카라스키 왕국의 입장에서는 로쿠렌 왕국이 유괴를 작당한 것으로 보였지만, 실행범은 사망했고 범행 현장에는 호위인 젠밖에 없었다. 덤으로 당사자인 아야메는 침실에서 취침 중이었다. 로쿠렌 왕국을 탄핵하기에는 증거가 불충분했고 결정적인 근거가 없었다.

한편, 증거가 없는 것은 로쿠렌 왕국도 마찬가지였으나, 대사인 왕자는 시종이 죽은 사실을 방패로 내세워 신뢰를 배신당했다고 억지 주장을 펼쳤다. 필연적으로 양자 교섭은 어긋났고, 막 체결한 휴전 협정을 파쇄하지 않을 수 없었다.

"로쿠렌 왕국은 조건을 추가했습니다. 젠의 처형 및 대사로 온 왕자와 아야메 님의 정략결혼. 그것으로 시종이 살해당한 사실을 없던 일로 하고 체결한 휴전 협정을 유지하겠다고 말입니다. 다시 생각해도 속이 뒤틀립니다."

고우키가 분노로 몸을 떨었다.

분명 모든 사실이 고우키의 말대로라면 로쿠렌 왕국의 요구는 후안무치하다고밖에 할 수 없었다. 리오도 무심코 얼굴을 찌푸리고 말았다.

당시, 뒤에 어떤 사정이 있었는지는 고우키의 말로 판단할 수밖에 없었지만, 로쿠렌 왕국의 왕자는 겉으로는 사교적이지만, 잔학하고 여자 버릇이 나쁘다는 안 좋은 소문이 있었다고 한다. 그런 인물과 아야메를 정략결혼 시키면 어떻게 될지— 그다지 상상하고 싶지 않았다.

그건 그렇다 치고, 로쿠렌 왕국의 요구는 억지투성이였으나 진지하게 검토해야만 하는 것이 외교라는 것이었다.

또, 저질스럽게도 로쿠렌 왕국은 휴전 협정이 엉망이 됐다는 사실을 왜곡해서 거리에 퍼뜨려 국민감정과 여론을 조작했다. 왕도에 사는 국민은 불안에 떨었고 그것은 급속히 불만으로 바뀌어 작은 데모 운동으로 발전했다.

게다가 카라스키 왕국의 왕성 안에서도 결코 적지 않은 수의 신료들이 전쟁에 반대했다. 왕권으로 불만을 억누를 수는 있었지만, 표면상일 뿐이었다. 카라스키 왕국 정부는 선수를 맞고 정치적으로 불리한 위치에 몰렸다.

"요구를 들어준다고 해서 로쿠렌 왕국이 얌전해질 것이란 보장이 없었습니다. 그렇다고 막 체결한 휴전 협정을 파쇄하고 개전하면 국민감정이 폭발해 국내 사기가 최악에 이를 것이었습니다. 기사회생의 한 수를 놓을 필요가 있었습니다. 그때, 폐하는 요구를 받아들이는 척하고 시간을 벌기로 하신 겁니다. 실제로는 젠에게 아야메 님을 데리고 도망치라고 은밀히 명령을 내리셨습니다."

이리하여 잠깐 동안은 국내외와의 관계로 시간을 끌 수 있었다. 그 사이에 국왕과 일부 중신이 비밀리에 입안한 계획을 거행했다.

"폐하는 정예 중의 정예로 구성된 무사 소수 부대를 비밀리에 움직여 로쿠렌 왕국에 파견했습니다. 그 뒤, 젠이 아야메 님을 모시고 도망친 사실을 공표했습니다."

물론 로쿠렌 왕국의 왕자는 분개했다. "웃기지 마."라는 말을 남기고 전쟁을 벌이기 위해 거친 콧김을 내쉬며 귀국했다.

한편, 국내의 불만은 도망친 젠과 아야메에게 향했다. 너무나 무책임하다. 어떻게 해서든 붙잡아 책임지게 해야 한다고.

그러나 전쟁은 이미 시작됐다. 카라스키 왕국의 내부에 있던 반대파도 마지못해 군을 움직이는 데 동의했고 로쿠렌 왕국을 향해 진군을 개시했다.

카라스키 왕국군에 호응하듯이 로쿠렌 왕국도 대군을 움직였다. 이리하여 양군은 국경 부근에서 서로를 노려보게 됐다.

카라스키 왕국의 무사로 구성된 소수 정예 부대가 이때 움직였다. 그중에는 고우키도 있었다. 그들은 집결한 로쿠렌 왕국군을 뒤에서 기습했다. 목표는 상급 장교의 머리뿐—.

정예 부대 무사들은 왕가에 충성심이 극히 두터웠고, 이번 일로 로쿠렌 왕국에 불만이 쌓이고 쌓였었다. 사기가 최고조에 달해 용맹하고 과감하게 전격전을 펼쳤다.

무사들이 눈 깜짝할 사이에 적진의 심장부에 뛰어들어, 마침 군 회의를 열고 있던 적장의 목을 차례로 베는 데 성공했다. 또, 그중에 섞여 있던 로쿠렌 왕국의 왕자도 포로로 잡았다.

그 결과, 기습만으로 첫 전투를 끝냈다. 역사적인 대승이었다.

"왕자와 여러 장교를 잃은 로쿠렌 왕국군이 뿔뿔이 흩어져 도망치자 우리 군의 사기가 끝없이 높아졌습니다. 마치 개전을 반대했던 분위기가 거짓말이었던 것처럼……. 우리 군은 로쿠렌 왕국군이 태세를 가다듬기 전에 전진을 개시했고, 중요 거점을 차례로 확보했습니다. 그러자 로쿠렌 왕국이 서둘러 항복했습니다."

고우키가 무척 유쾌한 표정을 지으며 당시 상황을 설명했다.

로쿠렌 왕국은 항복함으로써 패전국이 됐다. 휴전 협정이 아니라 승전국이 된 카라스키 왕국은 우위에 서서 강화 조약을 체결했다. 여러 유리한 조건을 일방적으로 받아들이게 하자 나라가 부유해지고 국민의 불만도 깨끗하게 해소됐다.

"결과는 대승이었으나 위험한 다리를 건넌 것은 사실이었습니다. 개전에 이르게 된 경위에 거짓이 있었고, 우리 무사가 일을 그르치면 오히려 패전할 우려도 있었습니다.

특히 젠과 아야메 님이 폐하의 지시로 도망쳤다는 사실은 너무나 난처했습니다. 두 사람은 스스로의 의지로 도망쳤고 개전 발단을 만든 대역 죄인이 되어 그 뒤에도 공적으로 그런 취급을 받게 됐습니다."

두 사람은 야구모 지방에 있을 곳을 잃었다. 그러나 동시에, 젠과 아야메 두 사람이 이어지는 데 장해물이 되었던 신분의 벽도 없어졌다. 얄궂은 일이었다.

"당시, 폐하는 아야메 님이 젠을 좋아한다는 사실을 알고 계신 것 같았습니다. 젠이 아야메 님을 좋아한다는 것도 말입니다. 그러나 젠이 그대로 아야메 님의 호위를 맡았다고 해도 두 사람이 이어지는 일은 없었을 테지요. 로쿠렌 왕국 왕자의 노리개가 되는 조건을 제시받았을 때부터, 언젠가는 정략결혼으로 원하지 않는 상대와 결혼하게 됐을 겁니다. 그렇다면 아예 젠에게 맡기는 편이 낫지 않을까, 폐하는 생각하셨습니다. 그리고 그 결단이 정말로 옳았는지 계속 고민하셨습니다……."

전쟁 뒤, 카라스키 왕국의 국왕은 젠과 아야메의 지명 수배를 인근 제국에까지 뿌렸다. 또, 진실을 은폐하기 위해 진상을 아는 일부 사람에게 단단히 함구령을 내렸다.

젠의 어머니인 유바는 진상을 알 수 있었지만, 역시나 입막음을 당했다. 리오에게 진실을 말하지 못한 것은 그 때문이었다.

"미련이 남는 것은 저희도 마찬가지였습니다. 본인과 카요코는 아야메 님을 따라가지 못한 것을 계속 후회했습니다……."

고우키가 창피한 표정으로 말했다.

당시의 고우키와 카요코는 이미 결혼을 했고, 카요코의 배 속에 하야테가 깃들어 있었다. 아무리 그래도 임신한 채로는 가혹한 도망 생활을 따라갈 수 없었다.

또, 고우키와 카요코가 남음으로써 젠과 아야메가 도망쳤다는 이야기에 신빙성이 생긴다는 사정도 있었다.

하지만 두 사람의 임무는 아야메의 호위였다. 물론 하야테를 낳은 것을 후회하지는 않지만, 억지로라도 아야메를 따라가야 했던 것이 아닐까라는 생각을 멈출 수가 없었다.

"그러나 바로 며칠 전, 유바 공이 리오 님의 존재를 알리는 편지를 보내주셨습니다. 리오 님이 두 사람의 단서를 찾아 머나먼 저편에서 이 땅에 오셨다고요."

다른 사람의 말이면 몰라도 리오의 할머니인 유바의 전언이었다. 신빙성이 높았다.

그래서 고우키는 카요코와 함께 국왕에게 판단을 묻고, 리오가 정말로 아야메의 아들이라면 진실을 전해야한다는 사명을 받았다.

"리오 님의 존안을 뵀을 때는 감격했습니다. 아야메 님과 젠의 생김새가 짙게 느껴집니다. 그리고 확신했습니다. 리오 님은 아야메 님의 자식이 틀림없으심을요."

리오로서는 조금 성급한 기분이 들었는데, 그렇게나 아

야메를 닮았다는 걸까. 그리고 젠도. 얼굴도 기억나지 않는 젠은 그렇다 치고, 어릴 적 기억을 되살려 아야메의 얼굴을 떠올려봤지만, 잘 모르겠다.

"국왕 폐하와 왕비 전하, 즉 아야메 님의 부모님은 리오 님과 만나길 바라고 계십니다. 리오 님, 부디 본인과 함께 왕도에 가지 않으시겠습니까?"

"두 분이, 저를……."

상대는 리오의 조부모이지만, 솔직히 실감이 안 났다. 얼굴도 모르는 상대니까. 하지만, 아야메의 부모님이라면 만나보고 싶기도 했다.

그리고 이 상황에 거절한다고 그들이 물러날 것 같지도 않았다.

리오는 가볍게 심호흡을 하고 가슴을 진정시켰다.

"알겠습니다."

그리고 살짝 긴장한 목소리로 받아들였다.

그러자 고우키의 얼굴에 안도의 미소가 빛났다.

"승낙해주셔서 진심으로 감사드립니다. 갑작스레 황송하오나, 내일 아침에 이 마을을 떠날 생각입니다. 가는 길의 안전은 저희가 보장하겠습니다."

그리하여 리오는 다시 왕도로 향하게 되었다.

마을을 출발하고 며칠 뒤.

현재 리오는 카라스키 왕국의 왕성에 있었다. 정체를 숨긴 채, 고우키와 카요코를 따라 거의 안면 통과로 입성해 성 내의 어떤 방으로 안내받았다.

그곳에는 온화한 중년년 남녀 두 사람이 기다리고 있었다. 국왕 카라스키 호무라와 왕비 카라스키 시즈쿠다.

"오, 오오, 그대가 리오인가…… 확실히 아야메를 닮았구나."

호무라가 리오의 얼굴을 보고 목소리와 몸을 떨며 일어섰다. 시즈쿠는 감격해서 리오의 얼굴을 쳐다봤다.

'호무라 폐하와 시즈쿠 전하…… 확실히 왕비님은 어머니와 닮았어.'

리오도 멍하니 두 사람의 얼굴을 쳐다봤다. 바로 아까까지 어떤 인물일지 상상을 펼쳤는데, 실제로 대면하니 예상 외로 소탈한 인상을 줬다.

"……처음 뵙겠사옵니다. 호무라 폐하, 시즈쿠 전하. 리오라고 하옵니다. 두 분의 존안을 뵈옵는 영예를 내려주시어 황송하기 그지없습니다."

몇 초 정도 마주 보다 리오가 정중하게 이름을 밝혔다.

호무라가 쓴웃음을 지었다.

"귀여운 손자와의 대면이다. 그렇게 예의 갖춰 말할 것 없다. 그렇게 두려워하지 말거라."

"맞습니다. 그대는 우리의 손자인걸요."

국왕 부부가 쓸쓸하고도 조심스럽게 말했다.

"허락해주신다면, 그…… 노력하겠습니다."

리오가 어색하게 말했다.

"먼저 친근해질 필요가 있겠어. 당황한 것은 서로 마찬가지다. 일단 말을 나누지 않겠나."

"네, 이야기하고 싶은 것과 묻고 싶은 것이 아주 많습니다. 시간은 유한하지만, 열심히 이야기하지요."

호무라가 입가에 웃음을 짓자 시즈쿠가 우아하게 미소 지으며 찬성했다.

"그럼 일단 자리에 앉겠나?"

"네, 실례합니다."

리오가 자리에 앉았다.

"아아, 리오. 그대를 만나서 기쁘구나. 그대는 정말 아야메를 쏙 빼닮았어."

시즈쿠가 못 기다리겠다는 듯이 입을 열었다. 가만히 리오의 얼굴을 보며 얼굴 부위와 분위기가 아야메와 닮았다고 가리키기 시작했다.

"저는 시즈쿠 전하가 어머니와 똑같다고 느꼈습니다만……."

"어머, 그런가?"

리오가 부끄러워하며 말하자 시즈쿠가 신기해하며 고개를 갸웃거렸다.

"네. 만약 어머니가 이곳에 있었다면 자매로 착각했을

것 같습니다."

"어, 어머나. 부끄러워라. 나도 참, 할머니가 다 됐는데."

시즈쿠가 부끄러워하며 뺨을 붉혔다. 시즈쿠는 겸손해했지만, 무척 동안인 건 사실이었다. 아야메의 어머니라면 중노년일 텐데, 외모는 장년이라고 해도 믿을 것 같았다.

그 뒤에도 리오 일행은 더듬더듬 대화를 나누며 서로의 거리를 좁혔다. 시즈쿠는 감정 표현이 풍부해서 리오가 무슨 말만 하면 방긋방긋 미소 지었다.

그렇게 몇 분 정도 이야기를 나눴다.

"시즈쿠……. 그대가 그렇게 해맑게 웃는 것은 오랜만에 보는 것 같군."

호무라가 가련한 미소를 꽃피운 시즈쿠를 보고 말했다.

"어머, 싫어라. 그럼 제가 항상 억지로 웃는 것 같지 않습니까."

시즈쿠가 사랑스럽게 토라졌다.

"오오, 미안하오. 용서해주시게, 그런 의도는 아니었어."

호무라가 서둘러 사과했다.

그러자 시즈쿠가 기쁘게 미소 지으며 말했다.

"그러는 당신께서야말로 평소보다 배는 즐거워 보이십니다, 호무라 님."

"리오가 있으니…… 그런 것이겠지."

"그렇지요."

호무라와 시즈쿠가 얼굴을 마주 보며 미소 짓고 자연스

럽게 눈짓으로 작게 수긍했다.

"아가, 리오. 아야메와 젠의 이야기를 해주겠니?"

시즈쿠가 문득 그런 말을 했다.

지금까지는 친교를 다진다는 목적으로 이야기했지만, 이 질문에 담긴 의도는 확연히 달랐다. 호무라와 시즈쿠는 알고자 했다. 자신들이 내쫓은 두 사람이 그 뒤 어떻게 되었는지—. 당연히 흥미 본위로 한 질문이 아니었다.

"……결론부터 말씀드리자면, 두 사람 다 이미 죽었습니다."

리오가 살짝 기가 죽어 대답했다.

"……그건 들었단다. 하지만, 그……."

"왜 죽었는지, 어떻게 살았는지, 그런 것을 알고 싶다."

시즈쿠가 주눅 들어 말을 머뭇거리자 호무라가 결연히 질문을 구체화했다. 그 눈이 리오를 똑바로 쳐다봤다.

"……아버지는 제가 철이 들기 전에 돌아가셨습니다. 그래서 제 기억에는 어머니와의 추억밖에 없습니다. 그래도 괜찮으시다면……."

"그런가……. 그럼 그대의 기억에 있는 삶을 가르쳐주겠나?"

"……알겠습니다."

리오는 심호흡하고 천천히 고개를 끄덕였다. 아야메에게 전해 들은 아버지의 죽음과 아야메와의 추억을 이야기하기 시작했다.

하지만 그 내용은 유바에게 말한 것—젠은 모험가라는 일을 했는데 어느 날, 일을 실패하고 죽은 것, 그 뒤로 리오가 다섯 살 때까지 아야메와 둘이서 사는 삶이 이어졌다는 것 등—과 거의 같았다.

"어머니는 다정하고 미소가 끊이지 않는 사람이었습니다. 그래서 어릴 적에는 어머니와 둘이 있는 게 당연하다고 생각했습니다. 어머니는 아버지가 돌아가신 슬픔을 제게 전혀 보여주지 않으셨습니다."

리오가 아야메의 인품을 그렇게 평했다.

"결코 유복하지는 않았습니다. 하지만 아버지가 생전에 많이 저축한 덕분에 일하지 않고도 생계를 유지할 수 있었던 모양입니다. 주위 사람들에게 머리카락 색이 다르다고 편견에 찬 눈빛을 받기도 했지만, 매일 행복했습니다. 하지만 어머니와 제 생활은 그리 길게 이어지지 않았습니다. 제가 다섯 살 때, 어머니가…… 돌아가셨습니다."

리오는 어디까지 이야기해도 될지 판단하지 못하고 망설였다.

"다섯 살 때…… 그럼 그대는 그때부터 어떻게 살았지?"

시즈쿠가 주저하며 물었다.

리오는 혹시나 어머니의 사인을 묻지는 않을까 약간 긴장했다가 안도했다. 리오가 다섯 살 때 부모님을 잃은 사실의 임팩트가 강한 것 같았다.

"……빈민가에 사는 고아가 됐습니다."

리오가 쓴웃음 섞어 표표히 말했다.

"윽……."

그러자 시즈쿠가 당장에라도 울 것 같은 표정을 지었다.

호무라는 눈을 감고 손을 세게 틀어쥐었다.

"그래도 고아였던 건 일곱 살 때까지였습니다."

리오가 어깨를 살짝 으쓱했다.

"그런가……. 그럼 일곱 살 때부터는 어떻게 살았는가?"

호무라가 질문했다.

"당시 살던 나라의 요인을 도울 기회가 있어서 나라가 경영하는 교육 기관에 다니게 됐습니다."

"호오, 교육 기관이라……. 우리나라에도 그런 곳이 있는데, 조정 신료나 일부 무가만 다닐 수 있다. 그 나라는 달랐는가?"

"다르지 않습니다. 주위 사람들 모두가 이 나라에서 말하는 조정 신료나 왕가 분들이었습니다."

"……그럼, 고생했겠구나."

호무라는 신분에 의한 차별이 있었을 것이라고 바로 깨달았다.

"아뇨, 확실히 비난은 거셌지만, 잘 대해준 사람도 있었습니다. 덕분에 즐거운 나날을 보냈다고 가슴 펴고 말할 수 있어요."

리오가 부드럽게 미소 지었다. 전부 세리아 덕분이었다.

그래도 역시나 견디기 어려운지 호무라와 시즈쿠는 리

오를 똑바로 쳐다보지 못했다. 묵묵히 옆에 있던 고우키와 카요코도 비통한 표정을 지었다.

"그로부터 열두 살 때까지 학원을 다녔고, 이곳으로 오기로 했습니다."

"머나먼 서쪽에 여러 나라가 있다는 건 전해 들었다만……. 용케 무사히 이곳에 도착했구나. 덕분에 우리가 그대를 만날 수 있었어."

호무라가 리오에게 무척 감사하며 깊이 고개를 숙였다. 가족 앞이라고는 하나 왕은 쉽게 고개를 숙이는 존재가 아님을 알기에, 호무라의 감사가 리오에게 강렬하게 전해졌다.

"어릴 적, 어머니가 두 분 이야기를 해주며 약속했습니다. 언젠가 이곳으로 데려와 주겠다고요. 결국 그 약속을 이루지는 못했습니다만, 계속 이 땅에 와보고 싶었습니다. 하다못해 고향에 묘를 만들고 싶었어요."

"아야메가, 그대와 그런 약속을……."

호무라가 입술을 깨물었다. 기쁘고 미안하고 부끄러웠다.

시즈쿠가 훌쩍이는 소리가 방에 퍼졌고 호무라는 눈을 감고 침묵했다. 결코 짧지 않은 침묵이 실내에 내려앉았다.

"……리오. 아야메가 왜 죽었는지, 가르쳐주겠나?"

잠시 뒤, 호무라가 깊이 심호흡을 하고 리오에게 제일 묻고 싶지 않은 사실을 물었다.

"……솔직히 말씀드리자면 들으시기에 너무나 괴로운 이야기입니다. 그래도 듣고 싶으십니까?"

리오가 호무라와 시즈쿠에게 각오를 물었다. 들으면 속이 뒤집어질 이야기였다.

"우리는 알아야만 한다. 그 최후를 몰라서는 안 돼. 그리고 필요하다면······."

자신을 비난해달라는 듯이 호무라가 얼굴을 흐렸다.

"미안하구나······. 그대에게 진실을 말하게 하는 것이 잔혹함은 알지만, 우리는 듣지 않을 수가 없어."

시즈쿠가 고개를 숙이며 동의했다.

둘 다 강한 의지와 각오가 느껴지는 침착한 목소리였다.

"그렇습니까······."

리오는 무언가를 망설이는 것처럼 눈을 감고 작게 심호흡을 했다.

"어머니는······ 제 눈앞에서 살해당하셨습니다."

그리고 짧게 진실을 입에 담았다.

"윽······."

어느 정도 예상은 했을 테지만, 호무라와 시즈쿠는 눈에 띄게 동요했다.

"어머니를 죽인 사람은 루시우스라는 남자입니다."

리오는 신경 쓰지 않고 당시 상황을 이야기했다. 그것이 그들이 바라는 것이었으니까.

젠이 죽고 5년 동안, 아야메는 벨트람 왕국 왕도에 있는 소박한 집을 빌려 리오와 함께 살았다.

다행히 사치하지만 않으면 리오를 키울 수 있을 정도의

재산이 있었지만, 아야메의 부담은 상상 이상이었다. 잠깐 장을 보러 가려고 해도 리오에게서 눈을 뗄 수가 없었다.

그럴 때, 아야메를 도와준 사람이 루시우스라는 모험가 였다.

아야메가 루시우스와 알게 된 것은 아직 젠이 살아 있을 때였다.

당시, 아야메는 리오를 임신하고 모험가를 은퇴했다. 그 뒤, 젠은 한동안 홀로 모험가 일을 했는데 어느 날을 기점 으로 루시우스와 같은 의뢰를 맡는 기회가 늘었다. 실력은 있지만 아직 이국땅에 익숙해지지 않은 이방인인 젠에게 루시우스가 먼저 말을 걸었고, 이래저래 도와준 것을 계기 로, 젠은 루시우스를 자택으로 데려와 아야메에게 소개했 다. 그렇게 아야메는 루시우스를 알게 됐다.

그리고 리오가 태어난 지 얼마 안 되어 젠이 사망하자, 루시우스는 아이 키우기에 전념하는 아야메를 여러모로 도왔다. 예를 들어 아야메 대신 장을 보거나, 선물을 갖고 오거나, 어린 리오와 놀아줬다.

그 시절의 아야메와 리오는 루시우스가 상냥하고 다정 한 사람임을 의심하지 않았다. 모험가라서 눈초리가 날카 롭고 왠지 모를 박력이 있었지만, 외모가 깔끔했고 신사적 이며 사교적인, 친절한 사람이라고 믿었다.

하지만 그것은 전부 연기였다.

어느 날, 근처에 외출할 일이 생긴 아야메는 "금방 올 테

니까 누가 와도 문 열어주면 안 돼"라고 말하고 다섯 살이
된 리오에게 홀로 집을 보게 했다.

아야메가 집을 나간 직후, 루시우스가 방문했다. 리오도
처음에는 아야메의 말을 지키려고 없는 척을 했다.

"리오, 거기 있지? 나야, 루시우스야. 아야메가 너 좀 봐
달라고 해서 왔어. 문 좀 열어줄래?"

하지만 문 너머로 들린 목소리의 주인이 루시우스임을
알고 바로 문을 열고 말았다. 리오는 루시우스를 잘 알았
고 완벽히 신용했다.

그러나 루시우스는 사람이 변한 것처럼 냉혹한 인물로
바뀌었다.

"컥……."

루시우스는 집에 들어오자마자 리오의 배를 걷어찼다.

갑작스레 배에 충격을 받고 리오의 작은 몸이 날아갔다.
그 순간, 그의 배를 찬 루시우스의 다리가 보였으나, 리오
는 루시우스가 왜 그런 짓을 했는지 도무지 이해할 수 없
었다.

"어……째서……?"

리오가 바닥에 쓰러져 간신히 물어봤다.

"하하하. 알겠니? 리오. 세상에는 사람의 껍질을 쓴 악
마가 있어. 사람의 신뢰를 배신하고 악의를 퍼뜨리는 게
너무 좋아서, 무엇보다도 좋아서 참을 수 없는 나 같은 악
마가. 그것을 위해서라면 좋은 사람인 척할 수도 있어. 그

러니까 타인을 쉽게 신용하면 안 된다?"

루시우스가 리오의 머리를 잡아 얼굴을 들여다보며 "하나 배웠네?"라는 말을 덧붙이고 입가에 유열에 젖은 미소를 그렸다. 그 눈에는 광기마저 감돌았다.

"그런 악마가 뭘 좋아하는지 알아? 리오."

"……."

머리를 잡힌 리오는 입을 다물고 겁먹은 눈으로 루시우스를 쳐다봤다.

"악마는 말이지. 사람이 소중히 여기는 것이나, 아름다운 것을 보면 걷잡을 수 없을 정도로 망가뜨리고 부수고 싶어져. 특히 굳게 믿던 사람에게 배신당했을 때의 인간의 얼굴은 최고야."

루시우스가 말을 늘어놨지만, 리오는 무슨 말인지 이해하지 못했다.

"네 나이 때는 내 말 뜻을 아직 이해하지 못하려나? 애는 부수는 보람이 없어서 그렇게 좋아하지 않아."

루시우스가 탄식했다.

"그래도 말이지. 그런 너를 극상의 향신료로 만들 수는 있어. 너를 진심으로 소중히 여기는 아야메를 요리할 때 쓸 향신료로 말이야."

이때의 리오는 루시우스가 무슨 말을 하는지 이해하지 못했다. 눈앞에 있는 루시우스라는 존재가 무서웠다. 하지만 공포뿐만 아니라 희미한 혐오감 같은 것이 마음속에 싹

뒀다. 그래서 리오는 형언하기 어려운 감정으로 루시우스를 노려봤다.

"······호오. 쬐끔 괜찮은 눈을 하는데?"

루시우스가 흥미로워하며 눈을 크게 뜨고 씩 웃었다. 바닥에 엎드려 쓰러진 리오의 몸을 돌려 천장을 보게 하고 배를 밟아 바닥에 눌렀다.

"큭······."

리오의 입에서 괴로운 신음이 흘러나왔다.

"뭐, 꺄악꺄악 시끄럽게 굴면 흥이 깨지니 아야메가 돌아오기 전에 널 얌전하게 해놔야겠다. 아냐, 안 아파. 별거 아닌 약이야. 몸이 마비되고 정신이 조금씩 몽롱해져. 아야메가 빨리 돌아오면 **마지막으로 만날 수 있을지도?**"

루시우스가 리오의 머리카락을 잡아 얼굴을 들고 품에서 꺼낸 작은 금속 병을 입에 쑤셔 넣었다. 리오는 토하지도 못하고 정체 모를 액체를 삼켰다.

마시자마자 뱃속이 뜨거워지는 것이 느껴졌다. 그것이 서서히 온몸을 좀먹어 갔다. 호흡이 가빠지고 몸에 힘이 들어가지 않았다.

그때, 문이 열렸다. 문이 잠겨 있지 않다는 걸 알았는지 조금 거칠게 열렸다. 아야메였다.

"어서 와, 아야메. 일찍 왔네."

루시우스가 리오를 밟은 채로 아야메에게 편히 말을 걸었다. 리오는 달뜬 얼굴로 괴로운 숨을 토했다.

"뭐, 뭐하는 거예요?! 루시우스 씨!"

아야메가 멍하니 서 있다가 상황을 이해하고 상기된 목소리로 물었다.

"하하. 뭐하냐니, 그야 뻔하잖아. ————."

루시우스가 밝게 미소 짓더니 아야메에게 무슨 말을 했다.

그러나 이때는 이미 리오의 의식이 상당히 흐려져 있어서 대화 내용을 알아듣지 못했다. 시야도 흐렸다. 그런데 의식만은 멍하니 남았다.

그런 상태가 무한하다는 생각이 들 정도로 길게 이어졌다. 루시우스가 아야메에게 난폭한 짓을 하는 모습만이 흐릿하면서도 묘하게 선명히 기억에 새겨졌다.

그러나 리오는 마지막에 아야메에게 안긴 것 같은 느낌이 들었다. 꿈인지 현실인지 단언할 수 없지만, 아야메는 눈물을 글썽이며 부드럽게 웃고 있었다.

아마 현실일 것이라고, 그렇게 생각하고 싶었다.

그러나 아야메의 뒤에는 루시우스가 검을 쥐고 서 있고—. 루시우스는 몽롱한 리오와 시선을 맞추고 씨익 끔찍한 미소를 지었다.

그것이 리오가 기억하는 마지막 기억이었다. 그리고 다음에 의식을 되찾았을 때, 리오는 왕도 뒷골목에 버려져 있었다. 입은 옷에 **누군가에게서 튄 피가 묻어 있었지만**, 리오는 현실을 받아들이지 못하고 모호한 기억으로 집을 찾아 멍하니 왕도를 돌아다녔다.

얼마나 걸었는지는 모르겠지만, 리오는 드디어 자신의 집이었던 조악한 셋집을 찾았다. 그러나 문이 단단히 잠겨 있었다.

리오는 조금 낯이 익은 이웃을 찾아 어머니는 어디 있느냐고 물었다. 그러나 이웃은 리오를 기분 나빠하며 죽었다고 대답했다. 거기는 이제 빈집이 됐다고.

그렇게 리오는 왕립학원에 편입할 때까지 2년 동안 왕도 슬럼가에서 살게 된다. 마음속에 루시우스를 향한 끔찍한 원한을 품고—.

"이상입니다."

리오가 얼굴을 찌푸리고 말했다. 지금까지 누구에게도 말한 적 없는 암담한 자신의 과거— 그 모든 것을 이야기했다.

호무라도, 시즈쿠도, 고우키도, 카요코도, 방에 있는 모두 몸을 떨었다. 그 마음속에 싹튼 감정은 분노일까, 슬픔일까, 아니면 다른 무엇일까.

리오는 방에 있는 사람들을 가만히 쳐다보고 조금 후회했다. 정말로 진실을 가르쳐줬어야 했을까.

"리오, 그대는 우리를 원망하겠지. 아야메를 그런 상황에 처하게 만든 우리를……."

호무라가 감정을 억누르며 천천히 중얼거렸다.

"원망합니다."

리오가 조금의 망설임도 없이 딱 잘라 말했다.

"윽......"

사람들이 몸을 크게 떨었다. 비난받을 각오는 했지만, 리오의 솔직한 한마디가 가슴 깊이 찔러 들어왔다.

"저 같은 처지에 놓인 사람이 있었다면 그렇게 말하는 것도 당연하겠지요. 하지만 저는 딱히 여러분을 원망하지는 않습니다."

리오가 쓴웃음 섞어 덧붙였다.

사람들이 멍하니 리오를 쳐다봤다.

"죄송합니다. 놀라게 해드렸네요. 하지만 여러분이 크게 착각하셨는걸요. 묘한 죄책감이나, 가해자 의식은 갖지 말아주세요."

"......어째선가?"

호무라가 쉰 목소리로 물었다.

"저는 어머니께 사랑받으며 자랐고, 제일 가까이에서 어머니를 봐왔습니다. 그래서 알아요. 어머니는 여러분을 원망하지 않았습니다. 아버지와 결혼할 수 있게 돼서 오히려 감사하지 않았을까요? 그런데 제가 여러분을 원망하다니, 당치 않아요."

리오가 어머니와의 추억을 회상하며 웃었다.

"윽, 그런가......"

방에 있던 사람들이 다시 몸을 떨고 깊이 고개를 숙였다. 미안해서, 부끄러워서 견딜 수가 없었다. 묘한 죄책감, 묘한 가해자 의식이라는 리오의 표현이 정곡을 찔렀다. 리오가 원망한다고 했을 때보다 지금 한 말이 가슴을 더 깊게 파고들었다. 자신들의 무력함에 정말 어찌할 수 없는 안타까움을 느꼈다.

"하지만 리오, 한 가지 묻고 싶다. 그대는 아야메를 죽인 남자, 루시우스는 어떻게 생각하는가? 그 남자를 용서할 수 있겠는가?"

"아뇨, 용서할 수 없습니다. 아마도. 그 남자만은 절대로. 세상에는 도저히 용서할 수 없는 것이 존재함을, 바로 최근에 알았습니다."

리오가 감정을 억누르고 고개를 가로저었다.

"그럼 그대는 복수를 원하는가?"

"복수를 위해서 살 생각은 없습니다. 어디 있는지, 살아 있는지도 모르는 사람이니까요. 다만, 만약 그 남자와 만나게 된다면, 이 손으로."

"……그런가. 나도 왕이다. 지금까지 잔악한 인간을 여럿 보았다. 그렇기에 그대가 품은 감정을 이해하고, 부정할 수 없다. 하지만 그대가 복수의 길을 걷겠다면 묻지 않을 수 없는 것이 있다."

호무라가 리오의 각오를 가늠하듯이 눈을 가늘게 떴다.

"무엇입니까?"

리오가 호무라의 시선을 똑바로 받았다.

"복수는 정의가 아니다. 죽임당한 자가 복수를 바란다고 한정할 수도 없다. 복수는 새로운 복수를 낳기도 한다. 따라서 복수의 길을 걸으면 그 끝은 지옥이다. 돌아오고 싶어도 돌이킬 수 없는 일이 있다. 그것은 이해하고 있겠지?"

"네. 알고 있습니다."

"지금이라면 아직 물릴 수 있다. 그래도 죽이겠는가?"

"……네, 정했습니다. 더는 괴로운 현실에서 눈을 돌리지 않을 겁니다. 사람의 악의에도, 자신의 약함에도. 필요하다면 이 손을 더럽히는 것도 거리끼지 않겠습니다."

리오는 결연한 표정으로 담담히 자신의 의지를 표명했다.

그러자 호무라가 리오의 눈을 가만히 쳐다봤다. 그 고동색 눈에 망설임이나 광기는 담겨 있지 않았다. 그것은 이 세상에 절대적인 가치관이 존재하지 않음을 알면서도 자신의 가치관을 관철하기로 다짐한 이의 눈이었다. 자신의 복수만을 생각하고, 수단을 고르지 않으며, 이기적으로 원한을 사는 짓은 하지 않으리라.

호무라가 단념하고 탄식했다.

"……그런가. 그럼 그대의 복수를 막지 않겠다."

만약 리오가 이성을 잃을 것 같았다면 할아버지로서 괴로운 길을 걷지 않도록 유도하는 말을 했겠지만, 지금의 리오에게는 그런 짓을 해도 의미가 없었다.

호무라는 국왕으로서 오래 살아온 경험으로 그것을 이해하고 말았다. 사람의 감정은 허울만으로 흘러가는 가벼운 것이 아님을 알기에.

"……하지만 할아버지로서, 그대에게 의지를 관철할 힘

이 있는지 알고 싶다. 고우키와 대련해보지 않겠나?"

"……고우키 공과 대련을요?"

호무라의 갑작스러운 제안에 리오가 눈을 동그랗게 뜨고 고개를 갸웃거렸다.

"미안하다. 갑작스러운 말을 꺼내 당황하게 했구나. 단순한 늙은이의 부탁이다만……."

"아뇨, 그저 진의를 파악하지 못했을 뿐입니다……."

"루시우스의 일이다. 조금 전 이야기를 듣자 하니 상당한 실력자로 보인다. 그 녀석의 잔악한 인격을 봤을 때는 그 남자가 젠을 죽였다 해도 이상하지 않아. 그렇게 생각하지 않는가?"

"……네. 하나의 가능성으로 생각해본 적은 있습니다."

"젠이라는 남자는 나도 잘 안다. 전투에서 그리 쉽게 뒤처질 법한 남자가 아니야. 그렇지? 고우키."

호무라가 고우키를 봤다.

"네, 약간의 속임수로 열세에 몰릴 남자가 아닙니다. 만약 그 비열한 녀석이 젠에게 손을 댔다면, 인정하고 싶지 않지만, 상당한 실력자가 아니겠습니까."

고우키가 크게 고개를 끄덕이고 자신의 견해를 이야기했다.

"그래, 그거다. 언젠가 루시우스와 대치한다면 적어도 젠과 호각이거나, 그 이상으로 강해져야만 할 거다. 그리고 설령 루시우스가 젠을 죽이지 않았더라도 그대가 여행을 계속하려면 반드시 힘이 필요하겠지?"

호무라가 묻자 리오가 "네" 하고 고개를 끄덕였다.

"그 점, 고우키는 일찍이 젠과 호각을 다퉜고, 지금은 국내는 말할 것도 없고 인근 제국에도 적이 없다는 역전의 무사다. 우리나라에 그대의 실력을 가늠할 시금석으로 이 남자 이상의 존재는 없다. 어떤가, 대련해보겠는가?"

요컨대 호무라는 리오를 단련시키고 싶다는 것이었다. 전장에 나가면 일기당천, 귀신이라는 별명에, 전장에서 도륙한 강자의 수가 몇인지 헤아릴 수 없었다. 그런 고우키의 아래에 두면 손자가 귀중한 경험을 쌓을 수 있을 거라고 생각했다.

그런 호무라의 말 뒤에 고우키에 대한 전폭적인 신뢰가 엿보였다.

"바라지도 못한 이야기입니다. 지도받을 수 있다면 부탁드리겠습니다."

리오가 받아들이고 당돌한 미소를 지었다.

"그런가. 그럼 고우키, 리오를 맡겨도 되겠는가?"

"물론입니다. 부디 그 영광스러운 임무를 본인에게 내려주십시오."

호무라가 의중을 떠보자 고우키가 감격하며 고개를 끄덕였다.

"그럼 맡기겠다. ……리오. 미안하지만, 공무 중에 짬을 내서 와서 말이다. 오늘은 슬슬 자리를 물려야겠구나. 앞으로는 고우키의 저택에서 머물도록 하라. 물론 대련도 말이다."

아야메와 젠의 과거를 감안하면 리오의 정체를 밝힐 수 없기에 이 밀회는 아무도 모르게 해야 했다. 밀회 시간이 너무 길면 공백 시간을 수상히 여기는 가신이 나올지도 몰랐다. 슬슬 타임 리밋이었다.

그리하여 오늘의 밀회는 해산하는 쪽으로 갔다.

"리오, 이쪽으로 와주겠니?"

시즈쿠가 일어나 천천히 리오를 불렀다.

"……네."

리오가 고개를 끄덕이고 쭈뼛쭈뼛 시즈쿠에게 다가갔다.

시즈쿠는 살짝 리오를 안았다.

"오로지 홀로 이렇게 크게 자라다니. 용케 여기까지 와주었구나. 정말 고맙다."

자기보다 큰 리오의 몸에 얼굴을 묻으며 시즈쿠가 눈물을 흘렸다.

리오는 갑자기 안긴 탓에 살짝 몸을 굳혔다가 시즈쿠의 체온에 힘을 뺐다. 왠지 모르게 아야메가 떠올랐다.

"아뇨, 저야말로 두 분을 뵙게 돼서 정말 기뻤습니다."

리오가 쭈뼛쭈뼛 시즈쿠를 마주 안았다.

"그래……."

시즈쿠가 덧없는 미소를 그리고 지근거리에서 리오의 얼굴을 올려다봤다.

리오가 가까이에서 본 시즈쿠의 얼굴은 표정 없는 왕족이 아닌, 손자를 사랑하는 한 사람의 할머니였다. 할머니라고 하기에는 젊은 외모였지만.

호무라는 그런 두 사람을 자애로운 표정으로 지켜봤다.

"자, 갑시다. 시즈쿠."

"네⋯⋯."

호무라의 재촉에 시즈쿠가 아쉬워하며 방을 나갔다.

"그럼, 리오 님. 안내하겠습니다."

국왕 부부가 퇴실하자 고우키가 조용히 말했다.

"네. 부탁드려요."

리오는 왕성을 나와 사가 가로 이동했다.

사가 가의 저택은 왕도 중심부와 가까운 무가 거리에 있는데, 인적이 드물고 한적한 분위기가 감돌았다. 각 저택 부지에 담을 둘렀는데 차폐물인 초목을 그리 많이 기르지 않아서 소박하면서도 튼튼한 멋진 저택이 지어져 있었다.

"이쪽입니다."

당도한 사가 저택은 무가 거리 안에서도 한층 훌륭한 저택이었다. 나무와 회반죽으로 만들고 군데군데 붉은 도장을 칠했다.

리오는 저택을 보고 감탄하며 마당 문을 지났다. 두 사람의 안내를 받으며 마당 안으로 들어가자 어린 소녀의 목소리가 들렸다.

"아버님, 어머님! 다녀오셨어요!"

이제 열 살 정도 된 귀여운 소녀가 나타났다.

도복을 입고 손에 목검 한 자루를 들었다. 커다란 보석 같은 아름다운 눈, 또렷한 이목구비, 무척 부드럽고 매끄러운 도자기 같은 하얀 피부, 하나하나가 극상의 요소가 되어 천진난만한 소녀를 이뤘다. 등까지 기른 칠흑색 비단실 같은 머리카락이 옷을 스치며 사라락 아름다운 소리를 연주했다.

'······응?'

소녀를 본 리오가 갑자기 걸음을 멈췄다. 예전에 어디서 본 것 같은 기시감이 들었다. 그것도 극히 최근에. 그러자 한 여성이 소녀를 쫓아왔다.

"주인어른, 마님. 다녀오셨습니까. 저기 계시는 분은 손님이신······."

여성이 공손히 인사하다가 리오의 얼굴을 보고 몸을 굳혔다.

리오도 여성의 얼굴을 보고 기시감의 정체를 깨달았다. 두 사람은 바로 며칠 전, 리오가 사요와 왕도를 걷던 중 마주친, 유괴될 뻔한 소녀와 그녀의 호위로 보이는 여성이었다. 설마 이런 곳에서 만날 줄이야, 운명의 장난에 어안이 벙벙했다.

"이게 무슨 무례냐! 아오이."

고우키가 리오를 보고 굳은 여성— 아오이를 질책했다.

"소, 송구합니다!"

아오이가 새파랗게 질려 급히 고개를 숙였다.

"……대감, 무슨 사정이 있는 것 같습니다. 아오이, 이유를 말해보세요."

카요코는 리오와 아오이의 반응을 기민하게 알아차리고 어쩌면 면식이 있을지도 모른다고 생각했다. 그리고 아오이에게 설명을 요구했다.

"그, 그것이, 저쪽에 계신 분이, 코모모 아가씨의 은인이시기 때문입니다."

아오이가 머뭇거리며 이유를 설명했다.

"은인?"

저번 일의 소녀— 코모모가 이상하다는 듯이 고개를 갸웃거렸다. 기억 못 하는 게 당연했다. 코모모는 유괴당했을 때, 의식을 잃었으니까.

"지난 날, 아가씨가 상업 구역에서 악당에게 습격당했을 때 마주쳐서……."

리오가 겸연쩍어하며 자백했다.

"오, 오오?! 그렇습니까! 이 무슨 우연인지요."

고우키가 납득하고 놀라서 눈을 크게 떴다.

"그때, 제가 일이 복잡해지기 전에 몸을 숨겼던지라, 저분이 놀라시는 것도 당연합니다. 부디 저분을 탓하지 말아주세요."

리오가 아오이 편을 들었다.

"으, 으음. 그렇게 말씀하신다면……. 관대한 배려를 베풀어주셔서 송구스럽습니다. 아오이, 그대도 인사를 올리게."

고우키가 아오이를 째릿 노려보며 리오에게 머리를 숙였다.

"죄, 죄송했습니다! 조금 전에는 무례를 범했습니다! 관대한 마음에 깊이 인사드립니다. 감사합니다!"

아오이가 과할 정도로 공손하게 사과와 감사를 입에 올렸다. 리오를 대하는 고우키를 보고 리오가 상당히 높은 사람일 것이라 생각한 모양이다.

"아, 아뇨……. 그렇게 대단한 일은 하지 않았습니다."

리오가 쓴웃음 지으며 고개를 저었다. 타인에게 과하게 공경받으니 괜히 마음이 불편했다. 이곳에서 머무는 동안은 피곤할 것 같아 살짝 어깨를 떨궜다.

"저기…… 잠깐 괜찮으세요?"

코모모가 리오에게 쭈뼛쭈뼛 말을 걸었다.

"네. 무슨 일인가요?"

"처음 뵙겠습니다. 사가 코모모라고 합니다. 지난번에 저를 악당에게서 구해주셔서 정말 감사합니다."

코모모가 공손히 말하고 리오에게 꾸벅 머리를 숙였다.

"정중한 말 고맙습니다. 제 이름은 리오. 그 뒤로 어디 불편하진 않았나요?"

리오가 미소 지으며 대답했다.

"아뇨, 덕분에 건강해요!"

코모모가 해맑게 웃고 승리의 포즈를 취했다.

"다행입니다."

"리오…… 공, 제 딸을 구해주셔서 정말 고맙습니다. 본인도 진심으로 감사드립니다."

공이라는 경칭을 붙이는 데 순간의 틈이 있었던 이유는, 고우키가 심적으로 저항했기 때문이었다. 이 저택에 머무는 동안은 리오를 평범한 손님으로 대하기로 했지만, 당장 실천하려고 하니 격한 갈등이 생겼다. 고우키 일행이 리오를 대하는 언행은 평범한 손님이라기보다는 중요한 손님을 대하는 것에 가까웠다.

"아뇨. 따님이 정말 귀엽네요."

"칭찬해주시니 감사할 따름입니다. ……한데 리오 공. 대련은 어떻게 하시겠습니까? 원하신다면 바로 준비하겠습니다만."

고우키가 기뻐하며 예를 올리고 리오의 의중을 떠봤다.

"그렇군요. 그럼 바로 부탁드려도 될까요?"

리오가 웃으며 고개를 끄덕였다. 대련해보고 싶은 것은 리오도 마찬가지였다.

정령의 주민의 마을에 있었을 때는 대련 상대가 부족하지 않았는데, 야구모 지방에 오고부터는 자기 단련이 주가 돼서 실력자와의 모의전에 굶주려 있었다.

"아버님, 시합하시는 거예요?!"

대련이라는 말을 들은 코모모의 표정이 활짝 피었다.

"음. 시합이다. 하야테는 훈련장인가?"

"네! 저도 조금 전까지 연습하고 있었습니다."

"그런가. 그럼 너도 견학하거라. 공부가 될 거다. 그럼 리오 공, 이쪽이 훈련장입니다."

리오, 고우키, 카요코, 코모모, 아오이, 다섯 명이 훈련장으로 향했다.

일행이 도착한 훈련장에서는 하야테가 묵묵히 목검을 휘두르고 있었다. 훈련장은 야외였고, 꽤 넓었다. 한구석에는 도장 같은 건물도 있었다.

"오오, 아버님, 어머님, 돌아오셨…… 아니, 리오 공?!"

하야테가 고우키와 카요코를 보고 밝게 웃었다가 뒤에 있는 리오를 보고 얼빠진 소리를 냈다.

"안녕하세요, 하야테 공. 오랜만, 은 아니네요."

하야테의 반응에 리오가 쓴웃음 지으며 재회 인사를 했다.

"으, 음. 그런데 리오 공이 왜 이곳에?"

"리오 공은 우리 집에 손님으로 머물게 됐다. 지금부터 리오 공과 대련할 테니 너도 보거라. 목검을 가져오도록."

고우키가 당황한 하야테의 의문을 무시하고 담담히 사정을 설명했다. 그리고 지금부터 대련하겠다며 목검을 가져오게 했다.

"네, 네!"

하야테가 서둘러 고개를 끄덕이고 모의전용 목검을 가지러 갔다. 눈 깜짝할 사이에 준비를 끝낸 리오와 고우키가 목검을 들고 훈련장 중앙에서 서로를 마주 봤다.

심판인 카요코가 두 사람에게 다가왔다.

"우리나라 무사의 대련 규칙은 실전에 준한 것부터 그렇지 않은 것까지 위험도에 따라 내용이 바뀝니다. 이번에는 어떤 규칙으로 대련하시겠습니까?"

"고우키 공, 어떠십니까?"

"리오 공에게 맡기겠습니다."

리오가 의중을 떠보자 고우키가 리오에게 판단을 넘겼다.

"그럼 실전에 준하는 규칙으로 대련 부탁드립니다."

리오가 망설임 없이 실전에 준한 대련을 요청했다. 그러자 고우키가 참지 못하고 기뻐하며 입가를 끌어올렸다. 카요코도 약간 싱글벙글했다.

한편, 하야테는 미묘하게 난처한 얼굴로, 코모모는 감탄한 눈빛으로 리오를 쳐다봤다. 아오이는 조마조마 걱정스럽게 리오를 응시했다.

각기 다른 안색을 보였다.

"……알겠습니다. 이번 대련은 살인 외에는 무엇이든 가능합니다. 다소의 부상은 정령술로 치료가 가능하니 부디 사양 말고 대련해주십시오. 어떠십니까?"

카요코가 리오를 보며 확인했다.

"이견 없습니다."

리오가 조금의 두려움도 없이 말했다.

"그럼, 두 분. 거리를 두고 준비하십시오."

카요코의 지시에 따라 리오와 고우키가 적당한 거리를 두고 마주 봤다. 목검을 고쳐 들고 자세를 잡았다.

"시작!"

카요코가 대련 개시 신호를 내렸다.

직후, 리오가 흡사 순간 이동처럼 전진했다. 순식간에 고우키를 자신의 사정거리 안에 넣고 목검을 휘둘렀다.

"윽?!"

고우키는 리오가 갑자기 눈앞까지 다가오자 경악했지만, 조금의 망설임도 없이 앞으로 뛰어들었다. 서툴게 후퇴하면 선수를 빼앗길 것이라 생각했다. 되든 말든 상체를 낮추고 달려 리오의 검을 제치고 상대의 품에 파고들려 했다.

리오는 얼른 무릎을 내질러 상체를 숙인 고우키에게 무릎 차기를 먹였다. 그러나 고우키가 검 자루 끝으로 리오의 무릎을 때리려는 것을 알아차리고 즉각 후퇴했다.

두 사람은 거리를 두고 처음부터 다시 태세를 가다듬고 서로를 쳐다봤다.

'음…… 움직임의 예후를 거의 파악하지 못했다. 어떻게 가속하는지도 모르겠고, 아직 어린 몸인데 이 무슨 기량이란 말인가.'

고우키가 등에 식은땀을 흘리며 입가에 대담한 미소를 그렸다.

보통 인간은 신체를 움직이기 위해 육체에 힘을 싣는 동작이나 예비 동작을 해야 한다. 다만, 숙련된 무예가는 그 움직임을 확인하고 다음 수를 잡을 수 있는 눈을 갖고 있고, 자신의 움직임을 확인하지 못하도록 몸에서 힘을 빼고 움직이는 기술도 익히고 있다.

고우키는 조금 전의 짧은 교환으로 리오가 숙련된 무예가임을 확인했다.

'저 속도, 설불리 거리를 좁혀서는 안 되겠군. 거리를 두고 선수를 빼앗길 수밖에 없어. 긴장을 늦추면 순식간에 베인다. 그렇다면…….'

고우키는 아슬아슬한 거리까지 리오에게 다가갔다. 이만큼 가까우면 충돌을 우려해 아까 보여준 사람을 벗어난 속도는 내지 못할 것이라고 생각했다. 판단은 틀리지 않았다.

리오는 정령의 주민의 마을에서 배운 바람의 정령술로 자신의 몸을 예비 동작 없이 강제적으로 가속시키고 탈력해서 움직이는 기술을 조합해 상대의 허를 찌르는 이동술을 개발했는데, 이 이동술의 결점은 너무 속도를 내면 재빠르게 대응할 수 없고 상대와의 거리가 너무 좁으면 가속할 공간적인 여유가 없어져 기술 사용 자체에 제약이 걸린다는 점이었다. 그 때문에 어느 정도 넓은 필드에서 움직이며 싸워야만 그 진가를 발휘했다.

'거리를 좁혔나. 역시 전투에 익숙해. 내가 거리를 벌리려고 하면 곧바로 공격하겠지. 그럼―.'

리오는 자신의 속도에 즉각 대응책을 찾아낸 고우키에게 감복했다. 과연 귀신이라고 불릴 만한 남자였다.

그러나 다음 순간에는 몸에서 힘을 빼고 고우키의 사정거리에 들어갔다. 고우키가 즉각 반응하고 검을 휘둘렀지만, 리오도 어렵지 않게 받아쳤다.

서로의 목검이 격렬히 부딪치고 날카로운 소리가 훈련장에 울려 퍼졌다.

그 순간, 서로의 사정거리에 들어간 두 사람이 눈으로 좇을 수 없는 속도로 검을 휘두르기 시작했다. 서로 공격 예후를 지우고 공격했으나, 그것을 전부 간파하고 대처했다. 짧은 시간에 격렬한 공방을 펼치자 두 사람의 검 끝이 교차하듯이 땅에 처박혔다.

"장래가 두렵습니다. 그 나이에 그만한 숙련 기술을 갖고 있다니. 당시의 본인과 젠을 확연히 웃돕니다. 이런데도 육체적으로, 경험적으로 아직 전성기가 아니라니……."

고우키가 멈춰서 씨익 웃었다.

"훈련을 멈추지 않았으니까요."

"두 손 들었습니다……."

고우키가 말하며 리오에게 목검을 휘둘렀다. 리오는 몸을 반전시켜 고우키의 옆으로 돌아 참격을 피하며 공격했다.

고우키는 얼른 휘두른 검을 끌어와 리오의 공격을 막았다. 서로의 목검이 격렬히 부딪치자 두 사람이 검을 맞대고 밀어냈다.

"……그렇게 보이지는 않습니다만?"

"이렇게 설레는 전투는 거의 맛볼 수가 없으니까요. 게다가 그 상대가 리오 공이라면 더 분발해야 하지 않겠습니까."

고우키가 말하며 천천히 몸을 물리고 힘차게 발을 내딛더니 눈이 따라갈 수 없는 속도로 3연속 찌르기 공격을 했다.

리오는 그 공격을 깔끔하게 피했다. 고우키는 몇 년, 몇십 년이나 검을 휘둘러왔으리라. 지금 공격에는 그렇게 쌓아올린 기량의 결정이 담겨 있었다.

그래서 리오는 생각했다. 고우키는 리오가 여태껏 싸워온 사람들 중에서도 특출난 힘을 가졌음이 틀림없다고. 고우키는 인간이라서 정령술로 신체 능력을 강화해도 수인과 드워프에게 밀릴지도 몰랐다. 하지만 전투 기술만 보면 더 나았다.

"젠도 무예에 천부적인 재능을 가졌던 남자였는데, 그 재능이 빠짐없이 리오 공에게 이어진 것 같습니다. 아니, 그 이상이라고 할까요."

고우키가 조금 전의 3연속 찌르기보다 더 날카로운 2연속 찌르기 공격을 했다.

리오는 두 번째 공격이 들어온 타이밍을 노려 고우키의 검을 쳐냈다. 고우키가 살짝 균형을 잃었다.

리오가 그 틈을 찔러 고우키의 몸에 돌려 차기를 먹였다. 고우키는 얼른 오른팔로 방어했지만, 세차게 날아가고 말았다.

'큭, 검술과 체술을 연동시키다니…… 훌륭하다.'

고우키는 절대 가볍지 않은 대미지를 입었지만, 표정이 밝았다.

하야테와 아오이는 고우키가 날아가는 광경을 놀라서 쳐다봤다. 냉정한 카요코마저 눈을 살짝 크게 떴다.

그러나 단 한 사람, 코모모만은 눈을 빛냈다. 조금 전부터 펼쳐진 고결한 대련을 놓치지 않도록, 공경과 동경의 마음을 담아―.

고우키는 자기도 모르게 걷어차인 기세를 이용해 리오와 거리를 두려고 했다. 그러나 리오는 그야말로 신풍과 같이 이동해 순식간에 고우키에게 다가갔다.

고우키는 부득이하게 리오에게 응전했다. 리오의 연격을 간신히 피했지만, 방어만으로 벅찼다.

"이 무슨, 설마, 아버님이……."

하야테는 고우키가 지는 모습을 상상하고 경악했다. 여태껏 패배를 몰랐던 고우키가 질 상황에 처하다니 믿을 수 없었다. 그것도 자기보다 어린 소년에게 말이다.

그러나 상상이 눈앞에서 현실이 되려고 했다. 아직 리오에게 한 번도 유효타를 얻지 못한 고우키에 비해, 리오는 고우키에게 여러 번 유효타를 얻어냈다. 아니, 만약 진검을 썼더라면 고우키는 이미 전투 불능이 됐을지도 몰랐다.

고우키가 검이 주체인 전투 스타일인 것에 비해 리오는 검술과 체술을 섞은 변화무쌍한 전투 스타일이었다. 상대에게 자신이 검만 쓰는 스타일이라는 인상을 준 뒤 갑자기 기절할 것 같은 타격을 주는 식으로, 질이 나빴다.

실제로 고우키는 그것에 당했다. 숙련된 경험과 감으로 치명타가 될 공격은 막았지만, 여러 번 좋은 타격을 맞아 버렸다.

고우키의 다리가 희미하게 떨렸다. 대미지가 축적됐다는 증거였다.

그래도 고우키는 두려워하는 기색이 없었다. 이 훌륭한 대련을 그렇게 간단히 끝낼 수 있겠느냐며 기합과 의지로 버텼다.

"하하하. 가슴이 오싹합니다!"

고우키가 사나운 미소를 지으며 외쳤다. 그리고 속도로 자신을 웃도는 리오를 상대로 일부러 거리를 두고 망설임 없이 부드럽게 검을 쥐었다.

'검에 마력이 모이고 있어⋯⋯.'

리오는 즉시 고우키가 어떤 기술을 쓰려고 한다는 사실을 알아차렸다. 뛰어들어 거리를 좁힐 수도 있었지만, 무슨 기술인지 모르는 상태에서는 안 좋은 수였다.

"아, 아버님, 설마 그것을?!"

훈련장 구석에 있던 하야테가 소리쳤다. 고우키가 지금부터 펼칠 기술이 무엇인지 짐작한 모양이었다. 그리고 그 위력도.

그러나 리오는 주눅 들지 않았다. 정면에서 받아 보이겠다는 듯이 자신도 마력을 모으며 고우키를 쳐다봤다. 그 순간—.

"오의, 제1검,《단공》!"

고우키가 한일자로 검을 휘둘렀다. 거대한 횡격이 리오를 향해 날아왔다. 그것은 정령술로 만들어낸 마력을 띤 바람의 칼날이었다.

정령술은 마법과 달리 주문 영창이 필요하지 않아서 일일이 기술 이름을 부여할 필요가 없다고 생각할 수도 있으나, 정령술은 자신의 뜻과 이미지를 마력인 오드에 담아 마나로 전해 사상을 일으키는 기적의 기법이다. 기술에 이름을 붙여 뜻과 이미지 강화로 이어지는 합리성은 부정할 수 없었다.

게다가 고우키처럼 숙련된 검사가 매일 단련하며 찾은 이상적인 자세로, 일도양단할 기개로 검을 휘두른다면 더욱 그랬다. 실제로 고우키가 펼친 바람의 참격은 강력했다. 인간 정도라면 여러 명을 한꺼번에 베어 갈라 쓰러뜨릴 수 있으리라.

리오는 곧바로 위력을 알아차리고 목검으로 참격을 받아내기를 포기했다. 단, 피하는 것이 아니라 정면에서 받아내기로 했다. 체내에 모은 마력을 조종해 오른손에 모아 옆으로 휘둘렀다.

그러자 리오의 눈앞에 해일 같은 물의 벽이 생겨나 바람의 참격과 격돌했다. 파열음과도 같은 소리가 훈련장에 울

려 퍼졌고, 주위에 폭풍과 많은 물이 흩날렸다.

"으음, 이 무슨……?!"

물보라로 시야가 흐려진 고우키가 살짝 눈을 좁혔다. 리오는 그 틈에 고우키의 옆으로 돌아들어가 목검을 찔러 넣어 목 아슬아슬한 위치에서 멈춰 세웠다.

"거기까지! 대련은 리오 공의 승리입니다."

심판인 카요코가 재빠르게 말했다.

"……본인이 졌습니다."

고우키가 몸에서 힘을 빼고 자신의 패배를 인정했다.

"고맙습니다."

리오가 인사하고 검을 거두었다.

"거참, 물기 없는 곳에서 이 정도의 물을 순식간에 만들다니…… 정말 놀랐습니다. 리오 공은 정령술에도 범상치 않은 재능을 가지셨군요."

고우키가 리오를 노골적으로 칭찬했다.

"아, 아버님! 마지막 일격은 너무 지나치신 것 아닙니까?!"

하야테의 목소리가 울려 퍼졌다. 직전까지 아오이와 나란히 아연실색하고 있었지만, 겨우 정신을 차리고 마지막 참격에 항의했다.

"리오 공이라면 어떻게든 할 것이라 믿었기에 그 오의를 쓴 거다. 실제로 괜찮지 않았는가."

고우키가 쓴웃음 지으며 고개를 저었다. 하야테는 납득하지 않았다.

"그건 결과론 아닙니까?! 직격했다면 즉사였습니다!"

"하야테. 그런 걸 멋이 없다고 하는 거다. 이래저래 부딪 혀보고 리오 공에게 그 공격이 맞을 리 없다는 걸 알았다."

"부, 분명 리오 공은 심상치 않은 힘을 자랑합니다만……."

"고우키 공은 제가 대처할 수 있을 거라고 생각하셔서 그 기술을 쓰셨을 거라 생각합니다."

리오가 쓴웃음 지으며 고우키 편을 들었다.

"허, 허나 말일세. 리오 공……."

"전투 중에 허를 찔러 공격한 것이면 몰라도, 그렇게 바로 앞에서 정정당당히 공격하면 대처해달라고 하는 것과 같지요. 그리고 실전에 준한 대련을 바란 것은 저니까요. 다소의 위험은 각오했습니다."

"그것은……."

공격이 온다는 것을 알았더라도 그 기술에 대처할 수 있을 사람은 그리 많지 않다. 정면에 선 고우키의 기백에 눌려 오금을 못 펴도 이상하지 않았다. 거기에다가 그 참격을 간파하고 활로를 찾아내는 짓은, 최소한 하야테는 절대로 하고 싶지 않았다.

하지만 실제로 공격당한 리오가 전혀 신경 쓰는 기색이 없어서 더 항의할 수는 없었다.

"그런 거다, 하야테. 뭐, 나는 피할 거라 생각했다만……."

고우키가 의기양양한 표정으로 고개를 끄덕였다. 단, 뒷 말은 사그라질 것 같은 목소리로 중얼거렸다. 힐끗 카요코를 보니 차가운 시선이 꽂혔다.

'으음, 조금 도가 지나쳤나 보군.'

고우키는 몰래 식은땀을 흘렸다. 아무리 실전에 준하는 대련이라고 해도 살상력이 높은 위험한 공격을 공경해야 하는 상대에게 사용한 것은 잘한 일이 아니었다. 나중에 카요코에게 가벼운 잔소리를 들을 것 같았다.

"하지만 위험한 기술을 사용한 것은 틀림없습니다. 리오 공, 송구합니다."

그래서 고우키는 미안해하며 리오에게 깊이 고개를 숙였다.

"아뇨, 괜찮아요. 훌륭한 기술이었습니다."

리오가 밝게 고개를 저었다. 서로의 기량을 헤아리고 맞지 않는다고 신뢰했기에 쓴 기술이었다. 리오는 오히려 영광이라고 느꼈다.

"저, 저기!"

갑자기 코모모의 들뜬 목소리가 들렸다. 모두의 시선이 코모모에게 쏠렸다.

"저와도 승부해주세요!"

코모모가 커다란 눈을 반짝반짝 빛내며 리오에게 승부를 제안했다.

"으음……."

리오는 갑작스러운 부탁에 허를 찔려 말문이 막혔다.

"흐하하, 코모모는 강자에게 끌리는 경향이 있습니다.

지금 대련을 보고 안절부절못했을 겁니다."

고우키가 호쾌하게 웃고 코모모의 심경을 해설했다.

"네! 훌륭한 전투였습니다! 아버님을 이긴 사람은 처음이에요!"

코모모가 천진난만하게 웃으며 동의했다.

"그러니까 부탁드립니다!"

그리고 기운차게 머리를 숙였다.

"……알겠습니다. 좋아요."

리오가 흐뭇해 하며 받아들였다. 코모모의 적극적인 자세에 감동받았다.

"리오 공, 제 딸의 부탁을 들어주셔서 정말 감사합니다. ……코모모. 리오 공은 그대보다 훨씬 위에 계신 분이다. 한 수 배운다 생각하고 임하거라."

"네! 고맙습니다!"

코모모가 기운차게 고개를 끄덕이고 리오에게 인사했다.

"그럼 일단 주위에 흩어진 물부터 어떻게 하죠."

리오가 주변 땅에 생긴 물웅덩이에서 모든 물을 끌어와 소용돌이처럼 회전시켰다. 그리고 가볍게 손을 움직여 훈련장 구석으로 몰고 갔다. 고작 몇 초 사이에 벌어진 일이었으나 리오를 제외한 모두가 눈을 동그랗게 뜨고 쳐다봤다.

"이만한 물을 순식간에 만들어내는 것도 그렇고, 리오 공은 엄청난 물의 정령술사이시군요. 오래 살았습니다만, 이렇게 멋진 물의 정령술은 처음 봅니다."

고우키가 놀라움을 표현했다.

"아뇨, 그렇게까지는……."

리오가 얼버무리며 고개를 저었다. 사람들의 반응을 보고 자기가 조금 고도의 기술을 썼다는 것을 깨달았다.

참고로 이 정도는 하이엘프 오피아는 손쉽게 해내고, 물의 정령술에 적성이 있는 마을 사람들은 비교적 쉽게 하는 수준이었다. 하지만 인간보다 정령술 적성이 높은 정령의 주민들과 비교하는 것 자체가 잘못됐다. 리오는 비교 대상을 잘못 골랐다.

"그럼 코모모 씨. 해볼까요?"

리오는 성가신 추궁을 받기 전에 얼른 훈련장 가운데로 향했다.

"네!"

코모모가 얼른 리오와 대련하고 싶은지 흥분해서 뒤를 쫓았다. 다른 사람들도 일단은 지금부터 시작될 대련에 집중했다.

훈련장 가운데에 서자 코모모의 표정이 늠름해졌다. 마음을 가라앉히고자 심호흡을 하고 두 손으로 목검을 잡아 겨눴다.

리오는 돌변한 코모모의 분위기에 감탄하며 눈을 크게 떴다.

대련은 곧 시작됐다. 두 사람의 실력 차이가 확연해서 리오가 코모모의 연습을 도와주는 식으로 대련이 진행됐다.

"그건 안 좋은 수군요. 지금은 거리를 두고 자세를 다듬 어야 합니다."

리오는 과감히 코모모의 공격을 받으면서 코모모의 행 동거지에 좋지 않은 부분이 있으면 적극적으로 파고들며 아픈 곳을 찔렀다.

보통 승패가 갈릴 장면이 여러 번 나왔지만, 대련을 중 단하지 않고 코모모가 만족할 때까지 마음껏 검을 휘두르 게 했다. 그러는 사이, 코모모도 조금씩 무엇이 잘못됐는 지 생각하며 움직이게 됐다.

"하아, 하아……."

10분 정도 치고받으니 코모모가 거친 숨을 쉬며 쓰러지 듯이 주저앉았다.

하지만 무척 만족스러운 표정이었다. 평소 가족과 싸우 는 것만으로는 절대 얻을 수 없는 경험을 쌓게 되어 마음 깊은 곳에서 기쁨을 음미했다.

자신은 좀 더 위로 갈 수 있다. 더 강해질 수 있다고 강 렬하게 실감시켜준 리오가 눈부셔서 코모모는 마음을 빼 앗긴 것처럼 리오를 올려다봤다.

고우키와 대련한 다음 날.

리오는 다시 카라스키 왕국의 왕성에 들러 호무라와 시

즈쿠와 밀회를 가졌다.

"……이야기는 들었다. 고우키에게 승리했구나. 훌륭하다는 말밖에 할 말이 없다."

호무라가 입을 열자마자 놀라며 리오를 칭찬했다.

호무라는 밀회가 시작되기 전에 고우키에게 대련 결과를 들었다. 설마 귀신으로 이름 높은 고우키가 질 줄은 상상도 못 했다. 처음에는 무슨 농담인 줄 알았다. 하지만 고우키가 그런 농담을 할 인간이 아님은 호무라가 제일 잘 알았다.

사실을 받아들이는 데 결코 적지 않은 시간이 필요했지만, 이렇게 리오와 대면하는 사이에 어찌어찌 진정을 되찾았다.

"대단하구나, 리오. 저 고우키를 이기다니."

시즈쿠가 낭랑하게 웃으며 리오를 칭찬했다. 칭찬 속에 당황이 섞인 호무라와 달리 시즈쿠는 순수하게 리오의 승리를 기뻐했다.

"고맙습니다."

리오가 수줍어하며 고개를 숙였다.

"고우키 아래에서 한 수 배우게 할 셈이었는데 괜한 생각이었나 보군……."

호무라가 쓸쓸한 미소를 지었다.

호무라는 고우키에게 리오를 가르치게 할 생각이었다.

그러면 필연적으로 리오가 왕도에 살게 되어 밀회 빈도

가 늘지 않을까, 몰래 그런 생각을 하기도 했다.

이러저러한 사정으로 리오의 정체를 밝힐 수 없는 이상은 리오와 과도한 접촉을 피해야 했지만, 그래도 리오와 만나고 싶다는 마음이 컸다.

"아뇨, 귀중한 경험을 쌓을 수 있었습니다. 고우키 공 같은 분과 싸울 기회는 그리 많지 않으니까요. 배려해주셔서 고맙습니다."

그런 호무라의 심정을 아는지 모르는지 리오가 솔직한 감사의 말을 올렸다.

"그런가. 그렇다면 다행이다만……. 리오. 가끔이라도 좋다. 그대가 이 땅을 떠날 때까지 또 왕성으로 와서 우리의 이야기 상대가 되어주지 않겠나?"

호무라가 리오를 살피며 물었다. 시즈쿠도 기대하며 리오를 쳐다봤다.

"그것은…… 네. 저라도 괜찮으시다면."

조부모님의 따뜻한 시선에 리오가 우물쭈물 고개를 끄덕였다.

"……그래. 고맙다."

호무라가 고마워하며 리오에게 머리를 숙였다.

"머리는 숙이지 말아주세요."

리오가 서둘러 말렸다.

"아니, 우리의 억지에 어울리게 하느라 그대의 시간을 빼앗는 것은 분명하다. 그리고 그대에게 폐를 끼치고 고생만 시켰다. 그 생각만 하면 한심스러워서……."

"그런 일 없습니다. 두 분을 만나는 게 싫었다면 저는 처음부터 이곳에 오기를 거부했을 거예요. 저는 스스로의 의지로 이곳에 온 겁니다."

호무라가 가슴 아파하며 말하자 리오가 단언했다.

유바도, 호무라도, 시즈쿠도, 젠과 아야메의 소중한 사람들이었다. 그래서 자신도 그들과 친해지고 싶었다. 그리고 자신이 모르는 부모님의 이야기를 듣고 싶었다. 리오는 그렇게 생각했다.

"리오……."

시즈쿠가 감격하며 리오의 이름을 중얼거렸다.

"그렇다면 역시 조금이라도 친교를 쌓아야겠지……."

호무라가 얼굴을 풀었다.

세 사람은 많은 이야기를 나눴다. 대화 내용은 서로의 공통 사항인 젠과 아야메와 얽힌 훈훈한 에피소드가 중심이었다. 서로 다가가는 데는 두 사람과 얽힌 이야기가 최적이었다.

그렇게 세 사람은 마음 닿는 데까지 환담을 이었다.

그러나 시간은 유한했다. 호무라와 시즈쿠는 이날도 공무가 있었고 리오도 내일은 마을로 돌아가야 했다.

일단 훗날 또 재회할 약속을 나누고, 때를 봐서 고우키가 사자로서 마을에 가는 것만 정했을 뿐 구체적인 날짜를 정하지는 않았다.

다음에 언제 만나게 될지 알 수 없었다. 말하고 싶은 게 있으면 지금 해야 했다.

"이제 시간이 얼마 없다만, 묻고 싶은 것은 없나?"

호무라가 리오에게 물었다.

"……지금, 제가 머물고 있는 마을에 사촌 누이가 살고 있습니다. 누이에게 제 정체를 말해도 괜찮을까요?"

사촌 누나는 물론 루리였다. 루리도 리오에게 소중한 가족인 이상, 혼자만 따돌리는 짓은 하고 싶지 않았다.

"흠. 비밀을 엄수할 수 있다면 문제없다. 그대의 판단을 믿지."

호무라가 잠깐 생각하는 척하다가 허가를 내렸다. 그만큼 리오를 신용한다는 뜻이었다.

"고맙습니다."

리오가 수줍어하며 감사를 올렸다.

【 제 7 장 】 ✤ 마을로

조부모님과의 밀회를 끝낸 다음 날, 리오는 홀로 왕도를
나왔다.

고우키가 송영하겠다고 굳세게 주장했지만, 혼자 가는
게 빨리 도착한다며 거절했다. 실제로 걸어서 며칠이 걸리
는 거리라도 리오는 정령술로 단숨에 날아가면 됐다.

리오가 마을로 돌아가자 마을 사람들이 흔쾌히 "어서 와"
하고 환영해줬다. 리오도 만나는 사람들에게 "다녀왔습니
다" 하고 인사했다.

"다녀왔습니다."

리오가 인사하며 촌장 집으로 들어갔다.

"어서 오거라, 리오."

유바가 거실에 깐 돗자리에 앉아 리오를 밝게 맞이했다.

"제대로 이야기하고 온 모양이군."

"네."

리오는 자기도 모르게 얼굴을 풀고 고개를 끄덕였다.

예전과 바뀌지 않은 유바의 태도가 기뻤다.

"둘이 있을 때는 존칭을 쓸까?"

"그러지 마세요."

유바가 농담 삼아 묻자 리오가 쓴웃음 지으며 거절했다.

그러자 유바가 깔깔 웃었다.

"전에 말한 대로 리오가 왕족이어도 나와 네 사이는 할머니와 손자야. 나는 그렇게 생각한다. 네가 그렇게 생각해주는 한, 이 관계는 계속 이어질 거야."

"고맙습니다. 그래서 그 가족 관계로 상담하고 싶은 게 있는데요⋯⋯."

리오가 살피며 이야기를 꺼냈다.

"무엇이기에 정색을 다하지?"

"루리 씨요. 제 정체를 밝혀도 된다고 허가를 받았어요. 다만, 유바 씨한테도 확인을 받고 싶어서⋯⋯."

"⋯⋯그 아이도 리오와 피가 이어졌으니 알 권리가 있어."

유바가 훗 웃으며 고개를 끄덕였다.

"고맙습니다. 루리 씨는 지금 어디 있나요?"

"마을 여자들과 차라도 마시고 있지 않을까? 리오가 돌아왔다는 소문을 들었다면 이제 슬슬 돌아올지도 모르지. 네가 갑자기 마을을 떠나서 걱정했으니까."

"그랬나요⋯⋯."

리오가 기뻐하며 수줍어했다.

"다녀왔습니다~! 리오, 어서 와! 어디 갔었어, 진짜!"

마침 루리가 돌아왔다.

"조금 중요한 일이 있어서요. 걱정 끼쳐서 죄송해요."

"정말이야. 할머니한테 물어봐도 설명을 안 해주는 거 있지? 갑자기 모르는 사람들이랑 같이 마을을 떠나서 걱정했다고."

"사실 그 일로 루리 씨한테 할 말이 있어요……."

"할 말?"

"네. 대신 내용은 비밀로 해주셔야 해요."

"으음, 무슨 일인데?"

리오의 막연한 설명에 루리가 고개를 갸웃거렸다.

"제가 누구인지에 관해서예요. 유바 씨는 아세요. 그래서 저를 이 집에 살게 해주셨고요. 저는 루리 씨도 알기를 바라는데, 비밀을 엄수해야 해서 루리 씨의 뜻을 확인하고 싶어요."

리오가 말을 골라 설명하고 루리의 얼굴을 들여다봤다.

"……리오가 누구인지. 응, 알고 싶어. 약속할게. 들어도 아무에게도 말하지 않을게."

루리는 살짝 두려운 기색을 보였지만, 결연히 받아들였다.

"그럼 말할게요."

"알았어. 언제든 말해."

루리가 심호흡 후, 고개를 끄덕이고 리오의 말을 기다렸다.

그러자 리오가 유바에게 눈짓하고 조금 긴장한 얼굴로 입을 열었다.

"일단, 저와 루리 씨는 사촌 남매예요. 제 아버지가 루리 씨 아버지의 동생입니다."

"……와, 그렇구나. 나랑 리오가 사촌 남매."

루리는 몸을 살짝 굳히기는 했지만, 의외로 사실을 쉽게 받아들였다.

"의외로 안 놀라네?"

유바가 눈을 크게 뜨며 물었다.

"……아니, 놀랐는데 두 사람 분위기가 심각해서 이 정도 이야기는 나오지 않을까 싶었어. 그리고 리오는 이미 가족 같은 거고."

"고맙습니다. 저도 루리 씨를 가족이라고 생각해서 이 이야기를 하자고 생각했어요. 알리고 싶었어요."

"으, 응. 나도, 고마워."

리오가 수줍어하며 인사하자 루리도 부끄러워하며 인사했다.

"그리고 제 아버지…… 루리 씨에게는 삼촌인 사람의 이름은 젠이라고 해요. 어머니의 이름은 아야메. 아야메 카라스키. 이 나라의 왕녀였습니다."

"………………네?"

"제 어머니는 이 나라의 왕녀였어요."

루리가 몇 초 동안 침묵하다 고개를 갸웃거리자 리오가 쓴웃음 지으며 다시 사실을 고했다.

"역시 이 부분은 순순히 믿기 어려운 것 같네."

유바가 유쾌하게 웃으며 말했다.

"아니……. 그치만, 농담이지?"

"사실이야. 리오의 아버지…… 네 삼촌은 이 나라의 왕녀님과 이어졌어."

"정말이야? 할머니."

"정말이라고 했잖니. 뭐 하러 거짓말을 하겠어?"

루리가 아직도 멍해서 묻자 유바가 쓴웃음 지으며 고개를 끄덕였다.

"아니, 그렇지만. ……응~? 그래? 어떡하지. 그치만, 아니. 그러면 리오는 왕자님이 되잖아."

"뭐…… 그렇게 되네. 리오는 비공식적이지만, 이 나라의 왕족이다."

"아하하……. 에이, 그럴 리가. 촌사람이 왕녀님과 결혼할 수 있을 리 없잖아."

"끈질기네. 리오의 아버지는 전쟁에서 공을 세워 무사까지 출세한 남자야. 그래서 아야메 님과 알게 됐지. 마을 녀석들에게 물어……볼 수는 없지만, 젠이 무사가 됐다는 건 이 마을에 사는 나이 먹은 녀석들은 다 아는 사실이야."

"무사……라면 왕녀님과 알고 지내도 이상하지 않, 나? 하지만 그러면 리오는 정말로…… 이 나라의 왕자님…… 이야?"

"혈연적으로는 그렇게 된다. 말했잖아."

유바가 탄식했다.

루리는 유바와 리오의 얼굴을 수차례 번갈아 보고 나서야 드디어 납득했다.

"저, 저기, 리, 리오…… 님. 죄, 죄송했습니다! 여태까지 친한 척, 무례한 짓을!"

루리가 갑자기 안색을 바꾸고 당황해서 리오에게 평복

했다.

"잠깐만요! 그러지 마세요. 예전처럼 대해주면 충분하니까!"

리오가 황급히 루리를 말렸다.

"그, 그렇지만…… 리오 님은 왕족……이잖아요?"

루리가 쭈뼛거리며 리오를 올려다봤다.

"어머니는 그랬을지 몰라도 저는 아니에요. 설령 왕족의 아이는 왕족이라 하더라도 저는 공식적으로 나설 수 없어요. 그러니까 부탁드려요. 제발 예전처럼 대해주세요."

리오가 딱 잘라 고개를 젓고 루리에게 머리를 숙였다.

"리오……라고만 불러도 돼?"

"네. 예전처럼 부탁드려요."

"아, 알겠습니다……."

루리는 어찌어찌 납득했지만, 역시 긴장이 풀리지 않았다.

"말투, 안 돌아왔어요."

리오가 장난스럽게 지적했다.

"아, 네, ……응."

무심코 딱딱한 말투로 대답할 뻔한 루리가 겨우 멈추고 어색하게 웃으며 다시 말했다.

"갑자기 사촌 동생이라고 해서 난감하겠지만, 앞으로도 잘 부탁드려요."

"……응. 그래, 그렇구나. 나랑 리오는 사촌 남매구나."

루리가 멍하니 중얼거리고 그 사실을 재확인했다. 리오

의 어머니가 왕녀였다는 임팩트가 너무 커서 리오가 자신의 사촌 동생이라는 사실을 깜빡했었다.

"네, 사촌 남매예요."

"나, 할머니 말고도 피가 이어진 사람이 있었구나. ……아, 그러면 내가 한 살 위니까 누나인 거네?"

"그렇죠. 그럼 누나라고 불러도 되나요?"

리오가 장난스럽게 웃으며 물었다.

"아, 아니, 그건 됐어! 미안! 왠지 엄청 부끄러워! 무리야!"

루리가 새빨개진 얼굴로 소리쳤다.

"그럼 예전처럼 루리 씨라고 부를게요."

리오가 기뻐하며 입가에 미소를 그렸다.

그러나 루리는 뭔가 납득할 수 없다는 표정이었다.

"으음. 하지만 사촌 남매인데 루리 씨는 좀……. 좀 더 친근하게 불러줬으면 좋겠는데. 말투도 좀 더 이렇게, 친한 느낌으로. 안 될까?"

리오의 얼굴을 들여다보며 물었다.

"음, 예전에도 말했지만, 이건 버릇 같은 거라서. 한 번 이렇게 말하면 어지간한 이유가 없는 한은 말투 바꾸기가 어려워요……."

리오가 난처하게 쓴웃음 지으며 변명했다. 상대가 아이거나, 오만불손하고 적대적인 상대가 아닌 한, 리오는 처음 만나는 상대에게 친한 척 말을 거는 게 어려웠다. 물론 친해지면 편한 말투를 쓰기도 하는데, 어떤 계기가 없는 한은 부끄러워서 그대로 딱딱한 말투를 쓰게 된다.

"으으. 우리가 사촌 남매라는 건 그만한 이유가 안 돼?"

루리가 토라져서 리오를 노려봤다.

"……뭐, 그러, 네요. 아니, 미안. 그러네. 이러면 괜찮을까?"

그러자 리오가 겨우 단념했는지 부끄러워하며 말한 뒤, 수줍어하며 시선을 피했다.

"응!"

루리의 표정이 활짝 피었다. 리오에게서 어쩐지 근질근질해하는 기분이 전해져 와서 참을 수 없이 기뻤다.

그 뒤, 리오는 그 밖에도 필요한 정보—주로 젠과 아야메가 마을을 떠난 이유와 그 배경 사정—를 루리에게 전하고 마을 사람들에게는 리오의 정체를 말하지 않도록 설명했다.

루리는 리오의 과거에 대해 뭔가 생각하는 바가 있는 것 같았지만, 말하지 않을 것을 맹세했다. 그렇게 루리에게 리오의 정체에 대한 설명을 끝냈다.

"그리고 조금 이를 수도 있지만, 두 분에게 지금 해야 할 말이 있어요."

리오가 자세를 가다듬고 두 사람을 쳐다봤다.

"무엇이기에 정색을 다하지?"

유바가 물었다.

"내년 이맘때쯤, 마을을 떠날 생각입니다."

리오가 단도직입적으로 말했다.

"그래……. 쓸쓸하지만 어쩔 수 없는 일이지. 나고 자란 땅으로 돌아가는 건가?"

유바가 적막한 미소를 지었다.

"네. 여기저기 들를 곳이 있지만, 언젠가는……."

리오가 눈에 결연한 의지를 담고 말했다.

"언젠가 또, 이 마을에 와줄 거지? 평생 헤어지는 건 아니지?"

묵묵히 듣던 루리가 리오의 안색을 살피며 물었다.

"……응. 허락해준다면 돌아오고 싶어."

리오가 조금 난처한 미소를 짓고 조심스럽게 고개를 끄덕였다.

"당연히 허락하지! 무슨 말을 하는 거야."

"그래. 언제든 돌아와라. 여기는 네 고향이고 너는 마을의 일원이야."

루리와 유바가 리오에게 돌아오라고 말했다. 그것이 기뻐서 리오는 "고맙습니다" 하고 수줍어하며 감사를 표했다.

"그런데 들를 곳이 있다는 건, 어딘가에 리오를 기다리는 사람이 있다는 거야? 그럼 좀 들어보고 싶은데. 응? 가르쳐줘."

루리가 깊은 관심을 보이며 물었다.

"……피는 이어져 있지 않지만, 나를 윗형제로 여기는

아이가 있어. 그 밖에 여러모로 신세 진 사람들도 있고."

리오가 살짝 부끄러워하며 대답했다.

"와아, 그런 사람들이 있구나. 그 리오를 윗형제로 여긴다는 아이는 여동생이야?"

"뭐, 그런데……."

"와, 역시 리오야. 하지만 뭐, 그런 거라면 말릴 수 없지. 리오에게 동생이라면 내게는 사촌 동생이니까 때가 되면 소개해줬으면 좋겠어. 아, 이름 가르쳐줘!"

루리가 계속해서 물었다. 그리하여 리오는 한동안 루리에게 질문 공격을 당해야 했다.

◇ ◇ ◇

리오가 루리에게 자신의 정체를 설명하고 며칠이 지났다.

가을 수확제가 끝나자 마을은 겨울이 오기 전에 농한기에 돌입했다.

마을 사람들은 느긋하게 겨울맞이 준비와 내년 밭일 준비를 시작했다. 하지만 사냥꾼은 지금이 한 해 중 가장 바쁜 시기였다.

리오는 평소에 오후부터 농사일을 도왔는데, 마을에 돌아온 뒤로는 매일 해가 질 때까지 수렵하고 보존 식량 재료인 사냥감을 사냥했다. 필연적으로 사냥꾼 외의 마을 사람과 접촉할 기회가 줄어서 최근에는 루리와 유바 외에는 만나지를 못했다.

"야, 리오. 너 마을에 돌아와서 사요랑 만났어?"

어느 날 아침, 리오가 수렵 오두막에서 사냥 준비를 하고 있는데 신이 물었다.

"아뇨. 사냥하느라 바빠서 못 만났는데요……."

"사요가 요즘 네가 어떤지 자꾸 캐물어서 죽겠어. 사냥 때문에 바쁘냐, 잘 지내고 있느냐, 귀찮으니까 한번 만나 줘라."

신이 일부러 인정머리 없게 말했다.

"죄송해요. 걱정을 끼쳤네요. 다른 분들에게도 제대로 인사하고 싶었으니 오늘이나 내일이라도 시간 내서 찾아 뵐게요."

납득한 리오가 미안해하며 대답했다.

"……그렇게 해줘."

신은 조금 복잡하고 어두운 표정으로 무뚝뚝하게 고개를 끄덕였다.

그날 오후.

도라의 허락을 받은 리오는 일단 사냥을 접고 산을 내려가 마을로 돌아갔다. 되도록 사람들이 모여 작업할 것 같은 곳에 얼굴을 내밀고 간단히 인사하며 돌아다녔다. 작업 중인 현장 여러 곳에 들르다 마지막에 소녀들이 모인 작업용 오두막을 방문했다.

"어라, 리오. 무슨 일이야?"

루리가 제일 먼저 리오를 알아차리고 달려왔다.

"아, 루리. 마을에 돌아오고 마을 사람들한테 인사를 안 돌렸어. 아직 못 만난 사람들한테 제대로 얼굴 좀 비추려고."

"그렇구나. 다들 리오가 없어져서 걱정했으니까…… 잠깐, 다들 얼굴이 왜 그래?"

소녀들이 자연스럽게 이야기를 나누는 리오와 루리를 놀라서 쳐다봤다. 그걸 알아차린 루리가 멈칫하며 소녀들에게 물었다.

"말투!"

소녀들이 입을 모아 대답했다.

"말투?"

루리는 고개를 갸웃거렸고 리오는 뭔가 알아차렸는지 쓴웃음을 지었다.

"리오 님의 말투! 왜 루리랑 평범하게 이야기하는 거야?!"

"어? 아아, 이건……."

소녀들 중 누군가가 지적하자 루리가 간신히 사정을 파악했다.

"어떻게 된 거야? 루리."

당연하다고 해야 할지, 소녀들이 모두 루리를 몰아세웠다.

"아니이, 그러니까……."

당황하여 요동치는 시선으로 루리는 옆에 있을 리오에게 도움을 구했다. 그러나 리오는 자연스럽게 뒤로 빠져 방관자처럼 굴었다.

'리, 리오~!'

루리가 리오를 빤히 쳐다봤다.

'추궁받는 건 루리잖아? 지금 내가 나서면 괜히 일만 복잡해져.'

'그렇지만! 그렇지만!'

두 사람이 눈빛으로 대화했다. 소녀들의 입장에서는 그것이 괜히 더 수상하게 보였다. 그녀들의 무언의 압력이 한층 더 강해졌다.

바싹바싹 다가오는 소녀들의 시선에 루리가 주르륵 식은땀을 흘렸다. 그렇다고 두 사람이 사촌 남매라서 그렇다는 진짜 이유를 가르쳐줄 수도 없었다.

"가, 같은 집에 살다 보니까 계속 딱딱하게 말하면 피곤하니까 그만하라고 부탁한 것뿐이야. 대단할 것도 없어."

루리가 적당히 얼버무리며 대답했다.

"……."

소녀들이 서로 얼굴을 쳐다봤다. 이해하지 못할 이유는 아니었으나 역시 뭔가 수상하다고, 소녀들의 감이 그렇게 말했다.

"꽤 오래 전부터 루리…… 씨가 부탁해서 말투를 바꿔봤는데 역시 이상한가요? 저도 아직 익숙하지 않은데……."

리오가 절묘한 타이밍에 소녀들의 안색을 살피며 물었다.

"아니, 이상하지는 않지만……."

아무리 그래도 루리에게 한 것처럼 리오에게는 물고 늘어지지 못하겠는지 소녀들이 마지못해 고개를 저었다. 일단 추궁이 멈추자 루리가 안도의 한숨을 내쉬었다.

'으으, 사람 마음도 모르고.'

리오가 재미있어하며 입가에 미소를 그리자 루리가 입을 내밀었다. 리오는 소녀들에게 시치미를 뚝 떼고 갑자기 마을을 나가 걱정을 끼쳤다고 말했다.

"사요 씨에게도 걱정을 끼쳤네요. 신 씨에게 이야기 들었어요."

"오, 오빠한테요? 저, 저기, 뭐 이상한 말은 안 하던가요?"

"아뇨, 딱히……."

"그런가요. ……그럼 괜찮아요. 그리고 그 루리 씨의……."

사요가 안심했다가 뭔가 묻고 싶어 하는 것처럼 중얼거렸다.

"네, 뭔가요?"

"아, 아무것도 아니에요……."

리오가 고개를 갸웃거리며 묻자 쭈뼛쭈뼛 말을 거두었다.

정령환상기

𝄞 제 8 장 𝄢 ❖ 의외의 방문자

겨울이 오고 마을 사람들이 겨울맞이를 시작한 어느 날의 일이다.

아무 전조도 없이 고우키가 마을에 들렀다. 또 성에 와서 호무라와 시즈쿠를 만나주지 않겠냐는 용건에 리오는 다시 왕성을 들르게 됐다.

호무라와 시즈쿠를 만나는 것은 실로 몇 개월 만이었으나 리오는 저번처럼 긴장하지 않고 차분하게 밀회를 가졌다.

"한겨울에 갑자기 불러내서 미안하구나."

간단하게 재회 인사를 나누고 자리에 앉아 호무라가 말했다.

"아뇨. 겨울 동안 마을에서 특별히 할 일도 없었습니다."

"그러고 보니 전에 만났을 때는 가을이었다. 사실 좀 더 일찍 만나고 싶었다만, 처리해야 할 일이 몇 가지 있어서 말이다."

손자와 만나고 싶을 때 만나지 못하는 것이 한탄스러웠다. 호무라가 그렇게 말하듯이 탄식했다.

"바쁜 와중에 시간을 내주셔서 황송합니다."

"뭘, 당연한 일이다. ……그리고 이번에는 그대에게 할 중요한 이야기도 있거든."

"중요한 이야기요?"

호무라가 살피듯이 쳐다보자 리오가 자세를 가다듬고 되물었다.

　"그래. 그대의 복수에 관한 이야기다."

　호무라가 묘한 표정으로 입을 열었다.

　"무슨 이야기인가요?"

　리오가 약간 긴장한 표정으로 물었다.

　"음. 일단 짐도 루시우스라는 남자가 밉다. 심정적으로는 그대를 돕고 싶을 정도다. 허나 공교롭게도 왕인 이상은 나라를 떠날 수 없어."

　"그건 당연합니다만……."

　"그렇기 때문이다. 소수이나마 그대에게 가신을 내리고자 한다. 짐과 시즈쿠를 대신해 그대에게 힘을 빌려줄 이들이다. 원하는 대로 써주지 않겠는가?"

　"네…… 예?"

　호무라의 폭탄 발언에 허를 찔린 리오가 자기도 모르게 굳어버렸다.

　"어떠한가?"

　호무라가 놀란 리오를 따뜻하게 쳐다보며 다시 물었다.

　"아, 아뇨, 하지만, 그럴 수는……."

　리오가 당황하면서도 난색을 표했다. 그러나 그 정도로 뜻을 굽힐 호무라가 아니었다.

　"그대에게 십여 명의 가신을 줄 생각이다. 고우키와 카요코가 그들을 통솔할 것이다."

"……두 분은, 그리고 후보 분들은 승낙하셨습니까?"

리오는 자기도 모르게 머리를 싸안을 뻔했으나, 강철 같은 이성으로 꾹 참고 방에 있던 고우키와 카요코를 봤다.

"물론이다."

호무라가 고개를 끄덕였다. 고우키와 카요코도 힘차게 고개를 끄덕였다. 리오는 드디어 그들이 진심임을 이해했다.

"고우키 공 정도나 되시는 분이 사라지면 나라에 결코 적지 않은 파문이 퍼질 우려가 있습니다만……."

리오가 큰 문제가 되지 않겠냐고 돌려서 물었다. 고우키는 카라스키 왕국 최강으로 이름 높은 무사였다. 그 실력은 일기당천, 이 나라에서 쌓아올린 실적과 신뢰가 있었다. 고우키가 그것들을 내팽개치고 훌쩍 사라지면 틀림없이 국내에 소란이 벌어질 터였다.

"걱정 마라. 그에 관한 사전 공작은 이미 해놓았다. 정치의 기본이다."

"……그렇습니까."

자신만만하게 문제 되지 않는다고 단언하자 리오는 말문이 막혔다. 변덕으로 말하는 게 아닌 것이 명확해서, 어정쩡한 구실을 대면 전부 막아버릴 것 같았다. 하지만, 그래도—.

"하지만 고우키 공께는 가족이, 게다가 사가 가문에는 역사가 있고, 사가 가에서 일하는 분들도 계시지 않습니까. 그러한 것들은 어떻게 되는 겁니까?"

리오는 반론의 가닥을 잡으려고 그런 이유를 입에 담았다.

"문제없다. 사가 가문에서 그대의 가신이 되는 것은 고우키와 카요코뿐이다. 아니, 가신인지 아닌지는 몰라도 코모모도 따라가겠다고 했지."

호무라가 고우키와 카요코를 봤다.

"네. 코모모는 데리고 갑니다만, 아들들은 모두 이곳에 두고 갑니다. 그러니 사가 가의 존속에는 지장이 없습니다."

고우키가 흔들림 없이 말했다.

"제가 가는 곳— 슈트랄 지방으로 가면 야구모 지방으로 쉬이 돌아올 수 없습니다. 고우키 공 혼자서도 수개월이 걸리는 거리입니다. 더는 가족 분들과 만나지 못할 수도 있습니다."

"무사 된 몸. 전장에 나갈 때마다 늘 두 번 다시 가족을 만나지 못할 수도 있다는 각오를 다집니다. 그와 다르지 않습니다."

이런 찰나적인 인생관을 내미니 반론하기 어려웠다.

"아니, 그런 문제가……. 아드님들께는 어떻게 설명하시려고요?"

"외람되지만, 아들들에게는 이미 설명을 끝냈습니다. 모두 납득했습니다."

"그 밖에 동행하실 분들도요? 나라를 떠나고 싶지 않은 분이 있지는 않았습니까?"

"그들은 약간의 사정이 있어서 전부 저희 가문 직속 암부로 따르는 이들입니다. 가족이 없고 충성심 높은 숙련자뿐이니 걸림돌이 되지는 않을 겁니다."

"……하지만 그 남자, 루시우스가 살아 있을 거라는 보장도 없습니다."

리오가 고우키 일행의 동행을 거부하는 방향으로 끌고 가려고 했다.

"리오 님, 이것은 본인들의 숙원입니다. 루시우스라는 자를 용서할 수 없는 것도 큽니다만, 이번 이야기는 본인과 카요코에게 과거에 다하지 못한 비원을 이룰 천재일우의 기회입니다. 아무쪼록 잘 부탁드립니다."

고우키가 매달리듯이 말하고 리오에게 깊이 머리를 숙였다.

리오는 드디어 이해했다. 그들은 명령 때문에 따라오는 것이 아니라 따라가고 싶기에 따라오는 것이었다. 어정쩡한 핑계를 아무리 늘어놓아도 물러날 상대가 아니었다. 하지만 그래도 리오는 그들을 가신으로 삼을 마음이 들지 않았다. 핑계가 아니라, 자신은 누군가의 생명을 품고 살아갈 만큼 강하지 않다고 생각했기 때문이었다.

"역시 도움 받을 수는 없습니다. 마음은 감사하지만, 이것은 제가 해야 하는 일입니다."

리오는 고우키 일행의 의지를 일축하는 수밖에 없었다.

"흠. 역시, 이렇게 되는가……."

호무라가 괴롭게 신음했다. 마치 처음부터 리오에게 거

절당할 줄 알았던 것 같았다. 고우키와 시즈쿠도 딱히 동요하는 것 같지는 않았다.

"하지만 리오. 루시우스가 미운 것은 우리도 마찬가지다. 끝을 맺지 않으면 마음이 편치 않아. 우리의 마음이 같은 이상, 그대 홀로 복수의 짐을 지게 할 수는 없다."

호무라가 떨떠름해하며 리오에게 호소했다.

"그것은…… 아뇨, 그래도 안 됩니다. 그리고 경시하는 것은 아닙니다만, 고우키 공 일행 분들은 저를 따라오지 못하실 겁니다."

리오가 결연히 고개를 저었다.

"그것은…… 무슨 뜻인가? 우리나라의 일류 실력자들이다. 절대 따라가지 못할 것 같지는 않다만……."

"이런 뜻입니다."

말보다 보여주는 게 빨랐다. 순전한 능력 차이를 보여주면 포기할 수밖에 없을 거라 생각하고 자신이 가진 패 하나를 내보이기로 했다.

말과 동시에 바람의 정령술을 부렸다. 그러자 방에 바람이 휘몰아치더니 리오의 몸이 허공에 둥실 떠올랐다. 모두 놀라서 눈을 동그랗게 떴다.

"뭣…… 떠, 떠오른 건가?"

"떠오른 것뿐만이 아닙니다. 저는 하늘을 날아 이동할 수 있어요. 그러니 정령술로 신체를 강화해도 따라올 수 없습니다. 저는 장해물을 말 그대로 날아 넘어갈 수 있으니까요."

리오가 고른 패의 효과는 뛰어났다. 모두 멍하니 리오의 말을 들었다.

"……바람의 정령술로 설마 이런 것도 가능할 줄이야. 고우키, 그대는 바람의 정령술이 특기 아닌가. 따라할 수 있겠나?"

"……할 수 없습니다."

호무라의 물음에 고우키가 분해 하며 얼굴을 찌푸렸다.

'이런 식으로 대련 때 뛰어난 속도로 이동한 것인가. 과연…….'

호무라가 안타까워하며 납득했다.

바람으로 자신의 몸을 띄우는 것은 고우키도 할 수 있을지 모르나 실전에서 사용할 수준은 아니었다. 출력이나 방향을 착각하면 오히려 위기에 빠질 터였다.

"달리 할 수 있을 것 같다고 생각되는 사람은?"

"……없습니다. 돌풍으로 자신의 몸을 날리는 정도는 본인도 가능합니다만, 이렇게 안정적으로 허공에 떠 있는 것은……."

"그런가……. 알았다. 리오, 일단 지금은 물러나마. 하지만 좀 더 생각해주지 않겠나? 출발할 때까지 마음이 바뀔 수도 있으니까."

"……알겠습니다."

리오는 그럴 일은 없을 거라고 생각하면서도 승낙했다.

◇ ◇ ◇

호무라의 가신단 하사를 거절한 뒤.

리오는 저번처럼 왕도 사가 저택에서 지내게 됐다. 그 와중에 코모모가 졸라서 연습에 어울려주게 됐다.

"리오 님은 먼 서쪽 땅으로 가시는 거죠?"

코모모가 연습을 일단락하고 조심스레 물었다.

"네, 그래요."

"저기! 저, 리오 님과 같이 가고 싶어요!"

리오가 고개를 끄덕이자 코모모가 곧바로 말을 꺼냈다. 그야말로 순진무구한 표정으로 방긋 웃으며 리오를 올려다봤다.

"……안 돼요."

코모모의 올려다보기는 남녀 상관없이 모두 승낙할 수밖에 없는 매력이 있었다. 리오는 간신히 마음을 돌렸다.

"무슨 일이 있어도…… 안 되나요?"

"안 됩니다."

"으으……."

리오가 쌀쌀맞게 고개를 젓자 코모모가 토라져서 볼을 부풀렸다.

"고우키 공, 따님을 이용해서 유혹하지 마세요."

리오는 코모모의 배후에 있는 선동자를 꿰뚫어 보고 확

실하게 항의하기로 했다. 곁에서 연습을 지켜보던 고우키를 어이없다는 눈빛으로 쳐다봤다.

"음, 들켰군요."

"당연하죠. 아무리 코모모라도 열 살 소녀에게는 너무 가혹한 여정입니다. 당치 않아요."

라티파라는 전례가 있지만, 리오는 일부러 말하지 않았다.

"아뇨, 아뇨. 코모모는 정령술로 몸을 강화하는 방법도 습득했습니다. 긴 여행길은 좋은 수행이 될 겁니다."

"아니, 수행이라니……."

분명 저 가혹한 여행길은 좋은 수행이 될 테지만, 긍정적으로 수행으로 취급하고 마는 사고 회로에 리오는 자기도 모르게 한숨을 내쉬었다. 게다가 코모모가 간절히 바라는 듯이 의욕을 내고 있어 당해낼 수가 없었다.

"어쨌든 슈트랄 지방에는 저 혼자 갈 겁니다."

"……리오 님의 완고한 의지는 저번 밀담으로 확실히 이해했습니다. 무슨 일이 있어도 안 된다고 하신다면 저희도 억지로 동행할 수는 없지요."

고우키가 쓴웃음 지으며 어깨를 살짝 움츠렸다.

"네? 아, 네……."

리오는 고우키가 의외로 깨끗하게 물러나자 당황해버렸다. 솔직히 물고 늘어질 줄 알았다. 그래서 자기도 모르게 고우키를 떠보는 눈빛으로 봤다.

"음, 왜 그러십니까?"

"아, 아뇨, 고우키 공이 괜찮으시다면 딱히……."

리오는 긁어 부스럼을 만들까봐 깊이 물어보지는 않았다.

"하지만 저는 쓸쓸합니다. 그렇지 않아도 리오 님을 만날 기회가 적은데 언젠가 멀리 가버리신다니……. 며칠 뒤에는 또 마을로 돌아가시죠?"

코모모가 고개를 숙이며 자신의 마음을 토로했다.

"네. 아쉽지만, 그렇습니다."

리오가 난처한 얼굴로 끄덕였다.

"그럼 다음에 언제 또 만날 수 있을까요?"

"그렇군요. 폐하와 전하의 사정에 따라 다르지만, 아마 빨라도 다음 달 이후로……."

"다음 달 이후……인가요."

코모모는 더 풀이 죽었다.

"……코모모."

리오가 견디기 어려운 표정으로 코모모를 내려다봤다.

"저, 리오 님의 마을에 가보고 싶어요."

코모모가 리오의 얼굴을 올려다보며 중얼거렸다.

"우리 마을에요?"

"네. 리오 님 곁에 있고 싶어요. 더 같이 연습해주셨으면 좋겠어요. 리오 님이 사는 마을이 어떤 곳인지도 알고 싶습니다."

코모모가 못 참겠다는 듯이 억지를 부렸다.

리오는 슈트랄 지방까지 따라오는 건 허가할 수 없지만,

마을에 가보고 싶다는 정도라면 괜찮지 않을까, 하는 생각이 들었다.

"뭐어, 고우키 공과 유바 씨의 허락을 받으면 문제는 없습니다만……."

"……흠. 본인은 좋습니다. 예전의 유괴소동 때문에 코모모에게 외출을 자제시켰던지라, 좋은 기분전환이 될지도 모르겠군요."

리오가 중얼거리자 고우키가 적극적으로 검토하기 시작했다.

"네? 괜찮으세요?"

"괜찮습니다. 다른 마을이라면 몰라도 리오 님이 머무는 마을 아닙니까. 흠. 일단 유바 공과 편지로 상담해보겠습니다."

고우키가 솔깃해서 당장 움직이려고 훈련장에서 저택으로 걸어갔다.

"……저 리오 님의 마을에 갈 수 있나요?!"

코모모가 환희하며 리오에게 물었다.

"아, 아뇨. 아직 정해진 건……."

리오가 멈칫하며 고개를 저었다.

'조금 이른가?'

그런 생각이 들었지만, 소 잃고 외양간 고치기였다.

그 후, 우왕좌왕 절차를 밟아 코모모가 마을에 머물게 됐다. 그것도 장기간. 시종인 아오이와 함께. 짬이 나면 고

우키, 카요코, 하야테가 가끔 상황을 보러 온다는 것은 덤이었다.

리오는 소란스러운 겨울이 될 것 같다는 확신에 찬 예상을 했다.

◇ ◇ ◇

몇 주 뒤.

리오는 코모모를 데리고 마을을 걷고 있었다.

"꿈만 같아요. 이렇게 리오 님의 마을에 오게 되다니. 경치도 아름답고 공기도 맑고 멋진 곳이에요."

"왕도는 인파로 혼잡하니까요. 이런 경치는 좀처럼 즐기기 어렵죠. 코모모가 기뻐해줘서 다행이에요."

만족하며 기뻐하는 코모모를 보고 리오가 살짝 쓴웃음 지으며 대답했다.

"가능하다면 마을 분들과 인사하고 싶은데…… 많이 계시네요. 어느 분부터 인사드려야 할까요?"

코모모가 주위를 둘러봤다.

겨울 동안에는 마을 안에 틀어박혀있는 사람이 많고, 일이 없으면 적극적으로 외출하는 사람이 없는데, 지금은 여기저기에 서 있었다.

오락에 굶주린 마을 사람들이 고귀한 인물이 마을을 방문한다는 것을 듣고 한번 보려고 모인 것이었다. 좋아하는 옷을 입고 방긋방긋 웃으며 리오 옆에서 걷는 코모모의 가련함이 마을의 주목을 모았다.

"일단 여성분들께 말을 걸어볼까요?"

리오가 소녀들이 모인 곳으로 다가갔다.

"안녕하세요. 여러분."

"아, 안녕하세요. 리오 님."

많이 긴장한 소녀들이 인사했다.

"오늘부터 한동안 마을에 머물게 된 이 아이를 여러분께 소개하고 싶은데 지금 시간 괜찮으세요?"

"네, 네. 괜찮아요!"

"이 아이는 사가 코모모라고 해요. 전에 마을에 검세관으로 오셨던 하야테 공의 동생입니다."

리오가 주위에서 귀를 쫑긋 세운 마을 사람들에게도 들리게 코모모를 소개했다.

"사가 코모모라고 합니다. 오늘부터 이 마을에서 지내게 됐습니다. 친하게 지내주셨으면 좋겠습니다. 잘 부탁드려요!"

코모모가 귀엽게 웃으며 기운차게 자기소개를 했다.

"하, 하야테 님의 동생분인가요. 아가씨, 로군요. 엄청 귀여워요……."

소녀들이 진짜 아가씨를 보고 동성임에도 반한 것처럼 코모모를 바라봤다.

"와, 고맙습니다. 하지만 여러분도 예쁘신 걸요?"

코모모가 수줍게 인사했다. 소녀들이 심장을 관통 당했다.

"저, 저기! 왜 우리 마을에 지내게 된 거예요? 리오 님과는 무슨 관계인가요?"

한 소녀가 용기를 내서 물었다.

"리오 님은 제 은인이세요. 전에 제가 왕도에서 악당에게 유괴당할 뻔한 것을 구해주셨어요."

"마을 교역품을 왕도에 팔러갔을 때의 일이에요. 사요 씨는 기억나죠? 있잖아요, 장 보러 갔을 때……."

코모모가 질문에 대답하자 리오가 얼른 보충했다.

"어…… 아! 그때의 여자아이인가요?"

이름을 불린 사요가 그때 일을 떠올리고 눈을 크게 떴다.

"어, 뭐야, 뭐야? 무슨 일 있었어? 가르쳐줘, 사요."

"어? 그러니까……."

소녀들이 흥미진진해서 사요를 몰아세웠다.

"역시 리오 님. 조금의 빈틈도 없다니까……." "근데 이러면 리오 님이 팔자 고치는 거야?" "말도 안 돼……. 루리가 몇 걸음 더 앞서간 줄 알았는데. 승산이 없잖아."

한쪽에선 다른 소녀들이 소곤소곤 이야기했다. 주위에 있던 마을 사람들도 사정을 알고 즐겁게 이것저것 이야기하기 시작했다. 자리가 갑자기 소란스러워졌다.

"무슨 이야기를 저렇게 하시는 건가요?"

코모모가 이상하다는 듯이 고개를 갸웃거리며 옆에 선 리오에게 물었다.

"하하…… 글쎄요."

리오의 건조한 웃음소리가 공허하게 소란에 지워졌다.

"오오, 리오…… 공. 이 소란은 뭔가?"

하야테가 루리와 코모모의 종자인 아오이를 데리고 나타났다. 하야테는 고우키에게 리오의 정체를 들었지만, 모두의 앞에서 「님」을 붙여 부를 수는 없어서 잠깐 말을 망설였다. 마을 사람들이 떠들썩하게 떠드는 모습을 보고 눈을 동그랗게 떴다.

"아뇨, 마침 코모모 씨를 마을 분들께 소개하고 있었는데……."

"아하하, 이 소란을 가라앉히려면 큰일이겠어."

리오가 사정을 설명하자 루리가 재미있어하며 웃었다. 그날 밤, 촌장 집에서 코모모 일행의 작은 환영회가 열렸다.

코모모가 마을에서 지내게 된 두 번째 날.

코모모를 배웅하려고 동행했던 하야테가 아침에 왕도로 떠났다. 코모모는 하야테를 배웅하고 아오이와 함께 마을을 산책했다.

스쳐 지나가는 사람이 있으면 적극적으로 인사하며 짧은 대화를 나눴다. 처음에는 신분 차이로 과도한 대접을 받았지만, 사랑스러운 외모와 붙임성 좋은 성격 덕분인지 이야기한 마을 사람들과 빠르게 벽을 허물어갔다.

"다녀왔습니다!"

아오이를 데리고 촌장 집으로 돌아온 코모모가 기운차게 귀가 인사를 했다.

"아. 어서 와, 코모모."

"루리 언니, 다녀왔습니다. ……리오 님은 안 계시나요?"

거실에 앉아 있던 루리가 마중하자 코모모가 실내를 두리번두리번 둘러보며 물었다. 참고로 루리와 코모모는 어젯밤에 서로를 「코모모」, 「루리 언니」라고 부르기로 했다.

"리오는 할머니랑 같이 마을 농지에 갔어. 봄까지 물레방아랑 수로를 만들고 싶다나봐."

"수로는 그렇다 치고, 물레방아요……? 아오이, 알아?"

"송구합니다. 저도 들어본 적이 없습니다."

코모모의 물음에 아오이가 송구해하며 고개를 저었다.

"물레방아라는 게 알아서 물을 끌어다 논밭에 공급할 수 있게 한다나봐."

"그런 편리한 물건이……. 역시 리오 님은 박식하시네요."

루리가 주워들은 지식을 알려주자 코모모가 감탄하며 중얼거렸다.

"저, 저기. 실례합니다!"

현관에서 방문자— 사요의 목소리가 들렸다.

"어라, 사요. 어서 와. 무슨 일이야?"

"으, 으응. 마침 근처에 와서……. 혹시 바빠?"

사요가 쭈뼛쭈뼛 물으며 자연스럽게 실내를 둘러봤다. 놀라서 쳐다보는 코모모와 시선이 마주치자 살짝 기가 죽었다가 귀여운 얼굴에 홀렸다.

"당신은 분명…… 리오 님과 함께 저를 구해준 분이시죠?"

코모모가 고개를 갸웃거리며 물었다.

"네? 아, 아뇨. 저는 거기 있었을 뿐……."

사요가 당황해서 손짓발짓하며 부정했다.

"추우니까 일단 올라와. 리오랑 할머니는 지금 외출 중이야. 차를 내줄게."

"……응. 실례할게요."

루리의 말에 사요가 쭈뼛쭈뼛 거실에 올라왔다.

"다시 인사드릴게요. 저는 사가 코모모라고 합니다. 뒤에는 종자인 아오이입니다. 한동안 이 마을에 머물게 되었으니 잘 부탁드려요."

서로 앉아 마주 보고 코모모가 예의 바르게 사요에게 인사했다. 뒤에 있던 아오이도 꾸벅 인사했다.

"사, 사요입니다. 잘 부탁드려요, 코모모 님."

사요가 긴장한 표정으로 고개 숙여 인사했다.

"그렇게 어려워하지 않으셔도 되는데……. 루리 언니처럼 대해주세요."

"그, 그럴 수는 없습니다."

"아하하, 사요는 원래 성격이 이래. 곧 익숙해질 거야."

루리가 윗전 취급에 난처한 표정을 짓는 코모모에게 웃

으며 말했다.

"으음, 아쉽네요. 그런데 사요 씨는 나이가 어떻게 되세요?"

"음, 내년에 열넷이 됩니다. 리오 님보다 한 살 아래예요."

"그럼 저보다 세 살 위시군요. 친하게 지내주세요."

소녀들이 부드럽게 이야기하기 시작했다.

약 한 시간 정도 이것저것 이야기하던 중이었다.

"다녀왔다."

"다녀왔습니다."

유바와 리오가 귀가했다.

"다녀오셨어요!"

코모모가 자세를 다듬고 웃으며 두 사람을 마중했다.

"마중 고맙습니다. 코모모. 사요 씨, 오셨어요?"

리오가 웃으며 가볍게 인사했다. 거실에 있는 사요를 보고 눈을 살짝 크게 떴다.

"아이고, 사요가 왔어?"

"시, 실례해요. 리오 님, 유바 님."

사요가 쭈뼛거리며 두 사람에게 인사했다.

"편히 있어라."

유바가 쾌활하게 웃으며 사요를 환영했다.

"리오 님, 나중에 제 연습 봐주실 수 있나요?"

"좋아요. 아예 지금 바로 할까요?"

"네! 부탁드려요! 준비할게요, 아오이."

"네, 코모모 아가씨."

코모모가 진심으로 기뻐하며 아오이를 데리고 자기 방으로 돌아갔다. 리오가 입가에 미소를 지으며 두 사람의 뒷모습을 보고 자신도 준비하고자 방으로 갔다.

"코모모가 오고 떠들썩해졌네. 리오도 지루하지 않은 것 같고, 잘된 일이야."

루리가 기뻐하며 말했다.

"······응. 그러게. 리오 님도 즐거워 보여."

사요는 조금 쓸쓸한지 어두워진 얼굴로 고개를 끄덕였다.

떠들썩한 시간이 순식간에 지나가고 코모모가 마을에서 지낸 지 한 달이 지났다. 막 새해가 된 지금, 새해가 되자마자 사가 가 사람들—고우키, 카요코, 하야테—이 몰래 마을을 방문했다.

"리오 님, 새해 복 많이 받으십시오."

촌장 집 거실에 마주 앉아 고우키가 대표로 새해 인사를 했다.

"새해 복 많이 받으세요. 겨울 추위를 뚫고 와주셔서 고맙습니다."

"이까짓 것, 리오 님께 오는 데 계절은 아무 상관없습니다. 설령 얼음 호수를 헤엄쳐야 한대도 서둘러 오겠습니다."

"……너무 무리하지는 않으셨으면 좋겠네요."

리오가 쓴웃음 지으며 말했다.

"아하하. 리오, 정말 왕족이구나?"

루리가 어안이 벙벙해 웃었다. 지금 집 안에는 사정을 아는 사람들뿐이라 고우키 일행은 흡사 주군을 따르는 가신처럼 행동하고 있었다. 그 모습을 보니 정말로 리오가 구름 위에 있는 사람이라는 것이 강하게 인식됐다. 평소에는 붙임성 좋은 코모모도 이날만은 고우키와 카요코의 뒤에 정좌하고 있었다.

"어머니가 왕족일 뿐, 저는 아니에요. 사실은 그렇게 어렵게 대하지 않으셨으면 좋겠는데요……."

리오가 난처하게 말하며 고우키 일행을 봤다.

"본인들에게 리오 님은 그야말로 받들어야 하는 분입니다. 물론 리오 님의 의지를 저버릴 수는 없으나 최소한의 절도는 갖추게 해주셨으면 좋겠습니다……."

"……알아요. 하지만 마을 사람들 앞에서는 평범하게 행동해주세요."

"물론입니다."

고우키가 깊이 고개를 끄덕였다.

"……그런데 코모모가 리오 님께 폐를 끼치지는 않았습니까?"

"네, 정말 착한 아이로 있었어요. 아오이 씨와 같이 제 연습에 어울려줬고요. 많은 도움이 됐습니다."

"그것은…… 다행이군요. 억지를 들어주셔서 정말 감사했습니다. 유바 공과 루리 공에게도 폐를 끼쳤습니다."

"아뇨, 저야말로 대가로 마을을 지원해주셔서 송구합니다. 아무것도 없는 마을입니다만, 머무시는 동안 편히 지내십시오."

유바가 공손히 인사했다.

"저도 코모모가 친하게 대해줘서 정말 즐거웠어요."

루리가 웃으며 고개를 저었다.

"고맙네. 이곳에는 사흘 정도 머물 예정이네."

"그렇다면 호무라 폐하와 시즈쿠 전하께 새해 인사를 올리고 싶으니, 괜찮다면 그때 저도 동행해도 될까요?"

고우키가 유바와 루리에게 머리를 숙이자 리오가 말했다.

"오, 오오. 그러십니까? 사실 송구하지만, 리오 님만 괜찮으시다면 동행을 부탁드리고 싶었습니다. 두 분께서 무척 기뻐하실 겁니다."

고우키가 무척 기뻐하며 싱글벙글했다. 실은 사전에 호무라와 시즈쿠가 넌지시 리오를 만나고 싶다고 부탁했었다. 그런데 때마침 리오가 먼저 말을 꺼내줬다.

그 뒤, 잠시 환담을 나누고 사가 가의 마을 생활이 시작됐다. 벌써 손님 소문을 들은 마을 사람들이 있었지만, 코모모로 내성이 생겼는지 사가 가문 사람들이 왔다는 말에도 저번과 같은 소란은 일어나지 않았다.

머무는 동안 고우키는 하야테와 코모모를 데리고 사냥

을 가거나, 둘과 함께 대련을 하는 등 아웃도어 활동을 만끽했다. 순식간에 사흘이 지나갔다.

왕도로 귀환하는 날 아침. 촌장 집 앞에 남녀노소 여덟 명이 모였다. 리오는 사가 가 사람들과 함께 배웅받는 쪽에 섰고, 유바와 루리는 배웅하는 쪽에 섰다.

"유바 공, 정말 신세가 많았네. 오랜만에 여유를 만끽했소."

고우키가 밝게 웃으며 유바에게 인사했다.

"즐거우셨던 것 같아 다행입니다. 덕분에 비축한 보존 식량이 늘었습니다."

유바가 입가에 부드러운 미소를 그리고 고개를 저었다.

그 옆에서 루리가 리오와 코모모를 배웅했다.

"리오. 코모모를 지켜줘. 코모모도 조심해서 다녀와."

"알았어. 다녀올게."

"걱정 마세요! 저도 리오 님을 지킬 테니까요!"

리오가 망설임 없이 고개를 끄덕이자 코모모도 힘차게 말했다.

"루리 공, 리오 님의 안전은 소생과 아버님이 보장함세. 안심하시게나."

근처에서 이야기를 들었는지 하야테가 루리에게 말을 걸었다.

"정말. 리오는 안 지켜줘도 될 정도로 강하니까 코모모를 지켜주세요. 하야테 님."

루리가 기가 막힌 얼굴로 하야테에게 대답했다.

"으, 음. 하지만……."

"루리 말이 맞아요. 소중한 여동생분이니까 저보다 코모모를 지켜주세요."

마음에 품은 루리와 수호해야 하는 리오가 입을 모아 코모모를 우선하라고 해서 하야테는 본전도 못 찾고 말았다.

"으으, 제가 리오 님을 지킬 거예요."

그 옆에서 코모모가 토라져서 입을 내밀었다.

리오 일행이 왕도를 향해 출발하자 마을이 조용히 가라앉았다.

"갑자기 조용해졌네. 리오랑 코모모, 빨리 안 돌아오려나."

루리가 촌장 집 거실에서 차를 마시며 중얼거렸다. 겨울 동안은 새벽부터 할 일이 없어서 아직 자는 사람이 많았다. 최근에는 바로 옆에 코모모가 있어서 리오와 셋이서 움직일 기회가 많았는데, 둘 다 없어지자 괜히 쓸쓸해졌다.

"그러면 리오가 정말 마을을 떠났을 때 힘들 거다. 코모모 님도 리오가 마을을 떠나면 왕도로 돌아가실 테니까."

"역시 그렇지. 아~ 쓸쓸해."

유바가 쓴웃음 지으며 말하자 루리가 한숨을 내쉬며 불평했다.

"마을 여자들과 수다라도 떨고 오는 건 어때? 한동안 리오와 코모모 님과 있느라 자주 못 만나지 않았나?"

"다들 집에 틀어박혀 있을 수도 있지만, 그렇지. 최근에는 사요하고도 대화를 안 나눴으니까. 응, 나중에 갔다 올게!"

루리는 그렇게 말하며 사요네 집을 들르기로 했다.

"사요~ 있니?"

루리가 신과 사요네 집을 찾았다. 현관문에 노크하며 사요의 이름을 불렀다. 그러자 우당탕 하고 집 안이 잠깐 소란스러워졌다.

"루, 루리 씨? 무슨 일이야?"

잠시 뒤, 사요가 조용히, 하지만 재빨리 문을 열고 나타났다.

"으, 응. 같이 차라도 마실까 해서. 지금 바빠?"

"아니. 마침 한가했어. 괜찮아."

"그럼 잠깐 실례해도 될까? 요즘 사요랑 대화가 부족했잖아."

"응⋯⋯. 괜찮은데, 그, 리오 님은 외출 중이야?"

사요가 주위를 둘러보며 리오의 동향을 쭈뼛쭈뼛 물었다.

"아, 응. 지금 잠깐 코모모네 집 사람들과 같이 왕도에 갔어."

루리가 한숨 쉬며 말하자 사요의 목소리 톤이 낙담한 듯이 낮아졌다.

"그렇, 구나…….”

"사요?"

루리가 이상해하며 고개를 갸웃거렸다.

"아, 으음, 들어와! 지금 오빠가 밥 먹고 자고 있어서 좀 지저분하지만. 얼른 차 내올게.”

사요가 루리를 들이고 서둘러 집 안으로 들어갔다.

"오, 뭐야. 루리잖아.”

신이 거실에 편히 앉아 있었다.

"뭐야는 뭐야? 인사해.”

"그냥 보기 드문 녀석이 얼굴을 내밀었구나 해서. 리오는 어쨌어?"

"리오는 사가 가 사람들과 왕도에 갔어.”

"아. 그래…… 그런 거구만.”

신이 납득하고 고개를 끄덕였다. 그리고 차를 준비하는 사요를 힐끗 쳐다봤다. 사요는 부지런히 뜨거운 물로 차를 우리고 있었다.

"둘이서 사니까 너도 조금은 사요를 도와. 사요한테 모든 가사를 맡기고 있지?"

"……시끄럽네. 네가 내 엄마냐.”

루리가 기가 막혀하며 말하자 신이 불만스레 얼굴을 찌푸렸다.

"엄마는 내가 아니라 사요잖아.”

"차 다 됐어. 자, 여기."

루리가 신과 말싸움을 하려고 할 때, 사요가 다가와 두 사람에게 차를 건넸다.

"사요는 신과 달리 착한 아이구나."

"너보다도 말이지."

루리가 통감하며 중얼거리자 신이 비꼬았다.

"알거든. 아— 뭔가 오랜만이네. 이런 거. 편안해."

"흥."

루리가 아하하 웃자 신도 아주 나쁘지는 않다는 듯이 콧방귀를 꼈다.

"고마워, 사요. 그리고 신도."

루리가 감사를 표했다.

"왜 그래, 갑자기?"

신이 의아한 얼굴로 루리를 쳐다봤다.

"아니이, 왠지 리오랑 코모모가 나가니까 갑자기 쓸쓸해져서. 겨울이 되고 모두와 만날 기회도 줄었고, 왠지 괜히 사요를 만나고 싶어졌어."

"그럴 때가 있지. 알 것 같아……."

루리가 감사를 표한 이유를 설명하자 사요가 동의했다.

"그렇지? 난 사요한테 굶주렸어. 에잇!"

루리가 옆에 앉은 사요에게 달라붙었다.

"아하하. 리오 님, 얼른 돌아왔으면 좋겠다."

사요가 간지러워하며 미소 짓고 말했다.

"웅. 그러게. 그런데 이번에는 조금 길어질지도 모르겠다고 했어."

루리가 불만스럽게 입을 내밀었다.

"……며칠 뒤에 돌아와?"

"아마 한 달 정도라고 했어."

"하, 한 달…… 그렇게나…….."

"거기서 이것저것 뭘 좀 해야 되나 봐."

사요의 표정이 어두워지자 루리가 왠지 모르게 중얼거렸다.

"뭐, 뭐 하러 간 걸까, 리오 님."

사요가 조금 상기된 목소리로 물었다. 조마조마해하며 루리의 대답을 기다렸다.

"으음, 뭐라더라. 사가 가문과 인연이 있는 사람이 리오의 부모님과 지인이었다나?"

루리가 난처한 얼굴로 얼버무렸다. 사실을 가르쳐줄 수는 없었다.

"뭐야. 리오 녀석, 사실은 좋은 집에서 태어난 거 아니야?"

"웅? 글쎄? 리오는 몇 년 전부터 계속 여행했다고 했는데."

신의 날카로운 지적에 루리의 등허리에 식은땀이 흘렀다.

제 9 장 ❋ 이별의 징조

겨울이 끝나고 마을에 봄이 찾아왔다.

리오는 그 사이, 호무라와 시즈쿠에게 새해 인사를 하고, 코모모와 아오이를 데리고 왕도에서 귀환했다. 마을에 돌아와서는 물레방아와 수로 설치 작업에 매달렸다. 봄 가동을 목표로 겨울 동안 작업을 마쳤다. 지금은 필요에 따라 급수 물레방아를 가동했고, 수로를 통해 논밭으로 물을 공급했다.

또, 리오는 유바가 마을 밭 하나를 빌려줘서 농사일을 지휘했다. 물레방아와 수로의 완성도가 생각보다 높아서, 수확률 향상을 기대하여 의뢰했다. 코모모와 아오이가 도와주겠다고 했고, 루리와 사요를 시작으로 마을 사람 몇몇이 리오를 도와줬다. 지금은 파종하는 중이었다.

"리오~. 내가 맡은 범위는 말한 대로 파종했어~."

"고마워. 그럼 아직 안 끝난 사람들을 도와줄래?"

"그래!"

조금 떨어진 곳에서 나눈 두 사람의 대화가 주위에 울려 퍼졌다.

"리오 님, 저와 아오이의 담당 범위도 끝냈습니다!"

코모모도 할당량 달성을 기운차게 선언했다.

"고맙습니다. 코모모와 아오이 씨는 잠깐 쉬어요."

"괜찮습니다! 저도 다른 분을 도울게요!"

리오가 코모모와 아오이를 신경 쓰자 코모모가 세차게 고개를 저었다.

"잠깐, 리오! 나랑 대하는 게 다르잖아?!"

"아니, 그렇지만 코모모랑 아오이 씨는…… 손님이잖아."

루리가 토라진 척하며 이의를 제기하자 리오가 쓴웃음 지으며 변명했다.

"리오, 그러면 루리한테 쥐어 잡힐 거야."

"정말, 전 그런 짓 안 해요!"

"와하하!"

일하던 마을 사람이 우스꽝스러운 말을 던지자 루리가 볼을 부풀리며 반론했다. 그러자 사람들이 유쾌하게 웃었다.

최근에 리오, 루리, 코모모 셋이서 행동할 기회가 많아진 탓인지 리오 일행은 마을 사람들에게 셋이서 한 세트로 여겨지는 일이 많았다. 당사자들은 아무것도 모르지만, 뒤에서는 리오가 코모모와 루리의 약혼자가 아니냐는 그럴 듯한 소문이 떠돌았다.

리오는 루리에게만 마음을 허락한 것처럼 편한 말투로 말했고, 코모모는 궁지에서 리오에게 구해진 에피소드가 있는 데다, 일부러 마을에 머물면서까지 온종일 리오에게 찰싹 달라붙어 있어서 착각하는 것도 무리는 아니었다.

그 결과, 지금껏 몰래 혹은 비교적 노골적으로 리오에게 호의를 품었던 소녀들 대부분이 경쟁에서 이탈했고, 지금은 따뜻한 눈으로 세 사람의 앞날을 지켜봤다.

그러나 포기하지 못하고 번민하는 소녀도 있었다.

'좋겠다아, 셋이서 친해서……'

사요가 공허한 눈빛으로 리오 일행의 모습을 부럽게 쳐다봤다.

요즘 사요는 리오와 좀처럼 진득하게 대화할 시간을 갖지 못했다. 한편, 루리와 코모모가 리오와 도란도란 행동하는 모습을 보고 괜히 질투가 났다.

그러던 때, 리오가 마을 밭을 하나 맡게 되어 도와줄 사람이 필요하다는 말을 들었다. 사요는 안절부절못하다가 결국 이름을 올려버렸다.

그래도 역시나 리오의 곁에는 항상 루리와 코모모가 붙어 있었다. 조심스러운 사요는 한 걸음 더 다가갈 용기를 내지 못했다.

"사요 씨, 도와드릴까요?"

뒤숭숭한 기분으로 파종을 하는데 당사자인 리오가 사요 앞에 나타났다.

"어, 아, 리오 님! 죄, 죄송해요! 멍하니 있었네요!"

사요가 퍼뜩 정신을 차렸다. 주위를 둘러보니 자기만 눈에 띄게 작업 진척이 늦었다. 그것을 자각하고 살짝 햇볕에 탄 하얀 얼굴을 붉혔다.

"확실하게 기억해주세요. 제가 마을을 떠나면, 사요 씨가 마을 분들에게 제가 가르쳐준 걸 가르쳐줘야 할 수도 있으니까요. 뭐, 성과가 나왔을 때의 이야기지만요."

리오는 자기가 마을을 떠난다는 사실을 드러내며 사요를 독려했다.

"……네? 리오 님, 마을을 떠나요?"

사요가 멍한 얼굴로 리오에게 물었다.

"네. 아직 다른 사람에게는 말하지 않았지만, 올해 가을이 가면 겨울이 오기 전에 떠날 생각이에요."

리오가 쓸쓸해 보이는 미소를 지으며 고개를 끄덕였다.

"올해…… 가을……. 그렇, 군요. 가버리는군요. ……그, 그런데, 어디로 가세요? 가깝다면 정기적으로 마을로 돌아온다거나!"

사요가 한 가닥 희망을 걸고 허둥지둥 질문했다.

"나라를 떠나 멀리 여행할 예정이라 정기적으로 돌아올 수 있을지는 확답할 수 없어요. 하지만 또 마을에 들르고 싶네요."

리오가 미안해하며 고개를 저었다.

"그런……."

사요가 사그라질 것 같은 목소리로 말했다.

"아직 좀 이른 것 같지만, 사요 씨에게는 빨리 말하고 싶었어요. ……요즘 둘이서 느긋하게 이야기할 기회가 좀처럼 없었다고 할까, 저 자신이 결심이 서지 않아 고생했거든요……."

"윽……."

리오가 곰곰이 마음을 이야기하는 가운데, 사요는 자기도 모르게 울 뻔했다. 눈에 서서히 눈물이 차오르는 것을 느끼고 황급히 고개를 숙여 눈을 문질렀다.

"사요 씨, 왜 그러세요?"

"아, 아, 아뇨! 아무것도 아니에요! 눈에 먼지가 들어가서……. 아, 그렇지. 손이 흙투성이라서 그렇구나."

사요가 있는 힘껏 아하하 웃고 눈을 감았다.

"정령술로 물을 만들 테니 아래를 보고 계세요. ……자, 씻으세요."

리오가 의아해하며 고개를 갸웃거렸지만, 사요의 말을 믿고 손 근처에 작게 둥근 물을 만들어 사요의 눈가로 가져갔다.

사요는 물에 얼굴을 처박고 눈을 깜빡였다. 운 것을 리오가 알게 해서는 안 된다는 생각에 눈이 충혈될 정도로 눈에 물을 적셨다.

"아하하. 죄송해요. 부끄러운 모습을 보였네요."

"아뇨……. 눈은 안 아파요?"

"괜찮아요! 늦은 만큼 열심히 할게요!"

리오가 걱정했으나 사요는 허세로 얼버무렸다.

그때, 루리가 나타났다.

"사요, 왜 그래?"

"아, 루리 씨. 눈에 흙이 들어가서 리오 님이 씻게 해주셨어."

"아, 그랬구나……."

밭일을 할 때는 그렇게 드문 일도 아니라서 루리는 금방 납득했다.

"어, 내 몫이 뒤쳐져서, 이제 다시 작업 시작할게."

"아, 나도 도울게."

사요가 의욕을 내며 다시 파종하러 가자 루리도 그 뒤를 쫓았다.

그 뒤, 사요는 열심히 작업에 몰두했다. 그러지 않으면 당장에라도 울어버릴 것 같았다. 그리고 그 날 작업이 끝났다.

"여러분, 수고하셨습니다! 덕분에 소정의 작업을 끝냈어요. 오늘 가르쳐드린 거 잊지 마시고 내년에도 똑같이 파종해주세요."

리오가 작업을 도와준 마을 사람들을 격려했다. 벌써 저녁 시간이라 마을 사람들은 그대로 해산했다.

"리오, 수고했어! 빨리 돌아가자."

"리오 님, 파종은 깊은 뜻이 있는 것 같습니다. 그리고 단련과는 다른 의미로 단련됩니다!"

루리와 코모모가 기운차게 리오에게 말을 걸었다.

한지붕 아래에 사는 세 사람—코모모의 전속 종자인 아오이를 포함하면 네 사람—은 당연히 같이 돌아갔다.

한편, 사요는 조금 떨어진 곳에서 멍하니 리오 일행을 쳐다보다 촌장 집과 반대 방향에 있는 집을 향해 걸어갔다. 분위기가 이상하게 어두워서 도중에 스쳐 지나간 마을 사람들이 말을 걸기 주저할 정도였다.

"윽……."

집에 돌아오자 사요는 다리에 힘이 풀려 봉당에 들어서자마자 주저앉아 버렸다. 그리고 그대로 쭈그리고 앉아 둑이 터진 것처럼 울기 시작했다.

"다녀왔어…… 어, 야, 사요?!"

분주히 귀가한 신이 봉당에 쭈그려 앉아 우는 사요를 보고 눈을 동그랗게 떴다. 사요는 신을 슬픈 눈으로 올려다봤다.

"왜 그래?! 무슨 일 있었어?"

"……오빠. 미안해. 괜찮아, 아무것도 아니야. 지금 밥 만들게."

사요가 약하게 고개를 젓고 비틀비틀 일어섰다.

"밥 같은 거 만들 때가 아니잖아! 누구야? 누가 널 울렸어?!"

신이 콧김을 몰아쉬며 묻고 필사적으로 사요가 우는 원인을 생각했다.

그러자 제일 먼저 리오가 떠올랐다.

그렇다기보다는 이렇게까지 사요의 감정을 흔들 인물은 분하게도 리오밖에 없었다. 무엇보다 사요의 손에 리오에게 받은 비녀가 소중히 쥐어져 있었다.

"리오 자식…… 무슨 짓을 한 거야."

신은 리오가 사요를 울린 것이 틀림없다고 생각했다.

"아, 아니야……. 리오 님, 나쁘지 않아……."

분노로 떨리는 신의 목소리를 듣고 사요가 황급히 변명했다.

하지만 우느라 목소리가 잘 나오지 않았다. 신의 입장에서는 그러는 동생의 모습에 화가 더 솟구쳤다.

"그런 놈은 역시 이 마을에 오지 않는 게 나았어."

신은 말하면서도 속으로는 그 말에 강한 저항감을 느꼈다.

리오가 온 덕분에 이 마을의 삶이 확연히 좋아졌다. 리오가 오지 않았더라면 루리와 사요가 곤에게 나쁜 짓을 당했을지도 몰랐다.

마음속에 리오의 존재를 인정하는 자신이 있었다.

하지만 눈앞에서 우는 동생을 보니, 그래도 리오가 이 마을에 오지 않는 편이 낫지 않았을까, 라는 생각이 들고 말았다.

그랬다면 적어도 지금, 동생 사요는 울지 않았을 테니까.

"아니, 아니야, 리오 님이 마을을 떠난대서…… 그래서……."

사요가 리오는 나쁘지 않다고 필사적으로 설명하려고 했다.

"……뭐? 그 녀석, 마을을 떠나?"

신이 성대하게 얼굴을 찌푸렸다.

"아니야, 리오 님은 관계없어……."

사요가 리오는 관계없다고 주장했지만, 이미 엎질러진 물이었다.

"그 녀석이 마을을 떠난다…… 그건가!"

상황을 이해한 신이 벌레 씹은 표정을 지었다.

분명 그 남자— 리오는 원래 외지인이었다. 여행하다 이 마을에 왔다고 했으니 또 여행을 떠나는 것도 가능했다. 하지만 그러면 사요는 계속 울 터였다.

그럼 어떻게 해야 하나. 어떻게 해야 사요가 울음을 그칠까. 신은 필사적으로 생각했다. 하지만 자신은 사물을 냉정하게 생각하는 사람이 아님을, 신은 누구보다 잘 알고 있었다.

그래서 이것저것 생각하는 사이에 머리에 피가 올라 집을 뛰쳐나가고 말았다. 생각하는 것보다 직감에 따라 행동했다.

"앗?! 오, 오빠?! 기, 기다려!"

뒤에서 말리는 사요의 목소리가 들렸지만, 신은 상관하지 않고 전력으로 달렸다. 그렇게 유바의 집까지 일직선으로 달렸다.

"야, 리오! 리오 있어?!"

안색을 바꾼 신이 현관문을 열고 리오의 이름을 외쳤다. 갑자기 찾아온 신을 보고 마침 저녁 준비를 하던 리오 일행이 놀라서 눈을 크게 떴다.

"……리오에게 무슨 용건이지?"

유바가 의아해하며 용건을 물었다.

신이 리오에게 용건이 있다는 것도 상당히 희한한 일인데, 필사적인 모습에서 전해지는 기백도 예삿일이 아니었다. 대체 무슨 일일까.

"부탁이야! 마을에 머물러줘!"

신이 무릎을 꿇었다.

"무슨……?!"

느닷없다고도 할 수 있는 신의 갑작스러운 행동에 리오 일행이 말을 삼켰다.

"마, 말도 안 되는 소리라는 건 알아! 하지만 아무 말 말고 들어줘. 앞으로도 마을에 있어주지 않겠어?!"

사요가 울고 있어—. 신은 그 말을 입에 담지 못하고 대신 이마를 바닥에 문질렀다. 리오 일행은 놀라서 잠시 말을 잇지 못했다.

"오, 오빠! 뭐하는 거야?! 죄, 죄송해요, 오빠가 폐를!"

그때, 사요가 거친 숨을 쉬며 나타났다. 무릎 꿇고 절하는 신을 보고 눈을 동그랗게 뜨더니 서둘러 머리 숙여 사과했다.

"사요……. 하지만."

"어, 어서, 오빠. 폐잖아. 자, 응?"

신이 괴롭게 무슨 말을 하려고 하자 사요가 필사적으로 신의 몸을 잡아당겼다.

"윽……."

신이 힐끗 사요의 얼굴을 올려다보니 가짜 미소를 짓고 있었다. 하지만 눈꼬리에 눈물 흔적이 있었다. 부드러운 목소리 속에서 필사적인 마음이 전해졌다.

"으, 응…… . 미안."

신이 천천히 몸을 일으켰다.

"정말 죄송했습니다! 오빠에게 제가 꼭 한마디 할게요!"

사요가 얼른 머리를 숙이고 사과했다.

"미, 미안해."

신도 거북하게 머리를 숙였다.

"……알았다. 무슨 일이 있었는지 지금은 묻지 않으마. 그걸로 됐나? 리오."

유바가 탄식하며 리오에게 물었다.

"네, 별 상관없는데요…… ."

리오가 고개를 끄덕이며 사요와 신을 살펴봤다.

'마을에 남아달라니, 내가 사요 씨에게 그 이야기를 했기 때문이겠지. 하지만 왜 신 씨가 내게…… .'

신이 일으킨 행동의 진의를 생각해봤지만, 다른 사람의 심정을 알 수 있을 리가 없었다.

어쨌든 신과 사요가 나란히 고개를 숙이는 모습을 보고 있으니 참 견디기 어려운 기분이 들었다.

"고, 고맙습니다! 자, 가자. 오빠."

안심한 사요가 감사를 표하고 신을 끌고 가다시피하며 사라졌다. 그렇게 두 사람이 사라지고 한동안 침묵이 흘렀다.

"코모모 님, 아오이 씨. 우리 마을 사람이 소란을 피웠습니다. 일단 식사를 할까요. 자, 루리, 얼른 만들자."

유바가 분위기를 불식시키고자 입을 열었다.

그러자 모두가 얼굴을 마주 보고 쭈뼛쭈뼛 다시 움직였다. 하지만 그 뒤의 저녁 식사는 어딘가 어색한 분위기 속에서 이루어졌고, 조금 전의 일을 화제로 올리는 일은 없었다.

그날 밤, 모두가 잠든 시간.

"리오, 깨어 있나?"

유바가 리오의 방에 들렀다.

"네. 깨어 있어요."

문 너머로 들리는 목소리에 리오가 낮은 목소리로 대답했다.

"들어가마."

"네."

리오가 잠자리에서 일어나 문을 열고 유바를 안으로 들였다. 방석을 깔아 유바를 앉히고 자신은 이불 위에 앉았다.

"……사요에게 말한 거냐?"

잠깐 침묵이 흐르고 유바가 조심스레 핵심을 찔렀다. 구체적으로 무슨 말을 했는지는 구태여 물어볼 필요도 없었다.

"네. 말했습니다."

"그래. 그럼 신이 왜 그런 행동을 했는지, 그 이유도 알아?"

"……죄송합니다. 솔직히 짐작이 안 가요. 유바 씨는 아세요?"

리오가 미안해하며 고개를 젓고 쭈뼛쭈뼛 물었다.

"아마도……. 하지만 내 입으로 할 이야기는 아니다. 당사자들이 분명하게 밝히기를 꺼려하고 있으니까. 그런 짓은 멋이 없어."

"……그렇죠."

"한 가지만 가르쳐주자면, 이 건에 관해서 너는 딱히 잘못한 게 없다. 그러니까 괜히 자신을 탓하는 것만은 하지 말았으면 좋겠구나. 알겠니?"

유바가 괴롭게 수긍하는 리오를 타일렀다.

"그건……."

리오가 어두운 얼굴로 대답을 흐렸다.

"내가 그렇게 말해도 안심할 수는 없겠지. 하지만 지금은 네 할머니를 믿고 내게 맡겨주지 않겠니?"

"유바 씨……."

"뭐, 대단한 일은 못 해주지만. 다음에 내가 그 둘에게 넌지시 말해보마. 그러니 너는 너무 파고들지 말고 전처럼 대해주렴. 물론 그 아이들이 먼저 말을 꺼내면 마주해줬으면 좋겠는데."

유바가 말하고 어깨를 으쓱했다.

"알겠습니다. 부담을 지워드렸네요⋯⋯."

"됐으니 조금은 가족에게 기대라. 너는 너무 혼자서만 해결하려고 해."

"⋯⋯네."

유바의 말이 마음에 와 닿았는지 리오가 고개를 떨어뜨리듯이 끄덕였다.

◇ ◇ ◇

그로부터 표면상으로는 평온한 나날이 돌아오기 시작했다.

사냥하느라 얼굴을 자주 보는 관계라 신과는 곧 대면하게 됐다.

"저번에는 미안해. 그런데 나한테도, 사요한테도 조금만 시간을 줄래? 무슨 말인지 모를 수도 있지만, 아직 답을 서두를 때가 아니라고 할까. 언젠가 또 말할 수도 있을 테니까."

신이 묘하게 진지한 얼굴로 겸연쩍어하며 말했다.

"알겠어요. ⋯⋯겨울 전에 마을을 떠날 예정이니 일단 전해둘게요."

평소에는 볼 수 없는 기특한 태도에 리오가 눈을 동그랗게 떴지만, 유바와 이야기한 것도 있어서 답을 재촉하지 않고 마을을 떠날 그때까지 기다리기로 했다.

그래서 신과는 의외로 깔끔하게 예전 관계로 돌아올 수 있었지만, 오히려 사요와는 관계 수복이 어려웠다.

물론 마을 일 같은 걸로 같이 있게 되면 이야기를 나눴고 표면상으로는 서먹한 태도를 취하고 있는 것도 아니지만, 예전에 비해 사요와 사적인 대화를 나누는 시간은 줄어들었다. 아니, 없어졌다. 사요가 의도적으로 리오와 거리를 두려고 했다. 그리하여 예전에는 루리, 리오와 함께 셋을 이룬 사요의 자리를 코모모가 대신하게 됐다.

코모모는 리오가 조부모님을 만나러 왕도에 갈 때를 제외하면 대부분 마을에서 지냈고, 사가 가 사람들이 시간을 내어 마을을 방문하는지라 완전히 마을 생활에 익숙해졌다. 여름이 지났을 쯤에는 검 대신 괭이를 휘두를 정도였다.

여름이 되자 리오는 마을 사람들에게 마을을 떠난다는 사실을 전했다. 가을 수확제가 끝나고 며칠 안으로 마을을 떠나는 것이 정식으로 정해졌다. 마을 사람들은 이별을 무척 아쉬워했고, 리오의 송별회를 겸한 수확제는 성대하게 치르자며 열심히 준비에 매달렸다.

그리하여 눈 깜짝할 사이에 계절이 흐르고 드디어 가을이 찾아왔다.

정령환상기

⟨ 제10장 ⟩ ❋ 결의의 여행

만반의 준비를 하고 맞이한 수확제 당일. 이날은 마침 고우키 일행이 리오 앞에 나타난 지 1년째가 되는 날이었다.

"리오, 파이 다 구워졌어!"

"여기는 국물이 부글부글 끓고 있습니다!"

"코, 코모모 아가씨! 위험하니 냄비 안은 들여다보지 마십시오."

리오는 올해도 촌장 집 부엌에서 요리를 만들었다. 단, 루리와 사요 두 사람과 함께 만들던 과거와는 멤버가 달랐다. 현재, 부엌에는 리오 외에 루리, 코모모, 아오이, 카요코, 네 사람이 서 있었다.

담담히 특기인 요리를 만드는 카요코에 비해 다른 멤버는 협력해서 작년과 같은 메뉴인 카무탄과 파이를 만들었다. 요리에 익숙한 루리는 그렇다 치고, 마을에서 지내고부터 조금씩 요리를 배운 코모모는 약간 걱정됐다. 대조적으로 어머니인 카요코는 무시무시한 칼솜씨로 능수능란하게 요리했다.

어찌어찌 무사히 완성한 요리를 가지고 회장인 광장으로 갔다.

마을 남자들은 벌써 마시고 노래하고 춤추며 한창 흥이 올랐다. 빈틈이라고는 없는 고우키도 섞여서 소란을 떨었다. 아무래도 씨름 비슷한 경기에서 연승한 모양이었다.

"마음껏 즐기는 술자리다! 실력에 자신 있는 자는 본인에게 도전하라!"

고우키가 상의를 벗고 권유했다.

"잘한다, 고우키 대장!"

"도라, 네 차례야!"

"말도 안 되는 소리 하지 마! 이길 리 없잖아?!"

도라를 포함한 마을 남자들이 떠들어댔다.

"……리오 님을 두고 축제를 즐기다니. 나중에 문책해야겠군요."

카요코가 고우키를 보고 차갑게 중얼거렸다.

"아뇨, 저는 신경 쓰지 않으셔도 돼요. 술자리잖아요."

리오가 가볍게 몸을 떨고 얼른 고우키 편을 들었다. 카요코가 약간 아쉬워하며 "알겠습니다."라고 대답했다.

"자—! 올해도 카무탄을 만들었으니까 먹고 싶은 사람은 줄 서!"

루리가 광장에 있는 사람들에게 크게 소리쳤다.

그러자 마을 사람들이 빠짐없이 모였다. 마을 여성들도 힘을 합쳐 한동안 카무탄을 나눠주는 것에 집중했다.

"우리도 슬슬 끼어 앉아서 먹을까? 코모모. 배고프다~!"

"네. 리오 님이 만든 카무탄. 기대돼요!"

루리와 코모모가 자기들 몫의 카무탄을 그릇에 담았다.

"도와주셔서 고맙습니다. 카요코 씨 같은 분께 일을 시켜서 죄송해요. 괜찮으시면 같이 드시겠어요?"

"유바 공의 후의로 이곳 수확제에 초청받았으니, 조금이
나마 보답하고자 도왔습니다. 하온데 리오 님께서 위로의
말을 내려주시고 식사까지 함께하는 명예를 주시다
니……."

카요코가 무척 황송한 태도를 보였다.

"아뇨, 여기는 마을이니까 남의 눈도 있으니 그렇게 어
렵게 대하지 않으셔도……. 그리고 코모모도 같이 식사하
는데 뭘 새삼스럽게. 일단 저쪽으로 가죠."

리오가 루리와 코모모가 앉은 곳으로 걸어갔다. 그곳에
는 하야테도 있었다―기보다는 사가 가문용 접대 공간이
되어 있었다. 그래서 거기 모여 앉아 요리를 먹으며 담소
를 나눴다. 그 사이 고우키가 돌아와 이야기에 끼었다.

약 한 시간 정도 지나자 사요가 머뭇거리며 리오에게 다
가왔다.

"저, 저기! 리오 님! 잠깐 괜찮을까요?"

사요가 리오에게 말을 걸자 그곳에 있던 사람들의 시선
이 사요에게 집중됐다. 사요가 무척 긴장한 표정으로 몸을
떨었다.

"네. 무슨 일인가요? 사요 씨."

서 있는 사요를 올려다본 리오는 그녀의 머리카락에 꽂
힌 낯익은 비녀를 발견했다. 왠지 기뻐서 입가에 미소가
그려졌다.

"저, 저기. 잠깐 이야기를 하고 싶어서……."

사요가 벌벌 떨면서도 굳은 의지를 담은 눈으로 리오를 쳐다봤다.

"네. 그럼 잠깐 이동할까요?"

리오가 제안했다. 떠나기 전에 사요와 이야기하고 싶었던 것은 리오도 마찬가지였다.

"네, 네. 가능하다면, 그, 부탁해요."

"알겠습니다. 그럼 여러분. 죄송하지만, 잠깐 자리 좀 비울게요."

리오가 일어나 미안해하며 일동에게 양해를 구했다. 그리고 사요를 데리고 인기척이 없는 곳으로 걸어갔다.

코모모가 그런 두 사람의 등을 멍하니 쳐다봤다.

축제를 즐기는 마을 사람들의 떠들썩한 소리가 희미하게 들리는 길가에서 리오는 사요와 둘이서 마주 봤다. 사요는 무척 긴장해서 몸을 떨었다.

"……그 비녀, 아직 쓰고 있었군요."

"아, 네."

리오가 말을 걸자 사요가 어색하게 고개를 끄덕였다.

"……딱 봄쯤이었을까요. 신 씨가 제게 마을에 남아달라고 부탁하고, 사요 씨와 소원해진 것이."

"……네. 그땐 폐를 끼쳤어요."

사요가 진심으로 미안해하며 머리를 숙였다.

"폐는 아니었지만, 조금 걱정했어요. 제가 사요 씨에게 상처 주는 말을 했나, 아니면 미움받나, 하고요."

리오가 난처한 쓴웃음을 흘렸다.

"그, 그렇지 않아요! 그런 일 없어요! 리오 님은 아무것도 잘못하지……."

"하나만 물어도 될까요?"

"……네."

리오가 조심스레 묻자 사요가 딱딱하게 대답했다.

"그날 신 씨가 제게 온 것이, 제가 사요 씨에게 마을을 떠난다고 말한 것과 관계가 있나요?"

"관계가…… 있어요. 사실 리오 님이 마을을 떠나지 않길 바란 건 저예요. 그날, 리오 님이 마을을 떠날 거라고 가르쳐줬을 때, 저는 너무나 슬퍼서…… 집에 가서 울어버렸어요. 오빠가 그걸 보고 폭주해서…… 저를 위해 그런 일을……."

사요는 말을 하면서 거세게 뛰는 심장을 느꼈다. 몸속이 이렇게나 뜨거운데, 춥지도 않은데 몸이 떨렸다.

"그랬, 군요. 사요 씨, 그……."

리오가 무척 미안해하며 괴롭게 표정을 흐리더니, 자신이 마을을 떠난다는 마음에는 변화가 없음을 전하려고 했다.

"저, 저기! 저, 리오 님에게 할 말이……."

그때, 사요가 결연히 입을 열었다.

"……네. 무슨 말인가요?"

리오가 사요의 얼굴을 쳐다보며 물었다.

"저기, 그게…… 이런 말을 하면 폐가 될지도 모르지만……. 저, 저…… 리오 님을 좋아해요!"

사요가 갑자기 고개를 숙이고 리오에게 고백했다.

"웃……."

갑작스러운 고백에 리오가 놀라 몸을 떨었다. 고개 숙이고 있는 사요를 멍하니 내려다보며 말을 해야만 한다고 머릿속으로 자문자답했다.

그럼 무슨 말을 해야 할까. 답은 정해져 있었다. 예스 아니면 노.

거기까지 생각이 미치자 리오는 어느 쪽을 골라야 하는지 바로 답을 이끌어냈다. 그렇다. 답은 처음부터 정해져 있었다.

"……죄송해요. 사요 씨, 당신의 마음에 답해줄 수 없어요."

리오는 주먹을 꾹 쥐고 괴로움을 억누르며 고개를 저었다.

"윽…… 그, 그건 리오 님이, 리오 님이 마을을 떠나기 때문인가요?"

사요가 비통하게 얼굴을 일그러뜨렸지만, 거절당할 것을 예상했었는지 그런 질문을 했다. 리오는 자신의 마음을 거짓 없이 대답하기로 했다.

"……그게 전부는 아니지만, 맞아요."

"그렇다면! 저도 같이 데려가 주세요!"

사요가 곧바로 말했다.

"……그건 무리예요. 사요 씨."

리오는 아무 망설임도 느껴지지 않는 사요의 즉답에 눈을 동그랗게 떴지만, 역시나 고개를 저었다.

"괜찮아요! 저 걸림돌이 되지 않도록 노력했어요! 요 반년 동안 매일매일 정령술을 연습했어요!"

사요가 필사적으로 주장했다.

"그런 일을……"

리오는 강하게 느껴지는 사요의 마음에 자기도 모르게 말문이 막혔다.

반년을 거슬러 올라가면 딱 봄이다. 신이 리오에게 무릎을 꿇은 후, 바로 연습을 시작했으리라. 그저 한결같이―.

"부탁이에요. 같이 데려가 주세요. 저 가고 싶어요. 뭐든 할게요. 걸림돌이 되지 않도록 노력할 테니 부탁해요!"

사요는 필사적이었다. 필사적으로 머리를 숙였다.

"……미안해요. 그런 문제가 아니에요. 저는 당신의 마음에 응할 생각이 없습니다."

리오는 가책을 느끼면서도 그렇게 말하고 사요에게서 시선을 돌렸다.

"괘, 괜찮아요. 저를 봐주지 않아도 괜찮으니까. 아무것도 해주지 않아도 괜찮으니까, 하지만, 하다못해, 하다못해…… 곁에 있게 해주세요. 부탁이에요."

사요가 눈물을 뚝뚝 흘리며 리오의 손을 잡았다. 필사적으로, 직설적으로, 오로지 자신의 마음을 호소했다.

"사요 씨…… 미안해요. 정말 미안해요."

사과하고 리오는 양심의 가책을 느끼는 것처럼 얼굴을 일그러뜨렸다. 생각하고 생각한 끝에 결국 그렇게 말을 맺는 수밖에 없었다. 달리 뭔가 괜찮은 말을 떠올릴 만큼 요령이 좋지 못했다.

리오는 부끄러운 생각이 들었다. 그것이 사요에 대한 죄책감에 기인한 것인지, 혹은 사요에 대한 동정심에 기인한 것인지, 아니면 자신에 대한 혐오감에 기인한 것인지. 아는 것은 본인뿐— 아니, 본인조차 모르는 걸지도 몰랐다.

"흐윽…… 우윽…… 흑…… 훌쩍."

리오가 괴롭게 잡은 손을 놓자 사요가 참지 못하고 울음을 터뜨렸다.

이제 정말로 안 된다고, 아플 정도로 이해해버렸다.

사요에게는 첫 실연이었다. 하지만 왠지 모르게 알았다. 예상했다. 이 사랑은 이루어질 수 없다고. 리오는 너무나 먼 곳에 있는 것 같았다.

하지만 처음부터 안 된다고 포기하다니, 가능성을 전부 닫아버리다니, 첫사랑에 푹 빠진 사요는 할 수 없었다.

그래서 어떻게든 해야만 했다. 어떻게든 하자고 생각했다. 리오는 이미 마음을 굳혔으니 아무리 말려도 소용없을 거라고 유바가 가르쳐주었기에, 말리는 것 외에 유효한 선

택지를 필사적으로 생각했다.

그래서 사요는 떠올렸다. 말려도 떠날 거라면 아예 자기가 따라가면 되지 않을까.

하지만 그러려면 리오의 걸림돌이 되지 않는다는 전제 조건이 필요했다. 정령술을 아주 조금 배웠을 뿐인 사요는 거꾸로 서도 리오의 실력을 따라가지 못할 것이 자명했다. 그렇다고 리오가 마을을 떠날 때까지 남은 반년 동안 그 차이가 메워질 거라는 생각도 들지 않았다.

하지만 그래도 사요는 필사적으로 노력했다. 안 될지도 모르지만, 맹목적으로 노력해서 그 헌신을 인정받는 것에 걸었다.

그러나 그래도 안 됐다.

"……."

리오는 견딜 수 없는 표정으로 정신없이 우는 사요를 내려다봤다. 무심코 그녀의 어깨에 손을 올릴 뻔했지만, 힘겹게 주먹을 쥐고 단념했다.

지금 리오가 사요에게 해줄 수 있는 말은 존재하지 않았다. 다정한 말을 걸더라도 리오가 사요에게 그 이상으로 해줄 수 있는 일은 없었다. 리오는 사요의 마음에 응해줄 수 없기에, 어정쩡한 다정함은 그녀를 상처 입힐 뿐이었다.

그렇게 생각한 리오는 가슴 아프게 얼굴을 찌푸리고 묵묵히 발길을 돌렸다. 자리를 뜨며 순간 속도를 늦추고 조금 떨어진 곳에 솟은 나무 그늘을 가만히 쳐다봤다.

그러자 나무 그늘 아래에서 느껴지는 기척이 살짝 흐트러졌다.

'……죄송해요, 신 씨.'

리오는 마음속으로 사과하고 확고한 발걸음으로 사요에게서 멀어졌다.

"리, 리오 님, 기다려……."

"……."

사요의 약한 중얼거림에 대답은 돌아오지 않았다. 리오와 사요의 거리는 가까운 듯, 절망적으로 멀었으니까. 사요는 어찌하지도 못하고 그곳에서 그저 울었다.

한편, 나무 그늘에 서 있던 신은 사라지는 리오의 등을 노려봤다.

'저 자식, 눈치챘군. ……역시 마음에 안 들어.'

작게 혀를 차고 얼굴을 찌푸렸다.

당장 쫓아가 때려눕히고 싶은 충동에 시달렸지만, 도리어 된통 당할 것이 뻔했다. 무엇보다 리오는 잘못한 게 없었다.

신은 분한 마음에 탄식하고 사요에게로 시선을 돌렸다. 사요는 지금도 울며 바닥에 웅크리고 있었다. 축제 동안은 인적이 드물지만, 아무도 다니지 않는 건 아니었다.

"젠장."

신은 난폭하게 머리를 긁고 빠르게 걸어갔다. 망설임 없는 걸음으로 곧바로 사요가 웅크리고 있는 곳으로 향했다.

"야, 사요."

신이 말을 걸자 연약한 사요의 몸이 움찔거렸다.

"오……빠?"

울고 있던 사요가 버려진 강아지 같은 얼굴로 신을 올려다봤다.

"너 이제 포기했어? 이제 마음 식었어?"

신이 갑자기 화난 목소리로 물었다.

"포, 포기라니. 그, 그치만, 나 차여서…… 이제 틀렸어."

사요가 고개를 숙이고 중얼거렸다.

"아, 그래. 포기하는구나. 뭐, 그렇다면 됐어. 저런 변변찮은 놈한테 소중한 동생은 못 주니까."

신이 될 대로 되란 식으로 말했다. 그러자 사요가 울컥해서 신을 올려다봤다.

"리, 리오 님을 나쁘게 말하지 마."

"아이고, 감쌀 게 없어서 저런 쓰레기를 감싸냐. 뭘 짊어졌는지는 몰라도 맨날 짜증 나는 얼굴을 해가지고."

"……하지 마, 화낼 거야. 오빠."

평소에는 얌전한 사요가 드물게 노기가 감도는 목소리로 말했다.

"그야 여자들 눈에는 저놈 얼굴이 좀 봐줄 만하겠지. 확실히 집안일도, 주말 목수 일도 실수 없이 해냈고, 그 염병할 곤 새끼를 일방적으로 때려눕힐 정도로 강해. ……아, 젠장. 괜히 짜증 나네. 하지만 저놈은 밉살스러운 놈이야. 교활한 놈이야!"

신이 끝없이 리오 욕을 했다.

"오빠! 왜 그런 심한 말을 해?!"

"뭐? 너야말로 왜 저런 녀석을 감싸?! 너 싫어하잖아? 널 찬 그 녀석을. 이제 포기했잖아?"

사요가 덤벼들자 신이 도발하듯이 물었다.

"시, 싫어하지 않아. 리오 님은 나쁘지 않은걸!"

"뭐어? 너 바보냐? 그럼 좋아해?"

신이 의아한 얼굴로 물었다.

"……싫어할 리가 없잖아."

"좋아하냐고 물었잖아. 바보냐?"

신이 이제는 어이없어하며 사요를 바보 취급했다.

그러자 사요가 울컥해서 소리쳤다.

"그래, 나 바보야! 좋아해!"

"그럼 포기하지 마!"

신도 따라서 소리쳤다.

"윽……?!"

사요는 자기도 모르게 반론할 말을 잊었다.

"녀석을 좋아하잖아?! 그런데 너 반년 동안 아등바등, 아등바등 정령술 연습해놓고 딱 한 번 차였다고 포기해!?

웃기지 마!"

"그렇지만, 리오 님, 마을을 떠난다고! 어떻게 해야 할지 모르겠어!"

"그럼 돌아오길 기다리거나 따라가는 방법이 있잖아!"

"도, 돌아오길 기다리라니……. 리오 님이 언제 돌아올지 어떻게 알아? 돌아와도 또 어디론가 가버릴지도 모른다고."

"그럼 따라가!"

"마, 말도 안 되는 소리 하지 마! 가는 곳도 모르는데!"

무슨 논리가 있는 것도 아니고 이리저리 받아치며 말하는 신에게 사요가 참지 못하고 대꾸했다.

"젠장, 그런가. 그럼 기다리는 수밖에 없나. ……그럼 나이 먹고 할머니가 돼도 기다릴 각오로 기다려."

"윽…… 할머니가 되면 쳐다보지도 않을걸."

사요가 약간 될 대로 되란 식으로 말했다.

"아이고…… 그대들, 목소리가 좀 너무 크군."

그때, 어디선가 나타난 고우키가 어처구니없어하며 말했다.

"윽?!"

다른 사람이 들었을지도 모른다는 생각에 사요가 새빨개진 얼굴로 주위를 둘러봤다.

"걱정 마라. 주위에 본인 이외의 기척은 없다. 뭐, 이대로 계속 언쟁을 벌였다면 또 모르지만."

고우키가 쓴웃음 지으며 그리 말하고 사요를 안심시켰다.

"당신은 분명 하야테 님의 아버지인……."

"음. 사가 고우키라고 한다."

"몰래 엿들은…… 겁니까? 취미 한번 고약하군요."

"오, 오빠! 무례해!"

신이 고우키를 노려보며 불만스럽게 말하자 사요가 당황해서 타일렀다.

"간 큰 애송이로군. 재미있어. 딱히 엿들으려고 한 건 아니다만, 그대들이 차마 들을 수 없는 남매 싸움을 큰소리로 하고 있어서 말이다. 나도 모르게 나와 버렸다."

고우키가 코웃음 치며 응대했다.

"……그래서 무슨 일입니까? 놀리는 거면 돌아가 줬으면 합니다만."

"그쪽 아가씨에게 잠깐 할 말이 있을 뿐이다. 자네는 물러가도 된다."

"소중한 동생을 두고 갈 수는 없어서요."

신이 울컥한 표정으로 고우키의 앞을 막아섰다.

"흥. 그럼 조용히 들어라. ……아가씨. 그대는 리오 공을 좋아하는가?"

"어…… 네, 네."

"나고 자란 이 마을을 버릴 정도로 좋아하나?"

사요가 쭈뼛거리며 고개를 끄덕이자 고우키가 바로 되물었다.

"그, 그건……."

"그럼 됐다. 혹시나 했는데 본인이 착각한 모양이다."

사요가 약간 대답을 망설인 순간, 고우키는 고개를 젓고 발길을 돌리려고 했다.

"기, 기다려주세요! 조, 좋아합니다! 리오 님을 좋아해요!"

사요가 황급히 고우키의 옷을 잡고 호소하듯이 마음을 토로했다.

"……그 말에 거짓은 없는가?"

고우키가 사요의 각오가 어느 정도인지 진지한 표정으로 물었다.

"네, 네!"

조금씩 저녁노을이 뻗어드는 마을 길가에 사요의 결연한 목소리가 울려 퍼졌다.

며칠 뒤.

드디어 리오가 마을을 떠나는 날이 왔다.

현재 마을 서문 부근에는 배웅하러 온 사람들로 북새통을 이뤘다. 그중에는 사가 가 사람들의 얼굴도 있었다. 참고로 호무라와 시즈쿠와는 수확제 전에 작별을 마쳤다.

순서대로 인사하고 사가 가 사람들과도 작별을 나눴다.

"리오 님, 저를, 코모모를 잊지 말아주세요."

코모모가 리오를 불안하게 올려다봤다.

"물론. 코모모도 나를 잊지 말아줘요."

"당연하죠! 잊을 리가 없습니다!"

코모모가 승리 포즈를 취하며 대답했다.

"고마워요, 코모모. ……고우키 공, 카요코 씨, 그리고 하야테 공도 건강하시길. 또 만날 때를 기대하겠습니다."

리오가 코모모에게 인사하고 뒤에 선 고우키 일행을 보며 말했다.

"벌써부터 **다음에 만날 때가 기대되는군요**. 본인도 더 실력을 키울 테니 아무쪼록 잘 부탁드립니다."

"저희 가족이 정말 신세 많이 졌습니다. 또 만날 날을 기대하겠습니다."

"솔직히, 리오…… 공에게는 놀라기만 했네. 또 언젠가 만날 수 있을 거라 믿지만, 여행하는 동안 몸조심하시게나."

고우키, 카요코, 하야테가 제각기 작별의 말을 입에 담았다.

"다음에 만날 때 지지 않도록 정진하겠습니다. 여러분도 건강하세요."

리오가 쾌활하게 웃으며 고개를 끄덕였다.

"자, 사요도. 사양하지 마!"

"으아아, 루리 씨!"

루리가 사요의 등을 밀어 리오의 앞으로 보냈다.

"안녕하세요, 사요 씨."

리오가 미묘하게 굳은 미소를 지었다. 사요와 만나는 것은 고백받은 이후 처음이었다.

"아, 안녕하세요. 리오 님. ……어, 몸조심하세요."

사요가 긴장했으면서도 있는 힘껏 밝은 미소를 지었다. 리오도 조금씩 자연스러운 미소를 되찾았다.

"네. 사요 씨도 건강하세요."

"조, 조심할게요. 그리고…… 리오 님!"

사요가 결심한 것처럼 리오의 이름을 불렀다.

"……뭔가요?"

"저, 노력할게요! 노력할 테니…… 리오 님도 노력해주세요!"

머뭇머뭇 고개를 갸웃거리는 리오에게 사요가 힘차게 말했다.

"……네. 노력할게요. 사요 씨가 배웅하러 와줘서 정말 기뻐요. 고마워요."

리오가 멍하니 눈을 동그랗게 뜨더니 즐겁게 웃으며 감사를 표했다.

"아, 아뇨. 다행이네요. 아하하."

사요는 안심한 것처럼 숨을 내쉬고 기쁘게 웃었다. 살짝 눈물을 글썽였지만, 슬퍼서 맺힌 눈물이 아니었다.

"그런데 신은 뭐 할 말 없어?"

옆에 있던 루리가 신을 유도했다.

"흥. 뭐, 건강해라. 그리고 인사 안 한 건 루리도 마찬가

지잖아."

신이 무뚝뚝하게 말했다.

"아하하, 그건 왜. 나는 이미 잔뜩 작별 인사를 했다고
할까. ……뭐, 돌아올 수 있을 것 같으면 가끔 돌아와, 리
오. 되도록 많이."

루리가 낯간지러워하며 수줍어했다.

"응. 우리가 다음에 만날 때는…… 루리가 결혼했을까?"

"아하하, 글쎄. 색시로 데려갈 사람이 없으면 리오가 데
려갈래?"

리오가 미래를 상상하며 질문하자 루리가 농담을 섞어
되물었다.

"……괜찮아. 루리라면 분명 멋진 사람과 결혼할 거야."

리오가 훗 웃으며 대답을 흐렸다.

"어머나, 차였네. 아쉬워라. ……그럼 또 봐, 리오."

루리가 작게 탄식하고 어깨를 으쓱하더니 리오에게 손
을 내밀었다.

"응. 또 봐. 루리와 가족처럼 지낼 수 있어서 정말 기뻤어."

리오는 루리의 손을 잡아 악수하고 기쁘게 고개를 끄덕
였다.

"가족처럼이 아니라 가족이잖아. 남한테는 말 못 해도
우리는 사촌 남매니까."

루리가 작은 목소리로 리오에게 귓속말했다.

"그렇지. 고마워, 정말로. ……유바 씨께도 지금까지 신

세 많이 졌습니다."

리오가 편안히 웃으며 루리에게 고마움을 표했다. 이어서 가까이에 서 있던 유바에게 말을 걸었다. 유바는 훗, 하고 입가에 미소를 그리고 입을 열었다.

"신세 진 건 이쪽이다. 전에도 말했지만, 너는 이곳으로 언제든지 돌아와도 돼. 그러니까 건강하고, 열심히 할 것! 알았지?"

"……네, 고맙습니다."

리오가 깊이 고개를 끄덕였다.

"좋아! 아직 인사 못 한 사람은 없나?"

유바가 주위를 둘러보며 물었다.

그러자 "다녀와!" "조심해라!" "돌아와도 되는데 선물은 갖고 와." "나는 술이 좋아!" "안녕!" 등등 다양한 반응이 돌아왔다.

"없는 것 같군. 그럼, 리오. 조심히 다녀오너라!"

유바가 유쾌하게 깔깔 웃고 기운차게 리오를 배웅했다.

리오는 마지막으로 깊이 인사했다.

"그럼 여러분, 다녀오겠습니다! 선물도 사 올게요!"

리오는 손을 흔들며 웃는 얼굴로 걸음을 떼고 마을 밖을 향해 걸었다. 그러자 마을 사람들이 남녀 상관하지 않고 리오에게 큰 소리로 작별 인사를 외쳤다.

리오는 뒤를 돌아 손을 크게 흔들며 조금씩 마을에서 멀어졌다.

때는 신성력 999년, 가을의 일이었다.

정령환상기

Ⅸ 에필로그 ⫷ ❋ 이런 세계에서

때는 신성력 1000년. 리오가 야구모 지방을 떠나 몇 개월이 경과한 날의 일이다. 세계 어딘가에서 누군가가 그 순간을 기다리고 있었다.

'……이제 곧 인가.'

그것은 미리 예상이라도 했는지 자신의 눈에 천천히 슈트랄 지방을 담았다. 그러자 다음 순간, 슈트랄 지방 여러 곳에서 여섯 개의 빛기둥이 상공을 향해 쏘아 올라갔다. 빛기둥은 순식간에 천공을 꿰뚫었고, 보는 이를 압도하는 강한 빛을 내뿜었다.

그러나 그것은 무감동하게 빛기둥을 관측했다.

'천 년도 더 전과 아무것도 바뀌지 않은 광경이다. 하지만 그래도 세계의 역사는 움직인다. 아니, 움직일 가능성이 생겼다. 바뀌는가, 반복되는가, 이대로 머무는가……'

그 앞은 그것도 알지 못했다.

따라서 그것은 관측했다. 그저 관측했다. 지금도, 앞으로도—.

'호오. 이번에는 미아의 수가 많군. ……응? 이것은……'

문득 그것이 눈을 가늘게 떴다. 그리고 초점을 맞추듯이 눈을 크게 떴다. 그러자 그 눈에 한 사람의 모습이 비쳤다.

◇ ◇ ◇

한편, 여섯 개의 빛기둥이 빛을 잃은 뒤. 장소는 슈트랄 지방의 남동부― 장대한 어느 초원 지대에서의 일이다.

세 소년 소녀가 초원 위에 오도카니 서 있었다.

한 사람은 교복을 입은 **여고생**, 한 사람은 마찬가지로 교복을 입은 **여중생**, 한 사람은 사복을 입은 **초등학교 남학생**― 초원 지대를 이동하기 적합하지 않은 차림이었다.

세 사람은 멍하니 주위를 둘러봤다. 그도 당연했다. 바로 조금 전까지 그곳에 있었던 현대적인 거리가 완전히 사라졌다.

주위에는 초원만 펼쳐져 있을 뿐, 달리 보이는 것은 바위, 언덕, 산뿐으로 인공물은 전혀 보이지 않았다.

"……여기는, 어디지?"

"……나한테 묻지 마."

"미안. 네가 아니라 미하루 언니한테 물은 거야."

교복을 입은 중학생과 사복을 입은 초등학생이 현실 도피를 하듯이 대화를 펼쳤다. 잠시 뒤, 두 사람은 미하루라고 불린 고등학생을 나란히 올려다봤다.

"으, 으음, 일단…… 스, 스마트폰으로 어디인지 확인해 볼까?"

미하루가 두 사람을 안심시키려고 애써 미소 짓고 서둘러 통학 가방에서 스마트폰을 꺼냈다. 그리고 떨리는 손으로 버튼을 누르자—.

『권외』

두 글자가 화면 구석에 헛되이 표시되어 있었다.

그리고 다른 한편.

슈트랄 지방 어딘가에서—.

'하루토. ……하루 ……없어. ……와줘, ……줘.'

리오의 머릿속에 묘하게 익숙한 소녀의 목소리가 울려
퍼졌다.

K 후기 D ✳

　여러분, 신세 지고 있습니다. 키타야마 유리입니다. 이번에 『정령환상기 3. 결별의 진혼가』를 구매해주셔서 진심으로 감사드립니다.

　정말 빠르게도 서적판 『정령환상기』 1권의 발매로부터 반년이 지나, 드디어 3권이 발매되었습니다. 그동안 1권을 두 번이나 증쇄했습니다. 독자 여러분과 하비재팬 님을 시작으로 많은 관계자 여러분께는 너무 감사해서 정말로 머리를 들 수가 없습니다.

　그래서 무엇보다도 먼저 신세 진 여러분께 감사 인사를 드리겠습니다!

　항상 이 작품을 지지해주시는 독자 여러분, 그리고 담당 편집자 N씨를 시작으로 HJ문고 편집부 여러분, 이번 권도 멋이 흘러넘치는 초 하이퀄리티의 일러스트를 그려주신 Riv 선생님, 그 외 하비재팬 출판 영업부 여러분과 관계자 여러분, 신중하고 상세한 지적을 해주시는 교정자 님, 이 작품을 들여주신 각 서점 분들 등등.

　정말 고맙습니다! 여러분 중 한 분만 안 계셔도 이 책은 존재할 수가 없습니다. 아무쪼록 막 데뷔한 병아리 작가로서 미숙하고, 아직 지식이 많이 부족해 가끔 쓸데없는 짓을 하는 일이 있을지도 모르겠습니다만, 앞으로도 정진하겠으니 오래도록 어울려주셨으면 좋겠습니다.

자, 지면 문제로 갑자기 화제가 바뀌었습니다만, 이『정령환상기』시리즈는 1권부터 3권까지가 이른바 전체 이야기의 프롤로그로, 이번 권을 끝으로 드디어 주인공 리오(하루토)가 이야기의 시작 지점에 서게 됩니다.

보통은 1권 시작부터 주인공에게 어느 정도의 인간관계와 과거 경력이 설정으로 존재하는 것이 일반적일 수도 있습니다. 하지만 그런 설정을 어느 정도 스토리로 묘사해야 훗날의 즐거움이 커지지 않을까, 하고『정령환상기』플롯을 만들기 전— 처음으로 소설을 쓰자고 마음먹었을 때 생각했기 때문입니다.

다만, 그 때문에 아무래도 어두운 이야기가 포함되고, 명쾌한 상쾌함을 연출하기 어렵기도 했습니다만, 그러하기에 나오는「즐거움」을 앞으로 나올 권에서 서서히, 때에 따라서는 콰콰쾅, 하고 단번에 보여드릴 생각입니다.

끝으로, 권수가 늘어감에 따라 페이지 수도 늘어가는 것으로 정평이 난『정령환상기』입니다만, 다음 권은 좀 더 아담해질 수 있게 하겠습니다. 아니, 아담하게 하겠습니다!

그럼 또 다음 권에서도 여러분과 만날 수 있기를 바라며.

2016년 1월 모일 키타야마 유리

SEIREI GENSOUKI Vol.3

정령환상기 3 —결별의 진혼가—

2021년 10월 30일 1판 2쇄 발행

저   자 키타야마 유리
일러스트 Riv
옮 긴 이 이은혜
발 행 인 유재옥
본 부 장 조병권
담당편집 정영길
편 집 1 팀 이준환 박소연
편 집 2 팀 정영길 김민지 조찬희
편 집 3 팀 오준영 곽혜민 이해빈
디 자 인 김보라 서정원
라이츠담당 한주원 이다정
디 지 털 박상섭 이성호 최서윤
발 행 처 ㈜소미미디어
제 작 처 코리아피앤피
등   록 제2015-000008호
주   소 서울시 마포구 토정로 222, 403호 (신수동, 한국출판콘텐츠센터)
판   매 ㈜소미미디어
마 케 팅 한민지 최정연
물   류 허석용
전   화 편집부 (070)4164-3962, 3963 기획실 (02)567-3388
         판매 및 마케팅 (070)4165-6888 Fax (02)322-7665

ISBN 979-11-6611-649-0 (04830)
ISBN 979-11-6611-646-9 (세트)